古典詩歌研究彙刊

第二輯

龔鵬程 主編

第 10 冊

蘇軾辭賦理論及其創作之研究（上）

廖 志 超 著

國家圖書館出版品預行編目資料

蘇軾辭賦理論及其創作之研究（上）／廖志超 著 ── 初版 ──
台北縣永和市：花木蘭文化出版社，2007〔民 96〕

序 2+ 目 8+198 面；17×24 公分
（古典詩歌研究彙刊 第二輯：第 10 冊）
ISBN-13：978-986-6831-24-9（全套：精裝）
ISBN-13：978-986-6831-34-8（精裝）
1.（宋）蘇軾 2. 辭賦 3. 文學理論 4. 文學評論
845.16   96016208

ISBN - 978-986-6831-34-8

9 789866 831348

古典詩歌研究彙刊
第二輯 第 十 冊   ISBN：978-986-6831-34-8

蘇軾辭賦理論及其創作之研究（上）

作　者　廖志超
主　編　龔鵬程
出　版　花木蘭文化出版社
發 行 所　花木蘭文化出版社
發 行 人　高小娟
聯絡地址　台北縣永和市中正路五九五號七樓之三
　　　　　電話：02-2923-1455／傳眞：02-2923-1452
電子信箱　sut81518@ms59.hinet.net
初　版　2007 年 9 月
定　價　第二輯 20 冊（精裝）新台幣 28,000 元

蘇軾辭賦理論及其創作之研究（上）

廖志超　著

作者簡介

　　廖志超，台灣雲林人，國立中興大學中國文學系畢業，國立台灣師範大學國文研究所文學碩士、博士。現為嘉義吳鳳技術學院通識中心專任助理教授兼董事會秘書。

　　致力於蘇軾詩文之研究，撰有《蘇軾辭賦理論及其創作之研究》（2004 年博士論文）、《蘇軾、蘇轍兄弟唱和詩研究》（1997 年碩士論文）、〈絃外之音──嵇康〈琴賦〉析論〉，（《文與哲》，2006 年 6 月）、〈律賦之創調──蘇軾律賦析論〉，《慶祝陳伯元（新雄）教授七秩華誕論文集》，（洪葉文化事業公司，2004 年 2 月）、〈蘇軾的辭賦理論與批評〉，（《文與哲》，2004 年 6 月）、《蘇軾賦作數量、繫年考略及其賦觀之研究》，（吳鳳技術學院獎助專案研究報告，2002 年 11 月）、〈蘇軾與禪學的交融及對其文學創作的影響〉，（中國第十四屆蘇軾學術研討會，2002 年 8 月）、〈魏晉玄學「言意之辨」初探〉，（《吳鳳學報》，2002 年 5 月）、〈「文賦雙璧」──歐陽修〈秋聲賦〉與蘇軾〈赤壁賦〉之比較研究〉，（《興大中文學報》，2002 年 2 月）、〈蘇軾賦作數量及其編年考略〉，（《中國第十三屆蘇軾學術研討會論文集》，2001 年 8 月）、〈蘇軾鄉村田野詞析探〉，（《吳鳳學報》，2001 年 5 月）、〈蘇軾文學批評理論初探〉，（《吳鳳學報》，2000 年 7 月）等論文。

提　要

　　蘇軾辭賦是東坡文學作品研究中較弱的一環，要全面認識和評價蘇軾文學的地位和成就，不能忽略其辭賦創作。本論文以「蘇軾辭賦理論及其創作之研究」為題，旨在全面深入地探討蘇軾的辭賦創作，考查其辭賦創作的背景淵源、數量編年，綜理其辭賦理論，分析其作品之內容與形式，闡發其特色與價值影響。全文凡分七章：

　　第一章「緒論」，說明研究動機目的、研究範疇、前賢之研究成果以及研究方法步驟。

　　第二章「蘇軾辭賦創作的背景與淵源」，凡分二節：「第一節蘇軾辭賦創作的時代背景」，分別從政治、思想、文學思潮、辭賦發展等背景，探討影響蘇軾辭賦特徵形成的外在客觀因素；第二節「蘇軾習賦的淵源」，分別從蘇軾的習賦時間、習賦取資及習賦方法等，說明其善於借鑑前人的成功經驗、極富個人創造精神的內在主觀因素。

　　第三章「蘇軾辭賦數量與繫年考論」，確定蘇軾辭賦研究的範圍，並完成作品繫年的基礎工作。

　　第四章「蘇軾的辭賦理論與批評」，連綴蘇軾散見於詩文集的辭賦見解，加以歸納分析，分試賦論、功能論、創作論、風格論及批評論五節，探究蘇軾關於辭賦創作、鑒賞和批評的理論系統。

第五章「蘇軾辭賦分期析論」，依其辭賦創作時間及政治背景，分仁宗嘉祐中舉初仕時期（1059-1063）、神宗熙寧外任知州時期（1075-1078）、神宗元豐貶謫黃州時期（1082-1083）、哲宗元祐在京侍君時期（1086-1089）、哲宗元祐出入京師時期（1091-1093）、哲宗元符流放海南時期（1098-1099）六個小節，以見其情感思想。

第六章「蘇軾辭賦分體析論」，將蘇軾辭賦分為騷體、駢賦、律賦、文賦等四類，分析其內容特點、篇章結構、句式、押韻，用典等，以見其體式特點。

第七章「蘇軾辭賦的藝術特色與價值影響」，凡分二節，第一節「蘇軾辭賦的藝術特色」，分（一）觸處皆理，議論縱橫、（二）題材多樣，涉筆成趣、（三）廣備眾體，改舊造新、（四）因物賦形，姿態橫生、（五）文理自然，明白曉暢等五節，析論歸納蘇軾辭賦創作的藝術特色。第二節「蘇軾辭賦的價值影響」，就蘇軾辭賦在蘇軾文學上及在辭賦學史上的地位來析論其價值，並探討其作品予當代及後世的影響。

第八章「結論」，綜括研究成果，以呈現蘇軾辭賦理論及其創作研究之成果與價值；檢討研究過程，並預擬蘇軾辭賦研究未來進一步的方向或期望。

目

錄

下　冊

書　影

自　序

　　十年來，進出師大的歷程，似乎是那樣地偶然，卻又讓我覺得冥冥之中自有安排。碩士班畢業後，隨即投入軍旅，心中原以爲那是求學生涯的終點。沒想到，在南台灣日復一日乏味的點名生活，竟讓我懷念起研究生的苦讀日子。於是，《東坡樂府》、《東坡賦譯注》成了我的「南遷二友」，就在無數晚點名後的夜晚和晨間保養場裡，我一遍又一遍地誦讀蘇軾的賦作。這一段沒有壓力的習賦歷程，竟伏下日後的研究機緣，這是始料未及的。

　　除役後，回到故鄉雲林，就近任教於嘉義吳鳳技術學院，適逢學校升格獎勵進修，於是又回到師範大學。因爲對蘇軾作品、人格的喜愛，我再次修習陳師伯元的東坡詩詞研討，同時亦選修了高師秋鳳的辭賦專題研討課程，在兩位老師的指導下，漸啓研究視野，遂以蘇軾辭賦爲研究對象，漸次展開研究。

　　蘇軾辭賦的研究可以說是蘇軾文學研究中較冷門的一部份。總以爲凡事皆可樂，靜待吾人去發掘。冷門的研究工作，倘深入去發掘，其中亦有可樂。雖然研究過程常覺得挫折和困難重重，但更多的是解決問題和發現新知的喜悅。在這漫長的研究日子裡，特別感謝陳師伯元的熱心指導寫作、惠贈參考資料，並不時爲我排解疑難問題。最讓我感念的是，老師爲開啓我的學習視野，連續兩年提攜學生前往四川

眉山、河南郟縣參加蘇軾學術研討會。在會議的參訪中，蘇軾的出生地——眉山三蘇祠，葬身之處——郟縣蘇墳，都留下了我們的足跡。這些參訪行程，深觸我心，讓我在精神上更加貼近蘇軾的文學和生活。在學術會議上，不僅親炙學術望重的蘇學專家，更和來自大陸及世界各地的學者交流。其中來自北國瀋陽的孫民先生，因為會中討論蘇軾辭賦的關係，會後與在南台灣的我，成為遠距的忘年之友。呵。這一切，都要深深地感謝老師的安排，這兩次的會議參訪行程，著實讓我獲益良多。

此外，感謝博士班就學期間，高秋鳳老師、王開府老師、莊耀郎老師、邱燮友老師等師長的引領啓發。亦非常感謝論文審查考試期間，李鍌老師、陳滿銘老師、簡宗梧老師、劉昭明老師的寶貴意見，讓本論文疏略不當之處得以獲得修改，諸位老師的指導與勉勵，增添了我日後持續學術研究的信心和助力。

取得博士學位，雖是我學生生涯的終點，然而亦將是我學術生涯的新起點。學海無涯，學位文憑，只是取得開啓知識殿堂的鑰匙。今後，更期許自己能進而登堂入室，盡情在學術殿堂裡伸展、遨翔。

最後，感謝吳鳳技術學院諸多長官及師生給予我的協助及鼓勵，故鄉爸媽的期望、兄弟親友的支持、淑娟的擔待……等，這一切點點滴滴，常在我心。

廖志超謹序於國立台灣師範大學國文研究所

中華民國九十三年四月二日

第一章　緒　論

　　蘇軾（1036～1101）是宋代文學集大成者，其文藝創作遍及各部門，詩、詞、文、賦、書、畫，無不精曉，可謂雄視百代，無人能出其右。東坡詩、詞、文、書、畫的輝煌成就，久為世人所公認，其作品歷代流傳誦習，研究者從事蘇軾詩、詞、文的研究，亦取得相當深廣之成果。可是，蘇軾的辭賦作品，除了名篇前、後〈赤壁賦〉之外，餘皆為其詩文盛名所掩，研究的成果亦僅僅局限於少數名篇，目前的研究質、量亦無法與詩文之研究成果相比擬，因此蘇軾辭賦的研究是東坡文學作品研究中較弱的一環〔註1〕。要全面認識和評價蘇軾文學的地位和成就，不能忽略其辭賦作品。

　　在蘇軾文學的研究上，其辭賦作品的研究尚待開發；在辭賦研究史上，宋代辭賦亦有待吾人墾拓。以往，由於傳統觀念的影響，學者對宋賦的重視和研究極為不足，甚至一些流行的文學評論和文學史之類著作中亦幾乎隻字未提。唐以後的辭賦被忽視，由來已久。首先是明・李夢陽提出「唐無賦」的觀點，清・程廷祚又提出「唐以後無賦」的論調，他們否定唐以後的辭賦，出發點各不相同，然而他們輕視唐

〔註1〕衣若芬在〈近五十年（1949～1999）臺港蘇軾研究概述〉直指：「辭賦的研究是以往東坡文學作品研究中較弱的一環。」見《千古風流——東坡逝世九百年紀念學術研討會》，台北：洪葉文化，2001年，頁927。

-1-

代以後的辭賦則是一致的。這樣的觀念影響後人，於是後代文論家對唐宋以來的賦家、賦作往往採輕視的態度。有的很少論及，有的即使論及，也極爲簡單和粗略〔註2〕。蘇軾的辭賦研究，亦是在此觀念影響之下，遭學者忽視。這一種輕視忽略之偏見，是以楚辭、漢賦及魏晉南北朝賦的標準來看待後代辭賦作品的。一時代有一時代之文學，未深入探討就輕予否定，對唐宋以後的作家作品是極不公允的。事實上，辭賦在宋代的發展是繼漢唐之後的另一高峰，蘇軾的辭賦創作，標志著宋代辭賦的最高成就〔註3〕，是宋代此一發展高峰的峰頂。他在宋代辭賦發展史上的地位是崇高且重要的，他的賦作體現出賦體文學發展的新趨勢和革新精神，不僅在當時獲得巨大聲譽，開了一代文風，而且對後世的辭賦創作產生了深遠影響。後人評議宋代辭賦往往以蘇軾作品爲標幟，所以蘇軾的辭賦是非常值得吾人一探究竟的。

　　許結在〈二十世紀賦學的回顧與展望〉一文中，綜理二十世紀賦學研究現況（含成就與不足），覘測未來賦學發展，指出未來賦學研究的走向，首先是賦學研究的基礎工程與基礎理論的建設，其次是賦學研究領域的開拓。〔註4〕有鑑於此，本論文之目的即在於奠定蘇軾

〔註2〕參霍旭東，〈兩宋賦述略〉，《社科縱橫》，1999年第五期，頁33～37。

〔註3〕馬積高云：「蘇軾是北宋詩、詞、文集大成的作家，也是宋、元賦最有代表性的作家。」見《賦史》，上海：上海古籍出版社，1998年，頁423。

〔註4〕許結〈二十世紀賦學的回顧與展望〉一文云：「從基礎工程的建設來看，目前僅出版《全漢賦》一種，編纂體例亦褒貶或異。《歷代辭賦總匯》與《賦話叢編》編纂完成，尚待出版。由於賦論資料與研究的不足，特別是古人文集中大量的有關賦序跋文字缺乏全面的鈎沉與整理，使賦論的全貌難以展現，因此諸種因素，使賦論至今難以躋身文學批評史家的領地。」又云：「在賦學領域，所謂開拓大抵有兩層意義：一是研究範圍的括大；一是研究本身的深入。從目前的研究狀況來看，賦學範圍的括大又有幾方面值得重視：其一，唐以後賦家賦作的開發與研究，尚缺乏開發與整理。其二，有關辭賦理論與批評的研究，這項工作因文獻資料有待發掘，尚處於起步階段。」參許結，《中國賦學歷史與批評》，南京：江蘇教育出版，2001年，頁357～359。

辭賦研究的基礎工程與基礎理論的建設，以及蘇軾辭賦研究領域的開拓。

首先，是蘇軾辭賦創作數量與編年的考查。歷來諸家所輯之蘇軾辭賦作品，去取失當，或闕錄、或多收，各種版本所輯錄之數量不盡相同；各本編排方式更是不一，或分隔數處，未能編年。凡此種種，對初學者而言，如入五里霧中，不能識蘇軾辭賦之眞面目。筆者將考察蘇軾辭賦作品的數量，以確立研究範圍；並將作品一一繫年，冀望此繁複之基礎研究，能有用於來者。

其次，是蘇軾辭賦理論的整理。蘇軾並沒有專門的賦學理論著作，僅在長期的創作實踐中，透過序文、題跋、書簡、隨筆札記等形式，留下不少賦學創作經驗之談。這些論見散見於其詩文之中，往往信筆爲之，缺乏完整的體系，長期以來未能得到完整的輯錄與整理。將這些散見在蘇軾詩文集中之片言隻語，分析、歸納、彙整成爲有系統、條理的辭賦理論，正是撰寫本文的首要目標。

再者，拓展蘇軾辭賦研究領域，亦是本論文研究之重要目的。本文不局限於少數文賦名篇，而是從蘇軾全部的辭賦作品著眼，作全面、深入、系統的分析研究。辭賦數量雖然在蘇軾全部創作中比重不大，但是它們所涉及的創作時間之長和思想範圍之廣，都足以表明辭賦作品是研究蘇軾思想非常重要的第一手資料。本研究將依其創作時間及政治背景，分仁宗嘉祐中舉初仕時期（1059～1063）、神宗熙寧外任知州時期（1075～1078）、神宗元豐貶謫黃州時期（1082～1083）、哲宗元祐在京侍君時期（1086～1089）、哲宗元祐出入京師時期（1091～1093）、哲宗元符流放海南時期（1098～1099）六個小節，析論蘇軾各個時期辭賦作品中的情感思想。

除了辭賦內容的分期研究之外，亦將其辭賦作形制的分體研究，分騷體、駢賦、律賦、文賦四類探討，依不同的體裁，分就其內容、篇章結構、句式、押韻、用典……等體式特點，來檢驗其賦學理論在實際創作上的實踐。

　　此外，在全面、深入地析論蘇軾辭賦創作的內容與體制後，本文將總結其辭賦的成就與價值影響，以呈現蘇軾辭賦作品在其文學作品中之地位，與其在辭賦發展史上之價值與影響。一方面要概括蘇軾辭賦題材內容及體裁形式的總體風貌與內部構成；另一方面密切關注其作品的發展線索，即將其置於整個賦學史中，視其有何拓展和創新。

　　要之，本論文旨在全面深入地探討蘇軾的辭賦創作，由其創作辭賦的數量編年、理論與創作、內容與形式來闡發蘇軾的成就與價值。

　　在研究範圍方面，研究辭賦，首先要釐清「辭賦」的研究範疇。「辭賦」是中國古代的各類文體中，極為特殊的詩文綜合性文體，要確定「辭賦」的研究範疇，是非常不容易的事。關於「辭賦」的名實、體制，長久以來，學術界一直沒有統一的意見。「辭」、「賦」究竟是一體還是異體？歷來論者甚夥，各家間論證角度不同，仁智各見，其說不一。在辭賦研究最具影響的國際學術研討會，其會議名稱、論文集就讓人有這樣的困擾。如首兩屆是以「賦學」為名，如首屆國際賦學學術討論會、第二屆國際賦學會議；到了三、四屆就變成以「辭賦學」為名，如第三屆國際辭賦學學術研討會、第四屆國際辭賦學學術研討會。其論文集在第二屆名為《賦學專輯》；到了第四屆則名為《辭賦文學論集》。連續舉辦的同一系列國際會議，竟也有令人紛擾的名稱問題，可見這樣的現象正是長久以來，學術界對於「賦」、「辭賦」的名實、體制，一直沒有統一意見的多元呈現。

　　自漢以來的二千餘年，對「辭」與「賦」的使用是極為混亂的。漢人對屈、宋作品及其擬作或稱「辭」，或稱「賦」。在他們看來，「辭」與「賦」是二而一的，是一種文體的不同稱述。明確將「騷」與「賦」分稱為兩種不同的文體，則自劉勰《文心雕龍》始。《文心雕龍》分〈辨騷〉、〈詮賦〉兩篇，緊接著《文選》就於「賦」之外，另立「騷」一目，又立「辭」一目。《文選》立目，過於細瑣，以至有的類別界限不清，而招致後世的非議。自茲以降，或強調「辭」與「賦」的一致，或強調「辭」與「賦」的區別，見仁見智，莫衷一是。李生龍〈近

十年辭賦研究述評〉云：「『辭』與『賦』作爲一種文體概念，從漢代起就沒有嚴格的界劃。後世文學家史家爲此費了很多口舌，或將『辭』、『賦』分爲二體，或以『賦』統『辭』，直至今天還照樣兩種見解并存。」〔註5〕是以論及「辭賦」之名實者，或主「辭」、「賦」不分；或以「賦」包「辭」；或「辭」、「賦」異體。「辭賦」義界的問題，在今人的各種辭賦學研究專書、專集或參考書均面臨此一問題，學者們的處理方式大抵根據自己的觀點或研究需要作出某種判斷。是以吾人可以從前此不同的意見中吸取合理成分，豐富自己的思考，以得出自己認可的結論。對「辭」、「賦」關係的看法，馬積高《歷代辭賦研究史料概述‧辭賦要籍敍錄》評《全漢賦》一書云：

> 辭、賦的關係，很久以來議論未定，各從所見以定去取，是可以的。……如能不拘己見，兼收並蓄，以供研究者采擇，似更爲有益。〔註6〕

葉幼明《辭賦通論》論「辭」與「賦」之關係云：

> 要言之，賦可以包辭，故辭可以稱之爲賦或包在賦之中，……而辭只是賦之一體，只有騷體賦可以歸入辭一類，而散體賦之類則不可以稱之爲辭。……辭與賦的關係是部分與整體，類概念與分概念的關係。〔註7〕

〔註5〕見李生龍，〈近十年辭賦研究述評〉，馬積高、萬光治主編，《賦學研究論文集》，成都：巴蜀書社，1991年，頁325。

〔註6〕見馬積高，《歷代辭賦研究史料概述》，頁213。

〔註7〕葉幼明《辭賦通論》云：「要言之，賦可以包辭，故辭可以稱之爲賦或包在賦之中，如屈原作品可以稱屈賦，劉徹〈秋風辭〉，陶淵明〈歸去來分辭〉可以概括在賦之中。而辭只是賦之一體，只有騷體賦可以歸入辭一類，而散體賦之類則不可以稱之爲辭。故朱熹《楚辭後語》，姜亮夫先生《紹騷隅錄》將許多以賦名篇的騷體視之爲辭或騷，作爲屈宋賦的嫡傳而收入書中。辭與賦的關係是部分與整體，類概念與分概念的關係。這如同詩與律詩一樣，律詩爲詩之一體，詩可以包括律詩，而律詩則不可以代替詩。前人對辭與賦總是絞繞不清，就是未搞清它們之間的關係。強調二者的區別，就說它們是性質完全不同的兩種體裁，這如同說『白馬非馬』一樣；強調二者的一致，就說它們是一體而二名，這也如同說『天地一指也，萬物一馬也』

從前人的創作實際看，「辭賦」並稱或以「賦」統「辭」的作法堪稱符合事實，也給研究帶來便利。錢鍾書云：「文章之體可辨別而不堪執著。」〔註8〕準此以言，「辭」與「賦」的關係，筆者以為自其同處言之可合觀；自其異處言之可分別。本文即是站在合觀的立場，希望能全面探討蘇軾的辭賦理論及其辭賦創作。

欲確立蘇軾「辭賦」的研究範圍，不能不深入探究蘇軾對「辭」、「賦」的觀念。在蘇軾的詩文集中，他對「辭」、「詞」、「賦」三者的指稱，常常互為代用，一是「辭」與「詞」通用，如「楚辭」作「楚詞」，「騷辭」作「騷詞」，「哀辭」作「哀詞」；二是視「辭」（或「詞」）、「賦」通用，或將「辭」、「賦」並舉。以下茲舉其詩文數篇以證此說：

> 我坐黃樓上，欲作黃樓詩。忽得故人書，中有黃樓詞。……
> 我詩無傑句，萬景驕莫隨。夫子獨何妙，雨雹散雷椎。雄辭
> 雜古今，中有屈宋姿。（〈太虛以黃樓賦見寄作詩為謝〉）〔註9〕

蘇軾稱秦觀〈黃樓賦〉為〈黃樓詞〉，這是以「詞」為「賦」之例。稱其賦為「雄辭」，亦是以「辭」為「賦」之例。

> 鬱鬱蒼髯千歲姿，肯來杯酒作兒嬉。流芳不待龜巢葉，掃
> 白聊煩鶴踏枝。醉裡便成敧雪舞，醒時與作嘯風辭。馬軍
> 走送非無意，玉帳人閒合有詩。（〈中山松醪寄雄州守王引進〉）

稱自己的〈中山松醪賦〉為「嘯風辭」，此乃以「辭」為「賦」之例。上述「辭」（或「詞」）、「賦」通用之例，或許是因為詩歌押韻的關係而通用，然而以下數篇皆為散文體，亦多有「辭」（或「詞」）、「賦」

一樣。二者都是不科學的說法。」見《辭賦通論》，長沙：湖南教育出版社，1991年，頁26～27。

〔註8〕見錢鍾書，《管錐編》，北京：中華書局，1984年，頁889。

〔註9〕本文徵引蘇軾之詩集係採用蘇軾撰、孔凡禮點校，《蘇軾詩集》，北京：中華書局，1996年11月第一版第四刷之版本；蘇軾文集採用蘇軾撰、孔凡禮點校，《蘇軾文集》，北京：中華書局，1996年2月第一版第四刷之版本。為省篇幅，下文凡徵引蘇軾之詩文作品，僅於其後標註篇名，不加詳註。

通用之例，更可以證明蘇軾將「辭」、「賦」並舉或通用之觀念。

> 余友文與可，非今世之人也，古之人也。其文非今之文也，
> 古之文也。其為〈超然〉辭，意思蕭散，不復與外物相關，
> 其〈遠游〉、〈大人〉之流乎？（〈書文與可超然臺賦後〉）

稱文與可的〈超然臺賦〉為〈超然〉「辭」，此亦以「辭」為「賦」之
例。又將〈超然臺賦〉與〈遠游〉、〈大人〉諸「辭」並舉，是為「辭」、
「賦」並舉之例。

> 迨（蘇軾中子）好學知為楚詞，有世外奇志，故書此六賦以
> 贈其行。紹聖元年六月二十五日，東坡居士書。（〈書六賦後〉）

此文將「楚辭」作「楚詞」，是為「辭」、「詞」通用之例；將自己所
書「六賦」與「楚詞」並舉，是為「辭」、「賦」並舉之例。

> 小兒少年有奇志，中宵起坐存黃庭。近者戲作凌雲賦，筆
> 勢彷彿離騷經。（〈游羅浮山一首示兒子過〉）

蘇軾幼子蘇過作〈凌雲賦〉，蘇軾稱其筆勢與〈離騷〉相彷彿，又是
「辭」、「賦」並舉之例。又黃山谷曾以晁載之〈閔吾廬賦〉問東坡何
如？東坡回信云：

> 晁君騷詞，細看甚奇麗，信其家多異材耶？然有少意，欲
> 魯直以己意微箴之。（〈答黃魯直〉五首之二）

在此信中，蘇軾將「騷辭」作「騷詞」，是為「辭」、「詞」通用之例；
稱〈閔吾廬〉「賦」為騷「詞」，又是為「辭」、「賦」通用之例。

由上述之例證，可見蘇軾對「辭」、「賦」通用、並舉的認知，
蘇軾這樣的認識觀亦是本文選擇以「辭賦」為研究範圍的重要參考
依據。

確定以「辭賦」為研究對象後，接著又遭遇到該如何確定「辭
賦」範圍的問題。歷來研究辭賦學者的去取標準不同，或僅取以「賦」
名篇為研究範圍者；或全取以「辭」、「賦」名篇者，甚至非以「辭」、
「賦」名篇者亦納入者；或兼採以「辭」、「賦」名篇者，再依其性
質內容去取者。筆者在參考前賢的去取標準及諸多文章體裁之書籍

後〔註10〕，爲方便研究進行，不使研究範圍漫羨無涯，關於蘇軾「辭賦」去取的標準爲：將散見在蘇軾詩文集中的作品，詳揀出以「賦」名篇者、以「辭」名篇者或以「詞」名篇者〔註11〕，然後再依其性質內容決定去取。

以上述之低標先檢出蘇軾「辭賦」作品以「賦」、「辭」、「詞」名篇者，以「賦」名篇者刪去蘇過所作之〈思子臺賦〉、〈颶風賦〉。此二篇乃蘇軾命其幼子蘇過所作，然不知何故收入蘇軾文集中，過去有不少研究者誤以爲蘇軾作，今知其故，先刪此二篇；以「辭」、「詞」名篇者，刪去「青詞」、「哀詞」數篇。此等雖末字以「詞」名篇，然實已入另一文體，其性質皆爲應用文體，與「體物寫志」的辭賦體有較明顯的區別。

所謂「青詞」，乃道家齋醮時的祈禱文，亦稱「綠章」。唐·李肇《翰林論》：「凡太清宮道觀薦告詞文，用青藤紙書朱字，謂之青詞。」明·徐師曾，《文體明辨》引陳繹曾云：「青詞者，方士懺過之詞也，或以祈福，或以薦亡，唯道家用之。」清·吳曾祺《文體芻言》：「青詞，亦於齋醮用之，唐人爲之濫觴，至於嘉靖中，道教盛行，天子一意焚修，一時詞臣爭以此迎上意。」〔註12〕蘇軾有多首青詞：〈醮上帝青詞三首〉、〈醮北岳青詞〉、〈鳳翔醮土火星青詞〉、〈徐州祈雨青詞〉、〈諸宮觀等處祈雨青詞〉；還有多篇內制青詞：〈集禧觀開啓祈雪道場青詞〉、〈景靈宮宣光殿安神宗皇帝御容日開啓道場青詞〉、〈集熙觀開啓祈雨道場青詞〉、〈太皇太后皇太后皇太妃受冊奏告景靈宮等處青詞〉、〈神宗皇帝御容進發前一日奏告諸宮觀等

〔註10〕《文章流別論》、《文心雕龍》、《文章辨體序說》、《文體明辨序說》、《古文辭類纂》、《文章體裁辭典》等古今文章體裁書籍。

〔註11〕「辭」與「詞」通用的情況，在蘇軾的集子中常見此情形，需要說明的是，蘇軾的詞作（宋詞之詞）自南宋以來，多不與文集混編，而是集外單行。所以從蘇軾七集本、全集本或外集本中之以「詞」名篇者，其體製大多屬於「辭賦」之「辭」，而非「宋詞」之「詞」。

〔註12〕見金振邦，《文章體裁辭典》，高雄：麗文文化事業，1995年，頁46。

處青詞〉、〈隆祐宮設慶宮醮青詞〉、〈西岳廟開啓祈雨道場青詞〉、〈中太一宮眞室殿開啓天皇九曜消災集福道場青詞〉、〈皇太妃宮閤慶落成開啓道場青詞〉。此等皆類爲郊廟告詞、或祈雨祈雪之祝文，頗似應用文書。

「哀辭」一類，乃哀悼死者的文辭，亦作「哀詞」。晉・摯虞《文章流別論》：「哀辭者，誄之流也。率以施於童殤夭折，不以壽終者。其體以哀痛爲主，緣以嘆息之詞。」梁・劉勰《文心雕龍・哀弔》：「原夫哀辭大體，情主於痛傷，而辭窮乎愛惜。……必使情往會悲，文來引注，乃其貴耳。」明・徐師曾《文體明辨》：「哀辭者，哀死之文也，故或稱文。夫哀之爲言依也，悲依於心，故曰哀；以辭遣哀，故謂之哀辭也。……或以有才而傷其不用，或以有德而痛其不壽。幼未成德，則譽止於察惠；弱不勝務，則悼加乎膚色。此哀辭之大略也。其文皆用韻語，而四言騷體，惟意所之，則與誄體異矣。」〔註13〕蘇軾的「哀詞」有：〈李仲蒙哀詞〉、〈錢君倚哀詞〉、〈蘇世美哀詞〉、〈王大年哀詞〉、〈鐘子翼哀詞〉、〈傷春詞〉〔註14〕等六篇，其性質近於應用文體，與「體物寫志」的「辭賦體」有明顯的區別。「辭賦」在其形成演變過程中和其他文體常互相滲透，因而發生各種各樣難以截然分割的糾葛。這些「哀詞」中，雖然可以找到某種受「辭賦」影響的痕跡，有些純爲騷體、四言體，但其體自有源流，所謂「哀辭者，誄之流也」，而「誄」的產生先於「賦」，因此「哀詞」似不必納入「辭賦」的範圍，但治「辭賦」者不可不知〔註15〕。

〔註13〕見金振邦，《文章體裁辭典》，頁46。
〔註14〕〈傷春詞〉亦屬「哀詞」一類，該詞引云：「去歲十二月，虞部郎呂君文甫喪其妻安氏，二月以書遺余曰：「安氏甚美，而有賢行。念之不忘，思有以爲不朽之託者，願求一言以弔之。」余悲其意，乃爲作傷春詞云。」
〔註15〕馬積高在《歷代辭賦研究史料概述・什麼是辭賦和辭賦的研究範圍》中論及「辭賦」與「哀弔文」的關係云：「與弔文相類的哀弔之體尚有誄、哀辭、祭文等，是否亦可以牽連入賦類呢？按：誄的產生先於賦，「誄者，累也，累其德性」。(《文心・誄碑》)，例施於尊長或

　　「青詞」、「哀詞」除了內容性質有別於「辭賦」，歷來的文體論者，多將其分立在「辭賦」之外。宋代之前者，如上述晉·摯虞《文章流別論》、梁·劉勰《文心雕龍·哀弔》；宋代以後之文體論者亦然，明·徐師曾《文體明辨序說》大底以同郡吳訥《文章辨體序說》為主而損益之，其書分正編及附錄兩大部份，其中「哀辭」自為一體，置於正編；另有「青詞」亦自為一體，收在附錄，可見「青詞」、「哀辭」均自為一體。又清·姚鼐《古文辭類纂》分文體十三類，其中第十二類為「辭賦」，十三類為「哀祭」，其中所謂「哀辭」已不收入「辭賦類」，而置於「哀祭類」。由上述可見，歷代文體學者多將「青詞」與「哀辭」二類分論，而未與「辭賦」收在一類；又「辭賦」學者馬積高，亦主「哀辭」不必納入「辭賦」研究範圍，今人孔凡禮《蘇軾文集》亦將上述諸篇「哀詞」獨立收在卷六十三「哀詞」一類中。綜合以上諸說，是以本文將「青詞」、「哀詞」割置在研究範圍之外。

　　此外，本研究範圍亦參考楊勝寬處理東坡辭賦數量問題的意見，將蘇軾辭賦之中的「銜命之詞」：如〈太白詞〉為代鳳翔知府宋選作；「應付請托之作」：如〈傷春詞〉乃為呂文甫作，不以闌入研究範圍，以符東坡的理論要求與創作實際〔註16〕。

德行顯著者。其施於幼小者則有哀辭，蓋始於曹植。其體式不一，大抵多為韻文。祭文又後起，至南北朝始見其名，可施於長幼及朋輩；唐以前皆為韻文，唐代以後的古文家亦用散文。這些文體中的韻文，有些也可以找到某種受辭賦影響的痕跡，有些純為騷體、四言體，但其體自有源流，似不必納入賦的範圍，但治賦者不可不知。」見《歷代辭賦研究史料概述》，頁24～25。

〔註16〕楊勝寬云：「貫穿一生的強烈主觀抒情言理色彩，從其早年所作〈南行前集敘〉和晚年作的〈與謝民師推官書〉關於寫作詩賦的要求和體驗看，將那些銜命之作（如〈太白詞〉（為代鳳翔知府宋選作）、應付請托之作（如〈李仲蒙哀詞〉、〈傷春詞〉）不以闌入，是比較符合東坡的理論要求與創作實際的。）見〈筆勢彷彿〈離騷〉經——東坡賦考論〉，《中國古代·近代文學研究》，1994年六期，頁240～241。

綜合以上，對蘇軾辭賦的研究範疇的取捨是：先將散見在蘇軾詩文集中的作品，詳揀出以「賦」名篇者、以「辭」名篇者或以「詞」名篇者，然後再依其性質內容決定去取。其中以「賦」名篇者，刪去蘇過所作，其餘全收；以「辭」、「詞」名篇者，先刪去「青詞」、「哀詞」，再刪去銜命之詞、應付請托之作，共得蘇軾辭賦二十九篇〔註17〕。

在運用材料方面，本文在數量的考查與文本的徵引，採用了不同的版本。在數量考查上，分別參考了《東坡七集》、《東坡全集》、《重編東坡先生外集》等古本；文本的徵引則選用今人孔凡禮點校的《蘇軾文集》、《蘇軾詩集》。分別詳列如下：

《東坡七集》，蘇軾撰，《四部備要》集部，台北：中華書局據匋齋校刊本校刊，1981年6月豪華一版。此書乃中華書局《四部備要》據匋齋校刊本校刊，聚珍仿宋版印本。此本源於宋刻本，是蘇軾詩文全集本中較爲完善的版本。

《東坡全集》，蘇軾撰，《影印文淵閣四庫全書》，集部46，v1107，台北：台灣商務印書館據國立故宮博物院藏本影印，1983年。此書是《影印文淵閣四庫全書》，1983年由台灣商務印書館據國立故宮博物院藏本影印的。

《重編東坡先生外集》，蘇軾撰、明毛九苞編，《四庫全書存目叢書》集部十一，台南：莊嚴文化事業有限公司，1997年6月初版一刷。此本乃據浙江圖書館藏明萬曆三十六年康丕揚維揚府署刻本，由台灣台南莊嚴文化事業有限公司，在1997年6月出版。

《蘇軾文集》，蘇軾撰、孔凡禮點校，北京：中華書局，1996年2月第一版第四刷。《蘇軾詩集》，蘇軾撰、孔凡禮點校，北京：中華書局，1996年11月第一版第四刷。孔凡禮點校之詩文集，考述存佚，辨其真偽，詳述內容與版刻源流，最利研究之參考，本文遂據以爲研

〔註17〕關於蘇軾辭賦作品數量的考查始末、版本依據，詳見下文第三章第一節蘇軾辭賦數量考論，在此僅先說明數量考查之標準依據。

究之資也。

在文獻資料的運用與探討方面，蘇軾辭賦研究成果的品質和數量，與其詩文研究相較，顯然是蘇學研究較弱的一環。首先，就數量方面來說，不僅一般專著、學位論文著墨者少，就連期刊論文、會議論文的數量亦不多。其次，就品質方面來說，最大的問題乃在焦點太過集中於名篇的研究，以致其它的賦篇都無人聞問；或僅僅是單篇論文之探討，論著的份量不足，未能廣泛、深入地探究；或是完成的時代比較早，成果未達某一水準。然而近年來，一些專門對蘇軾辭賦進行評論、研究的論著已逐漸增多並逐步深入。在進入蘇軾辭賦研究領域之前，有必要熟悉前賢既有相關且重要的研究成果。以下擇其要者，述評如下：

《東坡賦譯注》，孫民著，四川：巴蜀書社，1995 年。這是最純粹的一本關於蘇軾賦作的專著，收錄蘇軾二十六篇賦作之注釋、譯文及說明文字，書末附有〈論蘇軾賦中的「士的意識」〉以及〈試論蘇軾賦的形象特徵〉兩篇單篇論文。孫先生避開繁雜、糾葛的「辭賦」義界問題，直接收錄以賦名篇者，其中〈颶風賦〉為蘇過作，孫民誤以為蘇軾作，應該是如該書前言所云：「當時有關的資料很短缺」的緣故。在孫民「決心下一番笨功夫，即在弄清各篇作品背景後，抄原著，作注釋，譯全文，以其窺探內中的精義。」〔註18〕此書成為研究蘇軾賦作最方便的一本參考書，是筆者進入蘇軾辭賦殿堂的一把方便鑰匙。

《歐陽修蘇軾辭賦之比較研究》，陳韻竹著，台北：文史哲出版社，1986 年。全書共七章，第一章緒論，第二、三章評介分析歐陽修辭賦，第四、五章評介分析蘇軾辭賦，第六章為歐、蘇辭賦的綜合比較，第七章為結論。此書在宋賦研究不受重視、或歐蘇賦研究局限於少數名篇的情況下，能從其全部作品著眼，作全面系統的比

〔註18〕見孫民，《東坡賦譯注‧前言》，成都：巴蜀書社，1995 年，頁 1。

較分析，不僅所提出的若干學術觀點富有意義，而且從課題的選擇上亦具有塡補空白的價值〔註19〕。該書以比較研究爲主要架構，行文簡潔，其中第五章蘇軾辭賦之分析，對本論文之分體研究一章啓發頗多。

《蘇軾辭賦研究》，朴孝錫，東海大學中文研究所，碩士論文，1989 年。全書共分六章，第一章「蘇軾之生平傳略」，第二章「蘇軾以前歷代賦體之演變概述」，第三章「蘇軾辭賦考略」，第四章「蘇軾辭賦寫作之年代及其背景」，第五章「蘇軾辭賦之特色」，第六章「結論」。此書的價值在於首先以學位論文專題研究蘇軾辭賦，然而此書之體例、內容疏略之處甚多，該書以蘇軾辭賦研究爲題，竟無專章討論蘇軾辭賦之內容、體制，逕而直接歸納其辭賦之特色。雖然他的研究在今天看起來頗爲疏略，然以異邦之士，勇敢承擔開創蘇軾辭賦專題論文研究之先鋒，筆路藍縷，以啓山林，功不可沒。

《蘇東坡辭賦研究》，禹埈浩，韓國外國語大學校大學院中國語科，博士論文，1990 年。此書以韓文寫成，從文中的關鍵漢字約略可識其梗概，全書共分五章，第一章「緒論」，第二章「時期別 分析研究」，第三章「題材別 分析研究」，第四章「體裁別 分析研究」，第五章「結論」。筆者在本文接近完稿時，才輾轉從韓國印回該論文。該書將蘇軾辭賦轉譯爲韓文，對蘇軾辭賦在韓國的流傳有相當的助益，然而在論文正文中抄錄蘇軾全文，又將中文轉譯成韓文已佔去泰半篇幅，研究成果亦有所折扣。要之，禹埈浩和朴孝錫均以異邦之士，開拓蘇軾辭賦研究領域之新局，予吾人豈能無有啓發和刺激？

以上是專著及學位論文部分，至於期刊論文方面，據遲文浚、許志剛、宋緒連主編《歷代辭賦辭典》所附之〈歷代賦研究論著、論文索引〉，其中收錄了大陸自 1957～1990 年有關蘇軾辭賦相關論文三十八篇，其中三十五篇是研究〈赤壁賦〉之作品，只有三篇非關〈赤壁

〔註19〕見霍松林主編《辭賦大辭典》，對該專著之評語。

壁〉，分別是臧克家〈東坡少作點鼠賦〉、呂叔湘〈由蘇東坡作〈點鼠賦〉的年齡問題引起的〉、王海濱〈洞庭春色中山松醪二賦〉注譯。可見，前賢太過將焦點集中在前、後〈赤壁賦〉，這樣的現象後來稍獲改善，出現了不專以〈赤壁賦〉為題的研究，諸如：曹慕樊〈〈後杞菊賦〉〉解──兼論蘇賦的淵源及獨創風格〉、馬德富〈論蘇軾的賦〉、李博〈蘇賦簡論〉、楊勝寬〈筆勢彷彿〈離騷〉經──東坡賦考論〉、何國棟〈蘇軾賦的散體特徵及其形成〉、胡立新〈簡論蘇軾「變賦」的審美特徵〉、簡師宗梧〈蘇軾賦觀及其相關的問題〉、王許林〈論蘇軾的辭賦創作〉，這些論文篇幅都不多，然已能從更多角度切入研究蘇軾辭賦。

綜合以上研究情況，發現不少論題研究重複，然而尚待墾拓的研究領域亦不少。隨著學術文化的日益發展，蘇軾辭賦研究進入更全面、更深入的階段，現在正是一個適切的時間點。本文試圖在前賢研究基礎上，將蘇軾辭賦研究作橫向的拓展，以及從縱向來作累積堆高和深入挖掘的工作，希望在蘇學、辭賦學的研究上，有所助益。在行文中，對於前哲今賢的相關文獻，凡正確的皆充分汲取利用，意在總結已有的研究成果，同時再作必要的考訂和探索，以陳己見。本研究所欲嘗試者，乃在拓寬觀照的視野、用新的方法途徑，整合蘇軾辭賦的理論與作品，進而勾勒出蘇軾辭賦作品所呈現的風貌，並賦予它在賦史上的地位和價值。

本論文特別拈出「理論」二字為題，乃在於蘇軾辭賦的論見，長期以來未能得到完整的輯錄與整理。從程國賦〈二十世紀蘇軾文論研究〉一文中便可見此一現象，該文總結了二十世紀「關於蘇軾文藝理論的研究七十餘年的研究歷史」，從中可見歷來對蘇軾的詩論、詞論、文論以及其書論、畫論的研究概況，然而未見有論及蘇軾辭賦理論者。〔註20〕蘇軾文藝理論專著如劉國珺《蘇軾文藝理論研究》云：「本

〔註20〕見程國賦，〈二十世紀蘇軾文論研究〉，《暨南學報》哲社版，1999年2月，頁26～32。

書對蘇軾的文藝理論觀點作了概括的綜合分析。全書共分八章：一、
蘇軾的生平與思想；二、文論；三、詩論；四、詞論；五、畫論；六、
書論；七、樂論；八、蘇軾文藝理論的影響及其局限。」〔註21〕亦闕
賦論。由於賦是介於詩文之間的文學體裁，「亦詩亦文」、「非詩非文」，
地位尷尬，研究詩論者以其非詩，研究文論者以其非文，故往往不被
列入研究範圍。黃美娥《蘇軾文論及其散文藝術研究》〔註22〕，江惜
美《蘇軾詩學理論及其實踐》〔註23〕，上述兩本論文，均未涉及蘇軾
辭賦理論及其辭賦創作的探討，殊爲可惜。因此將散見在蘇軾詩文集
中關於辭賦論見的片言隻語，分析、歸納、彙整成爲有系統、條理的
辭賦理論，是本研究關於蘇軾辭賦研究重要的橫向開拓。而這一構思
之形成，正是參加 2000 年輔仁大學舉辦《千古風流——東坡逝世九
百年紀念學術研討會》，會中簡師宗梧發表〈蘇軾賦觀及其相關的問
題〉一文之誘發。

　　在研究方法與步驟方面，本論文運用的研究方法如下：

　　一、文獻學與文藝學相結合的方法：以目錄、版本、校勘等文獻
學之方法爲基礎，充份掌握蘇軾辭賦創作之數量及繫年工作，以便於
展開蘇軾辭賦思想內容與外在形式之研究；然後運用文藝美學原理，
對蘇軾辭賦理論創作之相關問題作出合情合理之論證分析。

　　二、理論與創作相結合的方法：蘇軾不僅在辭賦創作實踐上成就
卓著，而且在批評理論上有著很多重要的建樹，通過綜合考查分析，
將其辭賦理論與其辭賦作品互相對照，以收相得益彰之功效。

　　三、文學、史學、哲學相結合的研究方法：辭賦家的哲學觀念是
其文學觀念產生的基礎，而其所處社會歷史環境及其個人遭遇交遊，
對其賦學活動亦有深刻之影響。因此研究蘇軾的辭賦作品，不能孤立

〔註21〕見劉國珺，《蘇軾文藝理論研究》，天津：南開大學出版社，1984 年。
〔註22〕見黃美娥，《蘇軾文論及其散文藝術研究》，國立台灣師範大學國文
　　　　所，碩士論文，1989 年。
〔註23〕見江惜美，《蘇軾詩學理論及其實踐》，東吳大學中文所，博士論文，
　　　　1991 年。

片面地就賦論賦，需要結合文、史、哲，作系統、綜合之考察。

四、點、面的結合方法：本文凡分八章，採用點、面結合之方式，每章集中討論一個問題，讓每一章既是全書互相關照的一個側面，同時又具有相對的獨立性，力求既全面照顧又重點突出地探討蘇軾辭賦理論與作品的相關學術問題。

五、一經一緯、縱橫交錯的縝密分析法：關於蘇軾辭賦作品文本之研究，本文分兩章進行，一為縱向的考察，依作品寫作時間先後為經，展開對作品內容的研究，主要在於考察作者的情感思想；一為橫向的研究，依作品的創作體式為緯，展開對作品體式的研究，主要在於考究體式的承繼與開創。通過這一經一緯之縝密分析，期能對蘇軾辭賦作品的內容與體式之研究有所助益。

在研究架構方面，本文共分八章，主要結構如下：

第一章「緒論」，說明研究動機目的、研究範疇、前賢之研究成果以及研究方法步驟。

第二章「蘇軾辭賦創作的背景與淵源」，凡分二節，第一節「蘇軾辭賦創作的時代背景」，分別從政治、思想、文學思潮、辭賦發展等背景，探討影響蘇軾辭賦特徵形成的外在客觀因素；第二節「蘇軾習賦的淵源」，分別從蘇軾的習賦時間、習賦取資及習賦方法等，說明其善於借鑑前人的成功經驗、極富個人創造精神的內在主觀因素。

第三章「蘇軾辭賦數量與繫年考論」，確定蘇軾辭賦研究的範圍，完成作品繫年的基礎工作。

第四章「蘇軾的辭賦理論與批評」，連綴蘇軾散見於詩文集的辭賦見解，加以歸納分析，分試賦論、功能論、創作論、風格論及批評論五節，以探究蘇軾關於辭賦創作、鑒賞和批評的理論系統。

第五章「蘇軾辭賦分期析論」，依其創作時間及政治背景，分仁宗嘉祐中舉初仕時期（1059～1063）、神宗熙寧外任知州時期（1075～1078）、神宗元豐貶謫黃州時期（1082～1083）、哲宗元祐在京侍君時期（1086～1089）、哲宗元祐出入京師時期（1091～1093）、哲宗元

符流放海南時期（1098～1099）六個小節，以見其情感思想。

　　第六章「蘇軾辭賦分體析論」，將蘇軾辭賦分爲騷體、駢賦、律賦、文賦等四類，分析其內容特點、篇章結構、句式、押韻，用典等，以見其體式特點。

　　第七章「蘇軾辭賦的成就與價值」，凡分二節，第一節「蘇軾辭賦的成就」，分（一）觸處皆理，議論縱橫、（二）題材多樣，涉筆成趣、（三）廣備眾體，改舊造新、（四）因物賦形，姿態橫生、（五）文理自然，明白曉暢等五節，析論歸納蘇軾辭賦創作的成就。第二節「蘇軾辭賦的價值」，就辭賦作品在蘇軾文學上及在辭賦學史上的地位來析論其價值；並探討其理論及作品對宋代及後世的影響。

　　第八章「結論」，綜括研究成果，以呈現蘇軾辭賦理論及其創作研究之成果與價值，檢討研究過程，並預擬蘇軾辭賦研究未來進一步的方向或期望。

　　要之，本論文冀望透過不同主題的全面的研究及不同層面的深入探討，期能使蘇軾辭賦理論與創作之全貌完整地呈現出來。

第二章　蘇軾辭賦創作的背景與淵源

　　蘇軾的辭賦創作，同時兼受了政治科舉試賦與文學思潮的影響，加上辭賦自身形式及內容的發展及蘇軾自身好新求變的文藝觀，是以終能在體裁及題材內容上一改辭賦舊貌，另闢新徑。因此研究蘇軾辭賦，當探討其特徵形成的客觀背景、外緣因素，《文心雕龍·時序》云：「時運交移，質文代變。……文變染乎世情，興廢繫乎時序。」文學創作是社會文化的一部分，它的發展和衍變既離不開各個歷史時期的政治背景，又受到各個歷史時期文化氛圍的制約，而其中辭賦體裁和題材的發展和衍變，又有其自身的特點和規律。除了探討蘇賦特徵形成的客觀因素之外，還要分析蘇軾辭賦特徵形成的主觀因素及內在基因，本文將著重探討蘇軾習賦歷程中所呈現之好新求變的文藝觀。本章分兩節探究，第一節「蘇軾辭賦創作的時代背景」，分別從政治、思想、文學思潮、辭賦發展等來探討影響蘇軾辭賦特徵形成的外在客觀因素；第二節「蘇軾習賦的淵源」，分別從蘇軾的習賦時間、習賦取資及習賦方法來說明其善於借鑑前人的成功經驗、極富個人創造精神的內在主觀因素。

第一節　蘇軾辭賦創作的背景

　　任何文學作品都是一定歷史時期社會生活的反映，它不但要受

到當時政治的制約，也要受到當時文風的影響，辭賦也不例外。本
節先從橫向的社會聯繫，來考查蘇軾當代的政治環境、社會思潮、
文學運動；然後再從縱向的辭賦發展歷史概況，探究當時辭賦自身
體裁和題材的轉變。透過這樣一經一緯，橫向縱向的探究，期能將
當時的政治、思想、文學、賦體發展的趨勢，清楚地呈現出來。

一、政治重文，科舉試賦

宋代是在五代十國分裂混亂基礎上建立起來的。宋代開國帝王，
深刻反思了歷史的經驗教訓，特別是唐朝興亡盛衰的歷史經驗教訓。
有鑑於唐末君弱臣強，武臣擅權，擁兵自重，藩鎮割據，雄霸一方的
險象，宋初一開始就採取重內輕外，集權而不分權的政策。對武人深
具警惕之心，實施了系列的防範措施，其中最根本策略就是「以文抑
武」、「重文輕武」。

宋代帝王做出「與士大夫治天下」的決策，士大夫的主要組成成
分是來自科舉考試。由於錄取名額大增，錄取者前程似錦，再加上考
試公平原則的貫徹實施，於是大量地吸引許多知識分子加入科舉考試
的行列。徐吉軍《中國風俗通史——宋代卷》便詳載了這一現象：「宋
代推行重文政策，重人才，重知識。其中一個重要方面是大力改革、
發展科舉事業，通過科舉考試實施殿試、彌封、鎖院等一系列改革措
施。……自太宗朝起，又極大地擴大了科舉取士的人數。據統計，兩
宋三百餘年，科舉取士包括進士、諸科、特奏名總數約有十萬人之多
〔註1〕。這就使出身貧寒的窮苦知識分子有了通過科舉考試入仕做官
的機會。一旦金榜題名，便身價百倍，前途無量，正是『十年寒窗無
人問，一旦成名天下知』。尤其是考中進士的，不但升遷快，而且容
易進入館閣清顯之地，進而進入宰執、侍從等高級官僚層。『滿朝朱

〔註1〕徐吉軍註云：「據何忠禮先生〈兩宋登科人數考索〉（載《宋史研究集
刊》第二集，浙江省社聯《探索》雜誌增刊1988年）考訂，兩宋科
舉取士人數計進士四萬二千三百九十人，諸科一萬五千十四人，特
奏名三萬三千七百四十二人。」

紫貴，盡是讀書人』，這是宋代士子通過科舉，考中進士入仕做官、
仕途輝煌的眞實情形的寫照。」〔註2〕

　　在文官制度極爲發達的宋代，科舉考試似乎是國家人才的主來要
源，對文士的影響是普遍而深遠的。宋初禮部貢舉設進士、九經、五
經、開元禮、三史、三禮、三傳、學究、明經、明法等科，其中最重
要的便是進士科。宋初承唐制，「凡進士試詩賦雜文各一首，策五道，
帖《論語》十帖，對《春秋》或《禮記》墨義十條。」〔註3〕其中進
士科試詩賦，對賦體的發展產生最關鍵的影響。所謂「利之所在，人
無不化」〔註4〕（〈擬進士對御試策〉）由於這項政治誘因，使得辭賦
更爲知識分子所熟悉、勤練。由童蒙經數十年寒窗的歲月，誦讀辭賦、
練習作賦，是他們的必備功課。賦作爲科考的主要項目，是審器量才
的仕進依據，根據黃書霖編《二十四史九通政典類要合編》一書考證，
自北宋神宗熙寧四年（1071）採納王安石建議，進士科罷除詩賦，改
試經義策論，至哲宗元祐元年（1086）詔復試詩賦，其間廢棄詩賦凡
十五年；自哲宗紹聖元年（1094）詔罷詩賦專用經義，至南宋高宗建
炎二年（1128）詔復試詩賦，其間廢棄詩賦凡三十五年。除此兩段時
間共計五十年不試詩賦外，兩宋三百年天下，大部分時間舉行的科舉
考試都是要考試詩賦的〔註5〕。讀書人重視辭賦，可以從清·孫梅《四
六叢話》卷五引〈寓簡〉中，所記宋太宗淳化三年（992）舉進士甲

〔註2〕見徐吉軍等，《中國風俗通史——宋代卷》，上海：上海文藝出版社，
　　　　2001 年，頁 348。
〔註3〕見元·馬端臨，《文獻通考》，台北：世界書局，1988 年，卷三十，
　　　　頁 51。
〔註4〕蘇軾〈擬進士對御試策〉云：「昔祖宗之朝，崇尚辭律，則詩賦之士，
　　　　曲盡其巧。自嘉祐以來，以古文爲貴，則策論盛行於世，而詩賦幾
　　　　至於熄。何者？利之所在，人無不化。」此文以策論之盛行於世乃
　　　　因「利之所在」；同理，兩宋大多時間試賦，辭賦之盛行亦是此一政
　　　　治誘因。策論、詩賦所盛之時雖不同，然使其所盛之由，「利之所在，
　　　　人無不化」則一也。
〔註5〕參黃書霖，《二十四史九通政典類要合編》，台北：大通書局，1979
　　　　年。

科的孫何，對於以詩賦取士的看法中得知：

> 惟詩賦之制，非學優才高不能當也。破巨題期於百中，壓
> 強韻示有餘地，驅駕典故，渾然無跡；引用經籍，若已有
> 之。詠輕近之物，則托興雅重，命詞峻整；述樸素之事，
> 則玄言道麗，析理明白。其或氣焰飛動，而語無孟浪；藻
> 繪交錯，而體不卑弱。頌國政，則金石之奏間發，歌瑞物，
> 則雲日之華相照。觀其命句，可以見學植之淺深；即其攄
> 思，可以覘器業之大小。窮體物之妙，極緣情之旨，識春
> 秋之富豔，洞詩人之麗則。能從事於斯者，始可以言賦家
> 流也。〔註6〕

從上述文字亦可以看出宋代是如何重視以詩賦取士，雖然反對科舉試
賦的聲浪亦不小，但兩宋大多數的時間都還是以詩賦取士的。有關於
宋代試賦之爭，在本論文第四章第一節「試賦論」中，有專文論及，
此不多贅。

　　總之，自唐以來，科舉考試以進士一科最為顯要，故詩賦作為仕
途進取的必修科目、從政入仕之重要工具，始終為世人所重，故而追
求功名之士大多趨之若鶩，無不悉心研習。如「不學詩無以言」一樣，
儒生要躋入仕林必須掌握應命作賦的本領。歷代不少帝王附庸風雅，
對人臣儒士或皇族子弟的辭賦才幹亦常特賜青睞優予獎許，使引以為
榮。在這段期間，不論是帝王，還是一般文人對辭賦都很重視。當然
帝王對辭賦如此關注，自然會影響到文人。蘇軾在〈謝梅龍圖書〉裡
曾引用《漢志·詩賦略序》引傳言「登高能賦可以為大夫」的觀念，
參與科舉考試，亦應促進他對辭賦作品之熟悉。從他在〈上梅直講書〉
論其七、八歲始知讀書之時，便「學為對偶聲律之文，求斗升之祿」，
不難看出他在中進士之前，長期習賦的情況。

　　綜上所述，蘇軾身處宋代「重文輕武」，科舉取士的政治環境下，
辭賦作品在官場上，是帝王獎勵、從政入仕的重要工具；在考場上，

〔註6〕見清·孫梅，《四六叢話》，台北：世界書局，1984 年，卷五，賦三
　　　之二，頁 99～101。

是科舉考試的必修科目；此外，賦還是沉抑林泉的失志之士借以抒憤遣懷的一種工具。蘇軾自幼便涉獵歷代辭賦，並練習作賦，嘗有詩云：「我時年尚幼，作賦慕相如」（〈答任師中、家漢公〉）。嘉祐二年，他參加科舉考試，便藉詩賦等作品脫穎而出〔註7〕，高中進士，順利進入政治圈。此後，蘇軾的政治生涯隨著當時黨爭而大起大落，得志居位時，藉賦來諷頌君主，如〈明君可與為忠言賦〉、〈延和殿奏新樂賦〉；失意遷謫時，便藉賦來遣懷抒憤，如傳誦千古的前、後〈赤壁賦〉。由此可見，蘇軾的辭賦作品無論是就其創作動機、作品內容，都是與當時的政治環境，息息相關，緊密結合的。

二、三教合流，理性思辨

　　宋代由於學術環境開放，文化高度發達，是傳統思想進入重新整合的時期。此一時期理學昌盛，道家復起，佛學流行，三教同時盛行於當世。儒學仍然是思想界的主潮，但莊禪已為更多的文人所接受，宋儒多能出入各家，廣博涉獵，儒、釋、道三教呈現出合流的趨勢。許結云：「宋人在創立文化學術體系過程中，一則援道入儒，以其形上學、宇宙觀補充儒學的形而下學、人生觀，一則援佛入儒，以「高深」、「克己」、「精微」的直悟哲思將儒學外向的、現實的倫理目標建立於主體的、內在的心性本體，其詩賦創作所追求的「理」的自覺和「意」的高妙，正此學術思想的藝術化。」〔註8〕因而宋代的文學作品，也明顯反映這種尚理趣的風尚，其主題思想也特具哲理取向。

　　宋代學術思想有一種普遍的懷疑精神，思想活躍，最好辯論學理。這樣的尚理反思的精神與思致，固然與三教合流有關，然而也與時代背景密切相關。首先，宋代國力荏弱，政局動盪，黨爭劇烈，使人心籠罩著白雲蒼狗、變幻莫定的衰世陰影；不少知識分子捲入政治

〔註7〕孔凡禮《蘇軾年譜》嘉祐二年三月條下云：「仁宗御崇政殿，試禮部奏名進士，又試特奏名。內出〈民監賦〉、〈鸞刀詩〉、〈重申巽命論〉題。」
〔註8〕見許結，《中國賦學歷史與批評》，頁60。

風波，歷盡宦海升沉，飽嘗人世冷暖，對命運和人生產生了困惑之感和探究之願；由魏晉開始到唐代形成的儒、釋、道三教鼎立，至宋演變為互相綜合和滲透，開闊了文人的思想，尤其禪宗派論辯的宇宙人生的諸多命題，引起文人的興趣；漢唐經學的權威性到宋代受到懷疑，儒者紛紛擺脫漢學窠臼，重新解經，學派分立，思想趨於活躍。這可以說是一個在批判地檢驗傳統觀念中醞釀學術新變的時代，是一個思辨的時代。其次，宋王朝建立不久，社會問題即趨於深化，促使人們思考和議論所面臨的問題；北宋有影響的文人多為講德操的封建官吏，有注視現實、干預政治的責任感；朝廷為牽制和控馭文臣武將，鼓勵台諫議論時政、糾彈官吏；當局甄拔人才，設置了有利於培訓議論能力的專門科目等等。凡此等等都造成了宋人好議論的社會土壤。自然，議論何代不有？不過，議論如宋代那樣發達，如宋人那樣擅長，如宋文那樣普遍，乃至議論成分滲入到各體作品之中，卻為前代所罕見（註9）。

　　蘇軾為學崇尚精神自由，儒、道、佛、縱橫諸家，兼收並蓄。他精通佛理、禪學，與和尚道士多有交往，喜讀《莊子》，熱衷於道家的養生之術。蘇轍《欒城集・東坡先生墓誌銘》云：「初好賈誼、陸贄書，論古今治亂，不為空言。既而讀《莊子》，喟然歎息曰：『吾昔有見於中，口未能言，今見《莊子》，得吾心矣。』……後讀釋氏書，深悟實相，參之孔、老，博辨無礙，浩然不見其涯也。」可見蘇軾思想複雜、兼容並蓄的特點。而這樣的特點反映在蘇軾的哲學、政治、文學創作各個方面。哲學思想上，蘇軾既重儒家的道德觀念，亦重道家的自然境界和佛家的心靈妙諦。但蘇軾對佛老的虛無思想并非是全盤承繼的，他對佛家的懶散和道家的放逸都有所警惕。他曾在〈答畢仲舉書〉中說：「學佛、老者，本期於靜而達。靜似懶，達似放，學者或未至其所期，而先得其所似，不為無害。」在政治上，他對國對

〔註9〕參劉乃昌，〈論蘇軾的散文藝術〉，《東岳論叢》，1986年5月，頁54
　　～55。

民是以儒家思想為主，始終堅持崇尚實用、利國澤民的原則，始終採取積極入世的態度；又由於他吸收了佛老之長，從而能樂觀曠達，對自己所處的險惡處境，多採取佛家道家隨遇而安的處世態度。最明顯的是在烏臺詩案遭到幾乎致死的打擊後，他從老莊的返樸歸真哲學中得到精神寄託，隨遇而安，安貧樂道。在文學創作上，由於蘇軾身兼作家、哲人和政治家，宋代又是一個尚哲思的時代，更兼蘇軾個人的特殊遭遇，使他從未停止過對社會、時代、人生等重大問題的哲理思考，加上蘇軾「萬物皆理」、「物我同一」的人生觀，使他在觀察自然界的一草一木、一山一石、一花一鳥，就無不具有了理性，甚至日常生活的一舉手、一投足、走路、乘舟、飲酒、品茶、送行、春睡等，也往往代有了哲理思辨的性質〔註 10〕。宋人好議論，蘇軾也以議論見長，他的議論具有一種雄辯的氣勢和化隱為顯的形象狀述力，尤其值得注意的，它帶有深邃的哲理思辨色彩。〈前赤壁賦〉提出變與不變的關係，認為從變的一面看，「天地曾不能以一瞬」；從不變的一面看，「物與我皆無盡」。蘇軾不管是描摹山水或敘寫游興，都往往馳騁遐想，靜觀萬有，因物發端，即事明理，提出有關宇宙、人生、社會的種種問題，推演出醒迷警世的論斷。東坡這種人生哲學的妙諦，融入文學作品中，就形成為特有的機趣無窮的哲理思辨色彩。這是議論化向更高層次發展的結果，這是蘇軾異於且高於其他作家之處。蘇軾辭賦作品中充份表現出較強的思辨性、哲理化、議論化的現象，正是蘇軾是充分汲取了時代營養而應運開放的春花。

三、古文運動，平易文風

　　唐代古文運動雖經韓愈、柳宗元的開拓，形成一股強勢力量，唯嫌不夠深入及普遍，遂由李商隱的駢儷文體所取代，風靡晚唐及宋初文壇達百年之久。唐末五代崇尚「浮巧輕媚錯叢采繡之文」，內容貧

〔註 10〕參王洪，〈哲理・情感・意象・議論──蘇軾哲理詩之我見〉，《成都大學學報》，1986 年，第一期，頁 13～20。

乏空洞。宋代古文運動主要傳承韓愈文從字順的傳統,而且是在既反晚唐體、西崑體的綺靡纖弱,又反太學體的艱澀怪誕中前進的。柳開、王禹偁、石介等都曾力矯文格卑弱,但在古文運動中,綺靡的餘風未歇,奇僻的太學體又起,蘇軾在〈謝歐陽內翰書〉中,便詳及此,書云:「自昔五代之餘,文教衰落,風俗靡靡,日以塗地。聖上慨然太息,思有以澄其源,疏其流,明詔天下,曉諭厥旨。於是招來雄俊魁偉敦厚樸直之士,罷去浮巧輕媚錯叢采繡之文,將以追兩漢之餘,而漸復三代之故。士大夫不深明天子之心,用意過當,求深者或至於迂,務奇者怪僻而不可讀,餘風未殄,新弊復作。」慶曆六年(1046)張方平知貢舉時,曾極力擯棄太學體,并上書請朝廷誡諭,奏章云:「爾來文格日失其舊,各出新意,相勝為奇。至太學之建,直講石介課諸生,試所業,因其所好尚而遂成風。」〔註11〕嘉祐二年歐陽修知貢舉時,此風未泯,「進士益相習為奇僻,鉤章棘句,寖失渾淳」〔註12〕,經歐陽修痛加裁抑,終至文風一變。如蘇軾在〈六一居士集敘〉所云:「宋興七十年,民不知兵,富而教之。至天聖景祐極矣;而斯文終有愧於古,士亦因陋守舊,論卑而氣弱。自歐陽子出,天下爭自濯磨,以通經學古為高,以救時行道為賢,以犯顏納諫為忠。至嘉祐末,號稱多士,歐陽子之功為多。」駢文產生並成熟於齊梁之際,至隋唐兩代雖然得到了廣泛的應用,但體式風格上卻變化不大。對駢文的根本性變革,是從歐陽修開始的,而「蘇軾是北宋詩文革新運動的真正完成者」〔註13〕。六朝文字較之於漢賦之聯類繁豔、堆砌名物、瑰瑋奇詭、鋪張揚厲的文字風格,已漸趨簡易,但駢體仍重章華流美,避忌俗字俚語;中唐古文運動興起,文勢稍變;入宋後,歐、蘇繼起,不

〔註11〕見宋・張方平,《樂全集》,台北:台灣商務印書館,1983 年,卷二十,頁 184。

〔註12〕見元・脫脫,《宋史・選舉志》,台北:台灣商務印書館,1988 年,頁 1706。

〔註13〕見朱靖華,《蘇軾論・蘇軾是北宋詩文革新運動的真正完成者》,北京:京華出版社,1997 年,頁 281～310。

僅反對浮靡駢儷的晚唐五代文，也反對險怪奇澀的時文，從文學理論到創作實踐，創造了使文體更加自由、文風更加平易、表現力更強的北宋散文，最終完成了唐宋古文運動的進程，一掃長久以來萎靡穨敗之文風，扭轉卑劣文勢，居功厥偉，同登「唐宋八大家」之列。

歐、蘇是北宋古文運動的領導人物，同樣也是文賦的開山和奠基者。宋代古文運動再興，意義重大，影響深遠。散文的寫作方式也向傳統的各體文學作品滲入，宋人「以文入詩」、「以文入詞」之議，時有所見。更何況賦在立體之初，即有散體化本質，至此更易看出散文對賦體的滲透改變。歐、蘇「以文為賦」用古文手法來寫作辭賦，為辭賦發展另闢新徑。在古文運動的影響下，他們發展了辭賦中的散文化傾向，完成了文賦的創造，為賦的繼續發展開闢了道路。文賦在形體上多用散句，押韻也較隨便，但內容仍然保持鋪敘、文采、抒情述志的特點，吸取散文的筆勢筆法，清新流暢，別開生面。

蘇軾不僅完成了文賦的創造，「以文為賦」的現象同樣表現在蘇軾的駢賦、律賦創作。駢賦強求整飾的格式和繁縟的詞藻，律賦講求精謹的規則和嚴密的韻律，如果說二者創作之初尚對中國文學的發展有一定的貢獻，那麼隨著長期詩賦取士制度規範下大量末流創作的出現，則顯然已成為窒息人的性靈和藝術創造精神的桎梏。蘇軾傳揚唐宋古文運動，其目的正在打破這種束縛。因此，東坡駢、律賦創作亦「工麗絕倫」而「筆力矯變，有意擺落隋唐五季蹊徑」、「獨闢異境」。〔註14〕

蘇軾是古文運動的參與者、領導者，他的文學創作受到當時古文興盛的誘發而產生變化，而這樣的變化，不獨表現在詩文，也表現在辭賦。所以在他的各體文類中都有古文平易文風的傾向，他「以文為詩」、「以文入詞」、「以文為賦」的藝術手法，與當時文學發展趨勢的脈動是一致的。

〔註14〕參許結，《中國賦學歷史與批評》，頁538。

四、辭賦發展，各體兼備

　　唐以後的辭賦被忽視，由來已久。明‧李夢陽首先提出「唐無賦」，清‧程廷祚則又進一步論證說「唐以後無賦，其所謂賦者，非賦也。君子於賦，祖楚而宗漢，盡變於東京，沿流於魏、晉，六朝以下無譏焉」〔註15〕，他們否定唐以後的辭賦，出發點各不相同，但他們輕視唐代以後的辭賦則是一致的。這樣的觀念影響至今，導致後人承襲前人的觀念，未加以探討就輕予否定，是很不公允的。

　　事實上，古代文人無不重視和嫻習辭賦。這不是偶然的，賦淵源於詩騷，濫觴於戰國，鼎盛於兩漢，而嬗變於魏晉六朝，唐宋及至後代，一脈承傳，時移世變而流風不絕。雖至西漢始，漢賦即遭到批評，然而多數文章家仍把通曉辭賦視為本職和榮耀。中國第一部綜合性文學選集《昭明文選》將文體分為三十九類，而以賦居首，此後文人編纂文集時，常常把辭賦列於卷端，以故在文章士林中辭賦的身價並不卑賤，特別到唐宋時代更是如此〔註16〕。曾棗莊〈論宋賦諸體〉摘要云：「歷代賦各有其特點，宋賦未必就遜於西漢、魏晉、隋唐。宋賦諸體（騷體賦、漢大賦、駢賦、律賦、文賦）皆備，賦之為用，實超過前人。宋賦與宋詩、宋詞、宋文一樣力求革新，不肯蹈襲前人。題材較前代更為廣泛，並好在賦中發議論，往往以文為賦，語言散文化，由艱深華麗而變為平易流暢，追求理趣。」〔註17〕宋代，辭賦仍未失去它領先的地位，賦的文學活動仍很熱絡，科舉試賦依舊帶動了辭賦創作的繁榮，創作辭賦仍是文人的文學活動之一。宋代的辭賦發展也如宋詩一樣，有其獨自的特點，尚處於辭賦發展高峰的另一側，以下分就數點來歸納宋代辭賦的發展概況。

　　首先，作家作品數量豐富。單就清‧陳元龍奉敕所輯的《歷代賦

〔註15〕程廷祚，《青溪集‧騷賦論》，見陳良運主編，《中國歷代賦學曲學論著選》，南昌：百花洲文藝出版社，2002年，頁317。

〔註16〕參劉乃昌，〈論賦對宋的影響〉，《文史哲》首屆專輯，1990年，頁84。

〔註17〕見曾棗莊，〈論宋賦諸體〉，《陰山學刊》，1999年，第一期，頁1～8。

彙》中考查，宋代的作家就有一百六十四人，賦作高達五百六十八篇。
這樣的作家作品數量是相當豐富的。而《歷代賦彙》僅收以「賦」名
篇之作品，且其收賦是極不全的，所以宋代的辭賦作品當不止此數量。

　　其次，體裁形式多種多樣。宋辭賦的體制不僅承繼了歷代的各
種體裁，眾體兼備；宋代的辭賦體制還有所開展新創。宋代律賦格
律多沿襲唐風而更精嚴，乃爲考試取士的評鑑科目而存在；騷賦則
多作者心靈深處懇切之情志獨白，在語言形式上不失騷體特有之聲
調句法；駢賦則在鋪采方面，仍爲追求文學美的主要表現手法之一。
但是欲記錄作者更多日用人生的現實活動，表達作者更多呼應時代
的忠實理念，則顯然以日益興盛的散文語言之自然平易，宜於記事
說理，最適合當代文學表現的需要〔註18〕。文賦於是在此一背景下
逐漸發展形成。它在吸取以往辭賦、駢賦和律賦創作經驗和形體特
點的基礎上，更融入了當時古文創作講求實效、靈活多變的特色，
從而在形式方面形成了韻散配合、駢散兼施、用韻寬泛和結構靈活
的新格局。它的篇幅長短皆宜，句式駢散多變，創作不拘一格，題
材無往不適，用途寬廣無礙，是以前任何一種形式的賦體所不能同
時具備的〔註19〕。明・吳訥《文章辨體序說》引元・祝堯《古賦辨
體》云：「宋人作賦，其體有二：曰俳體，曰文體。」但是這話並不
全面，應當說宋代辭賦的體制包括了散賦、騷賦、駢賦、律賦，以
及新發展的文賦。要以言之，宋代的辭賦發展可以說是眾體兼備，
不僅有所承繼，亦有所開新。

　　其三，題材內容深刻廣泛。在題材內容方面，不同於漢大賦題
材狹小，以山川、京城、宮殿、遊獵等以詠物爲主；宋代辭賦則是
題材廣泛，無所不包，無所不寫，無論是抒情、寫景、言志、說理、
詠物、敘事各種體裁均備。宋賦創作多不專意揄揚諷諫，亦不熱衷

〔註18〕參李瓊英，《宋代散文賦研究》，國立台灣師範大學國文所，碩士論
　　　　文，1991年，頁57。
〔註19〕參曹明綱，《賦學概論》，頁215～216。

描繪訴諸感官（視、聽）的外在美，而是側重日常生活，於極廣泛而又極細微的題材中，闡發心靈，顯出追求理趣美的特徵。以說理為主旨或包含理意、理趣的作品大量增加，形成宋代辭賦內容的主要特色。在形式結構方面，異於漢大賦以長篇巨製、鋪敍眾物，重空間對襯，宏整之勢；宋賦則以短篇巧構，隨心寄意，常專情於一事一物，多奇想之趣。

其四，藝術風格多種多樣。辭賦的發展，就其表現手法說，先秦賦重比興，漢賦重鋪排，魏晉六朝賦重抒情，唐賦重意境；從語言風格說，先秦賦重清深，漢賦尚堆垛，六朝賦重華麗，唐賦尚清新；就對偶方法說，先秦兩漢賦只求兩句平行，魏晉則求兩句對仗，齊梁以後開始駢四儷六，隔句作對，唐代中期出現長隔句對；就藝術形式說，先秦賦騷體為主，漢賦散體為主，六朝駢賦為主，唐代律賦為主。經作家的長期努力與探索，辭賦已走過了漫長的發展道路，宋人吸收了前代辭賦發展的經驗，另闢蹊徑而有所開創。在表現手法來說，宋人辭賦重理境、好議論，又能融抒情、寫景、敍事、說理為一爐，不僅吸收了哲理散文、抒情詩、又用寓言、議論文與記敍文的方法來寫賦；從語言風格來說，宋人用散文筆法作賦，駢散結合，用淺近的語言，生動的比喻來作賦，呈現出平白簡明的文風；就對偶方法來說，宋代辭賦對偶有喜用長聯并向散文化方向發展的趨勢，因此能突破駢賦、律賦之格式，而為賦體開創新局；就藝術形式來說，宋代辭賦體式兼備散賦、騷賦、駢賦、律賦、文賦，藝術形式多種多樣。

辭賦，是中國文學史上產生較早而綿延久遠的文學形式。它肇始於屈、宋，興盛於漢魏，在兩千多年漫長的發展嬗變過程中，經歷了由騷賦、散體大賦、駢賦、律賦向文賦發展的階段。宋代的辭賦發展，尚處於辭賦發展高峰的另一側，在此一發展過程中，蘇軾作出了重大貢獻，使賦完成了散文化的轉變，蘇軾的辭賦創作正處於宋代這另一側的群山的最高峰頭上，這一山頭是深值吾人去一探究竟的。

第二節　蘇軾習賦的淵源

　　東坡生於蜀之眉州眉山縣城，距成都西南五十公里。蜀地向來有「天府之國」的美譽，鍾靈毓秀的土地，一代大家生於其中者，爲數甚夥，漢賦大家之中的司馬相如、揚雄、王褒，均受孕於此。蘇軾生長在其中，自小就「作賦慕相如」(〈答任師中、家漢公〉)；又傳統家風的孕育，其伯父蘇渙年二十三，便舉進士，「試日，通判殿中丞蔣希魯下堂，觀進士程文，見公所賦，歎其精妙絕倫」(〈題伯父謝啓後〉)，受到這樣家學影響，於是「軾七八歲時，始知讀書」，便「學爲對偶聲律之文，求斗升之祿」(〈上梅直講書〉)，展開辭賦的學習歷程。本節分蘇軾的習賦時間、習賦的取資和習賦的方法來探討蘇軾學習辭賦的淵源和歷程，並且著重探討其習賦歷程中所呈現之好新求變的文藝觀。

一、習賦的時間

　　賦這種特殊的文體，在淵遠的歷史長河中似乎特別受到青睞。不僅歷代帝王大都予以鼓勵和提倡，有的甚至還躬親其道，樂此不倦，而且大多數文人學士也都趨之若鶩，把它作爲盡忠和進身的階梯，或者退而求其次地用來娛情適性。一些史書傳記往往仿效《史記》的先例，以登錄人物的主要辭賦作品來顯示他們的遭遇、情志和才學；不少文學總集或別集，也承襲了《文選》的體例，將賦冠諸其他文類之首。總之，賦在古代殿堂中占有顯赫的正統地位。而這又與它在長期發展的歷史進程中，不斷發揮著多方面的重要作用是分不開的。賦的作用歸納起來，大致有娛樂、政治、社交和傳世這幾個方面。這幾個方面的作用幾乎貫穿於賦的整個發展歷史。〔註20〕辭賦在蘇軾的文學

〔註20〕參曹明綱，《賦學概論》，頁268。錄其要於下：
　　(一) 娛樂作用：
　　　1. 娛人。
　　　2. 自娛：文人作賦以取悅人主變爲抒寫嚮往中的理想境界或對社
　　　　 會不平現象進行嘲弄譏刺，以此來滿足自己的願望，平衡心理，

活動、生命歷程中占有相當重要的地位，因這些作用的緣故，蘇軾對辭賦的學習是活到老，學到老的，其詩云：「我時年尚幼，作賦慕相如」（〈答任師中、家漢公〉）；「老人無計酬清麗，夜就寒光讀楚辭」（〈黃州春日雜書四絕〉其三）；「溪山久寂寞，請讀離騷經」（〈次韻程正輔遊碧落洞〉）。從上引詩句可以看出，蘇軾的習賦時間是貫串其幼年、中年和老年的。要說明的是，本節中習賦的「習」字，是包含「學」和「習」即「學習」和「創作」兩個層面的。以下就依上述的四個作用及時間先後，來說明蘇軾一生習賦的概況。

作律賦是宋人學習寫作的一項基本訓練〔註 21〕，也是進士科考

或得精神上的某種愉悅，………此後，凡歷代文人吟詠性情、自我欣賞的作品，……都有類似的自娛作用。

3. 同娛：以賦相娛。

（二）政治作用：

1. 頌德諷失：抒下情以通諷諭；宣上德而盡忠孝。

2. 甄別選拔人才。

3. 懲惡揚善：文人利用賦來揭露社會黑暗、抨擊各種罪惡、反映民生疾苦、抒寫正直情感……。

（三）社交作用：

1. 日常應酬：唱和酬答，應邀題畫等多方面的內容……。

2. 干謁唱和。

3. 排憂解難。

（四）傳世作用：

1. 記錄歷史事件和人物生平：司馬遷在為歷史人物立傳時，總是將能體現其生平經歷和學識才華的重要賦作，盡可能地全文登錄，從而使賦這種文體成了表現人物生平、情思和才學的重要佐證。……自從屈原作〈離騷〉，歷數自己生平遭際、悲歡離合，受到史家的高度批評之後，歷代賦家群起仿效，從而使賦成了反映歷史事變和人物生平的一種重要形式。……作家借賦寓志，史家以賦傳事，後人讀賦知人。

2. 積累文化科技成果：蘇軾〈延和殿奏新樂賦〉……以真實的筆墨傳寫了古代各種樂舞的演出情景，使這些璀璨的藝術瑰寶得以傳之後代，歷久而不朽。

〔註21〕劉熙載曾以「賦兼才學」，概括賦文學的創作特徵。這樣的作品，一旦成為文學的古典，後人固然可以從中見到作者「才」，但於讀者最切實用的，卻是從中顯示出來的「學」。漢以來的賦作，除百科全書

的重要科目。因此由童蒙經數十年寒窗的歲月，誦讀辭賦、練習作賦，是他們的必備功課。蘇軾自謂：「軾少年時，讀書作文，專爲應舉而已」（〈答李端叔書〉）。他在〈上梅直講書〉論其七、八歲，始知讀書之時，便「學爲對偶聲律之文，求斗升之祿」。在蘇洵的教導下，他們經常練習寫作，據蘇籀《欒城遺言》記載：「東坡幼年作〈卻鼠刀銘〉，公（蘇轍）作〈缸硯賦〉，曾祖（蘇洵）稱之，命佳紙謄寫、裝飾，釘于所居壁上。」〔註22〕在蘇軾十二歲時，蘇洵曾令蘇軾作〈夏侯太初論〉，蘇軾竟寫出了「人能碎千金之璧，不能無失聲於破釜；能搏猛虎，不能無變色於蜂蠆。」〔註23〕這樣的警句，令父親蘇洵讚賞不已，這幾句童年作品，後來被蘇軾用於其〈黠鼠賦〉一文中。以上是蘇軾幼年在參加科舉考試前習賦的景況。

現存蘇軾最早的辭賦作品是作於宋仁宗嘉祐四年（1059），二十四歲所作的〈灩澦堆賦〉，在這之前蘇軾所習作的辭賦作品皆不傳，就連他參與進士御試的辭賦作品〈民監賦〉也只存目而文已佚〔註24〕。最後一篇辭賦作品是〈老饕賦〉，於元符二年（1099），六十四

式的內容，還囊括有語言文字、章法結構、修辭手法、表現技巧等方面的知識和技能。學賦、作賦的確有助於奠定文學創作的功底。……喬億說學賦「非爲材料」，應正確理解爲非僅從賦中汲取知識，「盡文章之變態」尤其重要。這裡所說的「文章變態」，指煉字、修辭、結構、技巧及其變化。由此可見，六朝以後的人學賦與作賦，除因功利所在，不得不然，也是他們在文學創作預備階段的一種特殊而必要的訓練。見萬光治，《唐宋賦地位論略》，《文史哲》賦學專輯，1990年，頁93～95。

〔註22〕見宋‧蘇籀，《欒城遺言》，藝文印書館，百部叢書集成之二第十函，頁3。

〔註23〕孔凡禮《蘇軾文集‧蘇軾軼文彙編‧夏侯太初論》注云：「《能改齋漫錄》謂此文乃蘇軾十歲時應其父之命而作；《東坡先生年譜》繫此文於宋仁宗慶曆五年。又，《優古堂詩話‧東坡作夏侯太初論》引《王立方詩話》亦謂此文爲蘇軾十歲作。」

〔註24〕孔凡禮《蘇軾年譜》嘉祐二年三月條下云：「仁宗御崇政殿，試禮部奏名進士，又試特奏名。內出〈民監賦〉、〈鸞刀詩〉、〈重申巽命論〉題。」其下注云蘇軾此次御試所作賦、詩已佚，論見《文集》卷三。見《蘇軾年譜》，北京：中華書局，1998年，頁54。

歲離儋前作。可以說，從蘇軾年青初入仕途至垂老遠貶嶺海，生命中的起起落落中，都有辭賦的作品。這二十九篇辭賦作品，分散在他生命的各個重要時間點上。關於蘇軾辭賦的創作數量和時間，在下文第三章，將闢專章考論，容待後述。從這些作品中我們可以看見辭賦在蘇軾文學創作、生命歷程中的作用，他藉賦進入仕途、藉賦來論政，居位時藉賦來諷、頌，淪落時藉賦來寫意自娛，他的辭賦作品更似「精金美玉」，是讓蘇軾永垂不朽的傳世之作。

　　蘇軾一生創作不斷之外，他對歷代名家賦、賦論的學習和評論也是終其一生不間斷的。他喜愛《楚辭》，曾多次抄寫〈離騷〉、〈九歌〉贈友人；在黃州，曾經夜誦〈阿房宮賦〉數十遍，每遍必稱好；他更酷愛〈歸去來兮辭〉，既次其韻，又衍為長短句，又裂為集字詩等。他對歷代賦家的賦論、評論，更是了然於心，議論公允。蘇軾富有才華，又刻苦好學，勤於實踐，其於辭賦的學習與創作，投注了一生之心力，可見其辭賦作品實為天才與心血之結晶。

二、習賦的取資

　　蘇軾在〈記歐陽公論文〉中，載錄了歐陽修所發表的一段有關如何提昇寫作能力的經驗之談：「頃歲孫莘老識歐陽文忠公，嘗乘間以文字問之。云：「無他術，唯勤讀書而多為之，自工。世人患作文字少，又懶讀書，每出一篇，即求過人。如此少有至者。疵病不必待人指摘，多作自能見之。」此公以其嘗試者告人，故尤有味。」文藝創作之道無他，但求多讀多學多寫。作者必得多識前言往行，才能充實創作內涵，藉以提高創作能力。所以，對學者而言，最具效力的學習方法，莫過於取辭賦中的經典作品以及師法辭賦的傑出作者。

　　蘇軾酷愛《楚辭》，熟讀《文選》。《文選》是收錄了梁以前的歷代辭賦總匯，賦又置於卷首，蘇軾讀《文選》最先閱覽的就是辭賦作品。從蘇軾詩文集中考查，蘇軾學習評論的作家作品來看，包括了歷代的名家名作，有先秦的辭賦名家屈原（〈離騷〉、〈九歌〉、〈遠

遊〉、〈橘頌〉)、宋玉(〈九辯〉、〈風賦〉);漢代的辭賦大家賈誼(〈弔屈原賦〉、〈鵬鳥賦〉)、司馬相如(〈大人賦〉、〈長門賦〉)、揚雄(〈甘泉〉);魏晉時期的作家王粲(〈登樓賦〉)、左思〈三都賦〉、張華(〈鷦鷯賦〉)、嵇康(〈琴賦〉)、陶淵明(〈歸去來兮辭〉、〈閒情賦〉);唐代辭賦成就極高的柳宗元(〈牛賦〉、〈瓶賦〉)、陸龜蒙(〈杞菊賦〉)、杜牧(〈阿房宮賦〉)。時代跨越了先秦至唐代,歷朝作家也都極具代表性。當然,以上所列只是標舉梗概,如果把他全部作品裡提到過的作家作品編個目錄,一定洋洋大觀,而且這還不能包括他讀過而未提及的,特別是當代的辭賦作品。除了對名家辭賦作品的學習,蘇軾亦熟悉歷代賦論作品,從〈與謝民師推官書〉一文中論及揚雄、司馬遷、王逸等人的賦論、賦觀,便可見蘇軾對歷代賦論、賦觀的熟稔。對歷代名家、名作之研讀以及對歷代賦論名家賦觀的熟悉,是為蘇軾辭賦創作、辭賦評論的基本素養,他識見廣、用力深,所以他的辭賦批評持論公允,不流於偏狹;他的辭賦創作亦能拾餘緒於往古,鑄新體於當代,無論在理論及實踐方面皆具有相當高度之成就。

三、習賦的方法

　　蘇軾的辭賦能達到純熟的境地,能具有簡煉、通脫的特色,這跟他博觀厚積、勤學苦練的習賦方法是分不開的。

　　博觀厚積。蘇軾在〈稼說〉中從生活、知識的累積跟創作的關係云:「博觀而約取,厚積而薄發」;在〈答張嘉父〉從「凡人為文」、「著成一家之言」立論云:「當且博觀而約取,如富人築大第,儲其材用,既足而後成之,然後為得也。」蘇軾在辭賦的學習亦是充分實踐他的認知,他善於吸取眾家之長,善於繼承優良的辭賦傳統,這是蘇軾在辭賦創作上獲得巨大成就的一個重要的原因,也是他留給後學的一個極大啟示。對傳統長處都是廣泛吸收的,他轉益多師,俱納各家精華,從來不固定學某一古人或某一流派,也不專主哪一種風格,而是薈粹

各家之長，旁收博取，融會貫通。蘇軾是一位文學天才，再益以博觀厚積的深厚功力，而能自出新意，獨闢蹊徑。

勤學苦練。蘇軾〈題二王書〉從創作必須勤學苦練方有成就的角度云：「筆成冢，墨成池，不及羲之即獻之。筆禿千管，墨磨萬錠，不作張芝作索靖。」他非常欣賞歐陽修告訴孫莘老關於作文的話：「無它術，唯勤讀書而多為之，自工。」(〈記歐陽公論文〉) 蘇軾認為作者應該多讀書，精讀書、并善於讀書。辭賦的總集、別集等各家之作品他都讀，他還手抄過《楚辭》。屈原、宋玉、賈誼、陶淵明、柳宗元、杜牧的作品都深深影響他；他追和陶淵明的〈歸去來兮辭〉，也繼陸龜蒙的〈杞菊賦〉作〈後杞菊賦〉。同時代的先輩歐陽修之作品亦是他學習的對象。除了勤學之外，蘇軾還強調練習，〈篔簹谷偃竹記〉云：「故凡有見於中，而操之不熟者，平居自視了然，而臨事忽焉喪之，豈獨竹呼？」因為理解是一回事，做又是一回事，練習、實踐不夠，作品就無法達到純熟的地步。蘇軾自小在父親的指導下，早早就已練習作賦，終其一生亦創作不斷，由於如此之勤學苦練，故能從歷代辭賦的流變中，汲取前人之所長，並加以發揚和創新。

他學習辭賦的途徑主要有閱讀、朗誦、抄寫、創作、評論等。蘇軾除了熟讀歷代辭賦總集、選集、別集之外，對於特別喜愛的作品更會再三朗誦。李東陽《懷麓堂詩話》載：「蘇子瞻在黃州，夜讀〈阿房宮賦〉數十遍，每遍必稱好，非其誠有所好，殆不至此。」蘇軾也自云：「舊好誦陶潛歸去來」(〈與朱康叔〉十七之九)。除了誦讀再三甚至數十遍外，他還親手抄寫辭賦名篇，如據孔凡禮《蘇軾年譜》載蘇軾：元豐七年在黃州，嘗書屈原〈離騷〉、〈九歌〉，陶淵明〈歸去來兮辭〉；元祐三年在京師，再書〈九歌〉；元符三年，書宋玉〈九辯〉、書柳宗元〈牛賦〉。

附帶一提的是，蘇軾不僅對前人的辭賦如此，他對自己的作品也是一再書寫，甚至為好友朗誦自己得意的作品。元豐五年八月四日，金鏡有事至黃州，拜見蘇公於臨皋亭中，蘇軾握手問故，述前望游赤

壁之勝，特爲朗誦〈赤壁賦〉一過〔註25〕。此外，他往往親自書寫自己的辭賦作品呈錄與知己者，他嘗自書〈昆陽城賦〉、〈赤壁賦〉、〈歸去來兮辭〉、〈洞庭春色賦〉、〈中山松醪賦〉，這些手跡大部分都被珍藏至今。可以說，現存的蘇軾眞跡中，不少作品都是辭賦作品的手書。此外，他親自手書自己辭賦作品，後代筆記亦多載其事。宋·葉寘《愛日齋叢鈔》卷二載：

> 東坡〈松醪賦〉。李仁甫侍郎舉賦中語，謂東坡蓋知之矣。
> 又云：東坡既再謫，親舊或勸益自儆戒。坡笑曰：「得非賜
> 自盡乎？何至是？」顧謂叔黨曰：「吾甚喜〈松醪賦〉，盍
> 秉燭，吾爲汝書此，倘一字誤，吾將死海上；不然，吾必
> 生還。」叔黨苦諫，恐偏傍點畫偶有差訛，或兆憂耳。坡
> 不聽，徑伸紙落筆，終篇無秋毫脫謬。父子相與粲然。」〈松
> 醪賦〉之讖渡海，人知之，而未知其以驗生還也。〔註26〕

宋·朱弁《曲洧舊聞》卷五亦載：

> 東坡在儋耳，謂子過曰：「吾嘗告汝，我決不爲海外人，近
> 日頗覺有還中州氣象。」乃滌硯索紙筆焚香，曰：「果如吾
> 言，寫吾平生所作八賦，當不脫誤一字。」既寫畢，讀之，
> 大喜曰：「吾歸無疑矣。」後數日而廉州之命至。八賦墨迹
> 在梁師成家，或云入禁中矣。〔註27〕

　　筆記傳說，雖不可盡信，然從中卻可以看出蘇軾對自己辭賦創作的自負和喜愛，因而再三書寫拿來贈人或自卜前程。

　　「學而時習之」，上面論述了蘇軾的學習過程，接下來論述蘇軾關於辭賦作品的寫作。他一生學賦不斷，亦作賦不斷。蘇軾自幼便「學

〔註25〕李日華《六研齋三筆》卷一記載了這一次雅集：「先生謫黃州，僕亦
　　　有事於黃，竹逸方君寄此卷素以乞先生竹石。至則先生往蘄水，俟
　　　旬餘始還，得拜見於臨皋亭中，握手問故。飲半劇，述前望游赤壁
　　　之勝，起而撫松長嘯，朗誦〈赤壁賦〉一過。……武林金鏡敬跋。」
〔註26〕見宋·葉寘，《愛日齋叢鈔》，台北：藝文印書館，1965 年，卷二，
　　　頁 17。
〔註27〕見宋·朱弁，《曲洧舊聞》，台北：藝文印書館，1965 年，卷五，頁 9。

為對偶聲律之文」、「作賦慕相如」，想必有許多練習的作品，只是這些作品以及其應試之作均未收入蘇軾文集中，殊為可惜。然亦襯顯出收入蘇軾集中辭賦作品之可貴。蘇軾現存辭賦作品二十九篇，可謂精要地反映了蘇軾一生的思想、情感。他不僅是一辭賦創作大家，亦是一位辭賦評論家，他熟讀歷代的辭賦作品，亦深究歷代賦論；同樣地，他不僅創作了數十篇辭賦作品，對於歷代賦家賦作，也有許多精闢的見解傳世。

　　以上分學習和創作兩個層次來討論蘇軾的習賦途徑，可以看出他對歷代辭賦的學習充分地實踐了「勤讀書而多為之」（〈記歐陽公論文〉）的認知。藝術創作之道無他，但求多讀多學多寫多作，天才者如蘇軾亦不例外。

　　要之，本章從橫向的社會聯繫，考查蘇軾當代的政治環境、社會思潮、文學運動；再從縱向的辭賦發展歷史概況，探究當時辭賦體裁和題材的轉變。透過這樣一經一緯，橫向縱向的全面深入的探究，將當時的政治、思想、文學、文體發展的趨勢，清楚地呈現出來。至於蘇軾習賦的淵源，就其習賦的時間而言，是終其一生，貫串其幼年、中年和老年的。就其習賦的取資來說，包括了歷代的辭賦名家名作，時代跨越了先秦至唐代歷朝。蘇軾亦熟悉歷代賦論作品，而這些都是蘇軾辭賦創作、辭賦評論的基本素養。就其習賦的方法途徑來說，蘇軾的辭賦能達到純熟的境地，與他虛心向前人學習、刻苦實踐是分不開的，他學習辭賦的途徑主要有閱讀、朗誦、抄寫、創作、評論等，對傳統長處都是廣泛吸收的，他轉益多師，俱納各家精華，從來不固定學某一古人或某一流派，也不專主哪一種風格，而是薈粹各家之長，旁收博取，融會貫通。這是蘇軾在辭賦創作上獲得巨大成就的一個重要的原因，也是他留給後學的一個極大啟示。

第三章　蘇軾辭賦數量與繫年考論

　　研究蘇軾辭賦作品首先要能掌握其作品數量。蘇軾〈題文選〉云：「舟中讀《文選》，恨其編次無法，去取失當。」今觀歷來諸家所輯之蘇軾辭賦作品，去取失當，或闕錄、或多收，各種版本所輯錄之數量不盡相同〔註1〕；各本編排方式更是不一，或分隔數處〔註2〕，未能編年。凡此種種，對初學者而言，如入五里霧中，不能識蘇軾辭賦之真面目。今不揣淺陋，於研究蘇賦前，先考察蘇軾辭賦作品的數量，以確立研究範圍；並將作品一一繫年，冀望此繁複之基礎研究，能有用於來者。

第一節　蘇軾辭賦數量考論

　　歷來諸家所輯之蘇軾辭賦作品數量不盡一致，是本論文考查其

〔註1〕各類文集如：《全宋文》、《宋文鑑》、《御定歷代賦彙》所收篇目數量皆不盡相同，下文會再詳細說明。研究蘇軾辭賦之書籍、論文，亦因研究範圍不同，而所收亦不同，或只收以賦名篇之作，如孫民之《東坡賦譯注》一書，此不失為避繁就簡的省事作法；或兼收辭賦，如楊勝寬〈蘇軾賦考論〉一文。

〔註2〕古籍如《東坡七集》本，其辭賦分散在《東坡集》卷十九、《東坡後集》卷八、《東坡續集》卷三。今人孔凡禮點校之詩文集，以賦名篇的作品收在《蘇軾文集》卷一，以詞或辭名篇者則分別收在《蘇軾詩集》卷四十七和卷四十八。

辭賦創作的主要動機。考查蘇軾創作的「辭賦數量」，首先就遇到兩個難題，一是「辭賦」範疇的問題；二是蘇軾版本著作的問題。因此先要釐清「辭賦」的研究範疇，然後再據此選定好的版本，加以考察。

關於「辭賦」的定義，歷來研究蘇軾賦作的學者看法不一，取捨標準亦不同，本研究採取了「辭賦兼收」的作法，雖然比只取「以賦名篇」來得繁重，卻可以更全面探究蘇軾的辭賦創作。本文研究範圍的去取標準為：先將將散見在蘇軾詩文集中的作品，詳揀出以「賦」名篇者、以「辭」名篇者或以「詞」名篇者，然後再依其性質內容決定去取。其中以「賦」名篇者，刪去蘇過所作，其餘全收；以「辭」、「詞」名篇者，先刪去青詞、哀辭、哀詞，再刪去銜命之詞、應付請托之作。

蘇軾是北宋才華洋溢的作家，詩詞文賦，無一不工，著述極富，流布亦廣。然而東坡詩文全集，傳本雖多，然體例基本定型，可粗略劃分為兩個系統：一是分集編訂者；一是分類合編者〔註3〕。本文擬對這兩種蘇軾全集來作綜合考查，分集編訂者以《東坡七集》為參考底本；分類合編者以《東坡全集》為參考底本。此外，更參照《重編東坡先生外集》以求搜羅完足。本文以此三版本為據，其它版本、選集，因所收之辭賦不出此範圍，今不一一列舉，以省篇幅。

一、《東坡七集》

《東坡七集》是現存最早且較齊全的蘇軾詩文集合刊本，是屬於分集編訂的版本系統。東坡謝世一年後，蘇轍遵兄遺囑，為他撰寫了〈墓誌銘〉，其中談到蘇軾平生著述，除學術專著《易傳》、《論語說》、《書傳》外，「至其遇事所為詩騷銘記書檄論撰，率皆過人。有《東坡集》四十卷、《後集》二十卷、《奏議》十五卷、《內制集》十卷、《外制集》三卷。公詩本似李、杜，晚喜陶淵明，追和之者幾

〔註3〕參劉尚榮，《蘇軾著作版本論叢》，成都：巴蜀書社，1988年，頁1。

遍，凡四卷。」前面五集外加《和陶詩》凡六集九十二卷，這與《宋史》卷三三八〈蘇軾傳〉的記載相吻合，說明蘇軾生前整理編定的詩文全集乃《東坡六集》〔註4〕。北宋末年蘇集被毀，不僅「印板悉行焚毀」〔註5〕，甚且「天下碑碣牓額，繫東坡書撰者，竝一例除毀」〔註6〕。南宋弛禁後的蘇軾全集，內涵稍有變遷。晁公武在《郡齋讀書志》中著錄：「蘇子瞻《東坡集》四十卷、《後集》二十卷、《奏議》十五卷、《內制集》十卷、《外制集》三卷、《和陶集》四卷、《應詔集》十卷。」這裡增加了《應詔集》，由此看來，《東坡七集》是《東坡六集》的補編。宋版《東坡七集》並無《東坡續集》，明仁宗成化四年（1486）吉安知府程宗據宋時所刻舊本重加校閱，並以《續集》取代了原有的《和陶集》，而成為所謂《七集》者。清光緒三十四年（1908）寶華盦影刊明成化本，經繆荃孫校跋，改正了原刊的許多疏漏。中華書局《四部備要》據繆校本排印，流布漸廣，此即今人常用的通行本《東坡七集》〔註7〕。本研究所用之《東坡七集》即是採用中華書局《四部備要》據匋齋校刊本校刊，聚珍仿宋版印本。此本源於宋刻本，是蘇軾詩文全集本中較為完善的版本。《東坡七集》，用上述之標準檢錄，所得之辭有四篇，賦有二十一篇，分別散見於《東坡集》第十九卷、《東坡後集》第八卷、《東

〔註4〕〈墓誌銘〉所述《六集》，多係作者生前編訂，最為可靠。《東坡集》又稱《前集》，乃著者手定；《後集》經曾棗莊認定是「在劉沔編錄的二十卷詩文的基礎上，增補北歸途中所作詩文編輯而成的」；《奏議》及《內制》、《外制》三集，乃進呈及代言之作，應無贗品；《和陶詩》四卷亦著者手定。因此，分集編訂的《東坡六集》作為蘇軾全集之可靠性，是無容置疑的。參劉尚榮，《蘇軾著作版本論叢·宋刊蘇軾全集考》，頁9；《宋人別集敘錄》，祝尚書，北京：中華書局，1999年，頁401～402。

〔註5〕見清·畢沅撰，《續資治通鑑》，上海：上海古籍，1995年，卷八十八，頁353。

〔註6〕見宋·吳曾撰，《能改齋漫錄》，台北：藝文印書館，百部叢書集成之五十二第六十八函，卷十一。

〔註7〕參劉尚榮，《蘇軾著作版本論叢·宋刊蘇軾全集考》，頁1～3。

坡續集》第三卷。其篇名順序如下：

（一）《東坡集》 〔註8〕

　　詞三首：〈上清詞〉、〈黃泥坂詞〉、〈清溪詞〉。

　　以上三首，依寫作先後輯錄，然未標明寫作時間，故其編年仍待詳考。

　　賦七首：〈灩澦堆賦〉、〈屈原廟賦〉、〈昆陽城賦〉、〈後杞菊賦〉、〈服胡麻賦〉、〈赤壁賦〉、〈後赤壁賦〉。

　　以上七首，依寫作先後輯錄，然未標明寫作時間，故其編年仍待詳考。

（二）《東坡後集》 〔註9〕

〔註8〕《東坡集》蘇軾在世時已行世。《苕溪漁隱叢話‧後集》卷二十八，苕溪漁隱曰：「東坡文集行於世者，其名不一。……其後居士英家刊大字東坡《前》、《後》集，最爲善本。世傳《前集》，乃東坡手自編者。隨其出處，古律詩相間，謬誤絕少。」《前集》即《東坡集》。此集乃東坡親手「隨其出處」依寫作時間先後而編定的，可信度高，極具參考價值。孔凡禮《蘇軾年譜》元豐四年條下云：「陳師仲爲蘇軾編《超然》、《黃樓》二集，軾報書爲謝：論編詩應以時間爲先後。」其下注文云：「《文集》卷四十九〈答陳師仲主簿書〉云：『見爲編述《超然》、《黃樓》二集，爲賜尤重。』又云：『足下所至，詩但不擇古律，以日月次之，異日觀之，便是行記。』」見《蘇軾年譜》，頁519。出於宋人之手的《重編東坡先生外集》序云：「《前》、《後》集六十卷，編次有倫，雖歲月間有小差，而是者十九矣。」《東坡集》及《東坡後集》均是依寫作時間先後編訂之詩文集，乃蘇軾「以時間爲先後」、「以日月次之」觀念的落實。

〔註9〕《苕溪漁隱叢話》後集卷二十八謂「《後集》乃後人所編」，據〈墓誌銘〉，所云後人，當爲弟轍及三子邁、迨、過。見孔凡禮，《蘇軾年譜》，頁1424。又《蘇軾年譜》元符二年十二月條下云：「劉沔（元中）過海至儋來謁。沔呈所編錄蘇軾詩文二十卷以就正，答書贊沔所錄詩文無一篇僞者，并論識眞者少，蓋從古所病。」其下注文云：「《內簡尺牘》卷七〈與蘇守季文〉其二：『欒城三集，黃門手自編次，固無遺矣。《東坡後集》，或云即劉元忠所集二十卷，則容有未盡也。奏議、制誥，世間所傳，初無定本，公家集，可以一見乎！』」見《蘇軾年譜》，頁1313～1314。以上所云之《東坡後集》不管是蘇軾生前自己整理編定；或是劉沔爲其編定，再經蘇軾審讀認可的；

賦八首：〈黠鼠賦〉、〈秋陽賦〉、〈洞庭春色賦〉、〈中山松醪賦〉、〈沉香山子賦〉、〈酒子賦〉、〈濁醪有妙理賦〉、〈天慶觀乳泉賦〉。

以上八首，按寫作先後輯錄，然未標明寫作時間，故其編年仍待詳考。

（三）《東坡續集》〔註10〕

辭一首：〈和陶歸去來兮辭〉

賦八首：〈老饕賦〉、〈菜羹賦〉、〈颶風賦〉、〈思子臺賦〉、〈延和殿奏新樂賦〉、〈明君可與爲忠言賦〉、〈快哉此風賦〉、〈復改科賦〉。〔註11〕

以上八首，未能按寫作先後輯錄，前後順序，編次無法。其中〈颶風賦〉、〈思子臺賦〉皆蘇軾命幼子蘇過所作之作品。其中〈思子臺賦〉之「引」乃蘇軾所作，而賦文則是蘇過作，〈思子臺賦〉并引云：

> 予（軾）少時常見彥輔作〈思子臺賦〉，上援秦皇，下逮晉惠，反復哀切，有補於世。蓋記其意而亡其辭，乃命過作補亡之篇，庶幾後之君子，猶得見斯人胸懷之彷彿也。

或是死後其弟其子編定，都具有相當的參考價值。

〔註10〕 宋版《東坡七集》並無《東坡續集》，明仁宗成化四年吉安知府程宗刻本以《續集》取代了原有的《和陶集》，而《續集》所收作品，除「和陶詩」外，還包括南行詩、東坡書簡等《前集》和《後集》未予收錄的東坡詩文，其中又有重收互見者，編輯質量不如其餘六集。後經江西布政司重刊，再經繆荃孫校跋，乃成爲今日之通行本。參劉尚榮，《蘇軾著作版本論叢‧宋刊蘇軾全集考》，頁3。《續集》雖經重刊校跋，仍無法與蘇軾親自編審的《六集》相提並論，孔凡禮點校，《蘇軾文集‧點校說明》亦云：「《續集》中有幾處「續添」，說明成書顯得倉促。其書刊刻錯誤時有。」是以本研究下一節之辭賦編年將不以《續集》爲重要參考依據。

〔註11〕 原標爲古賦八首，顯然有誤。古賦之名乃與時賦（律賦）相對，即所謂騷賦、散賦、駢賦之屬。而此古賦下竟收律賦〈延和殿奏新樂賦〉、〈明君可與爲忠言賦〉、〈快哉此風賦〉〈復改科賦〉，且誤收蘇過之作品〈颶風賦〉、〈思子臺賦〉，亦可見《東坡續集》之參考價值不如前揭二書。

至於〈颶風賦〉，宋・呂祖謙所編《宋文鑑》題為蘇過作，元・
祝堯《古賦辯體》卷八亦云：

> 叔黨（蘇過字也）以文章馳名，時號小東坡，嘗隨侍東坡
> 過嶺，作〈颶風賦〉，颶風者四方之風也，嶺南有颶風，每
> 作時雞犬為之不寧。

清・王文誥亦云：「廣惠間颶風拔屋，乾明菩提樹倒……命過作
〈颶風賦〉。」〔註 12〕其案語並云：「此賦公命過作，《宋史》載入過
傳，而文載本集，乃〈思子臺賦〉之例，非誤也。」〔註 13〕

由上可知〈颶風賦〉、〈思子臺賦〉收在《東坡七集》，乃因此二
賦皆蘇軾命蘇過所作。其中〈思子臺賦〉不但是蘇軾命蘇過作，此賦
之「引」更是出自東坡之手，所以並收於蘇軾集中。〈颶風賦〉雖無
東坡之敘，然亦是東坡命蘇過作，依〈思子臺賦〉並收之例，亦列於
《東坡七集》中。〈颶風賦〉、〈思子臺賦〉是蘇軾命蘇過作之作品，
知此緣由，則此二賦不在蘇軾賦作研究範圍之內，應刪之。雖然，賦
為蘇過之作品，且已明載於《宋史・蘇過傳》中，然而當時編者載入
蘇軾文集中，當別有用意〔註 14〕，故王文誥說其「非誤也」。於此，
筆者認為此二賦應以附錄方式收錄較為恰當。

《東坡七集》所收之賦不以類相從，賦作又分隔數處，查閱相當
不便。據以上之考查，《東坡七集》所收之蘇軾辭有四篇，賦有二十
三篇，扣除〈颶風賦〉、〈思子臺賦〉兩篇，實得二十一篇，共有辭賦
二十五篇。

〔註 12〕見清・王文誥，《蘇文忠公詩編註集成・總案》，台北：學生書局，
1987 年，卷三十九，頁 1324。
〔註 13〕見清・王文誥，《蘇文忠公詩編註集成・總案》，卷三十九，頁 1327。
〔註 14〕《蘇軾文集・答劉沔都曹書》云：「軾窮困，本作文字，蓋願刳形去
智而不可得者。然幼子過文益奇，在海外孤寂無聊，過時出一篇見
娛，則為喜數日，寢食有味。以此知文章如金玉珠貝，未易鄙棄也。」
按：當時編者當以為蘇過此二賦如金玉珠貝，未易鄙棄，故附於蘇
軾之文集。

二、《東坡全集》

除了上述分集編訂的版本，另一種不同的詩文全集是採分類合編的版本。宋版《東坡大全集》屢見稱引，惟因中有贋作，入明以後，逐漸失傳。故宋刊本的分類體例已然無考。明、清以後分類編撰的蘇集，可能在分類與收文範圍上受宋版《大全集》的影響〔註15〕，現存的分類合編版本主要有三：

一是明朝中葉刊刻的一百一十四卷本《蘇文忠公集》。該本卷一、卷二爲賦，卷三至三十一爲詩，其餘爲文。該本紕繆頗多。《四庫全書總目提要》卷一百五十四《東坡全集》條下斥之爲「編輯無法」。該本無序跋，似坊間書賈倉促間所爲。

二是明萬歷間茅維編刻的七十五卷本《蘇文忠公全集》。此本所收，以文爲主，詩則不載。

三爲清蔡士英一百十五卷《東坡全集》刊本。《四庫全書》用以著錄。此本卷一至卷三十二爲詩，自卷三十三爲文，文乃據舊刻重訂，分類編排較一百一十四卷本合理。蔡氏原本今雖不見，但依據蔡氏本著錄的四庫全書《東坡全集》尚在，可以覆按。〔註16〕

以上三種，第一種版本錯誤多又倉促所爲，第二種僅收文未收詩，僅收以賦名篇者，與本文研究範圍不符，是以不用此二版本，而用第三種版本。本文所用的《東坡全集》本是《影印文淵閣四庫全書》，1983 年由台灣商務印書館據國立故宮博物院藏本影印本。

《東坡全集》依上述之去取標準檢錄，所得之辭有四篇，賦有二十一篇，分別收錄在卷三十二、卷三十三，其篇名順序如下：

卷三十二：〈和陶歸去來兮辭〉、〈上清辭〉、〈黃泥坂辭〉、〈清溪辭〉。〔註17〕

〔註15〕見劉尚榮，《蘇軾著作版本論叢・宋刊蘇軾全集考》，頁4～5。

〔註16〕參孔凡禮《蘇軾文集・點校説明》，頁2。

〔註17〕《七集》本多作「詞」，《全集》本則悉以「辭」名篇。事實上，蘇軾常將「辭」、「詞」混用，本文徵引時，各依版本之名稱。又「辭賦」或作「詞賦」，「詞」爲本字，「辭」爲借字耳。《説文》：「辭，

卷三十三：〈延和殿奏新（樂）賦〉、〈明君可與爲忠言賦〉、〈秋陽賦〉、〈快哉此風賦〉、〈灧澦堆賦〉、〈屈原廟賦〉、〈昆陽城賦〉、〈後杞菊賦〉、〈服胡麻賦〉、〈赤壁賦〉、〈後赤壁賦〉、〈天慶觀乳泉賦〉、〈洞庭春色賦〉、〈中山松醪賦〉、〈沉香山子賦〉、〈釀酒賦〉（題下注：一作〈酒子賦〉）、〈濁醪有妙理賦〉、〈老饕賦〉、〈荼蘪賦〉、〈颶風賦〉、〈黠鼠賦〉、〈復改科賦〉、〈思子臺賦〉。〔註18〕

《東坡全集》所收之辭四篇、賦二十三篇，扣除〈颶風賦〉、〈思子臺賦〉兩篇，亦得二十一篇。此書亦未能按時序排比，然已能收錄於同一處，其篇數、篇名皆與《東坡七集》相同。

三、《重編東坡先生外集》

《東坡外集》也是採分類合編的詩文合集，成書於南宋，專收《東坡集》、《東坡後集》遺漏的詩文，明代有重刻本，稱《重編東坡先生外集》。重編《外集》本，卷首有序，可能出自原編之手，其中敘及蘇軾傳世之集凡二十四種：

《南行集》、《坡梁集》、《錢塘集》、《超然集》、《黃樓集》、《眉山集》、《武功集》、《雪堂集》、《黃岡小集》、《仇池集》、《毗陵集》、《蘭臺集》、《眞一集》、《岷精集》、《淡庭集》、《百斛明珠集》、《玉局集》、《海上老人集》、《東坡前集》、

訟也。」辭之本義當爲紛爭辯訟，即於法庭辯理訟獄之辭。又《説文》云：「詞，意內而言外也。」段玉裁注：「有是意于內，因有是言于外，謂之詞。……詞與辛部之辭，其意迥別。……此謂摹繪物狀及發聲語助之文字也。」故凡摹繪物狀，表達情意之文詞，自皆當作「詞」，作「辭」者借字耳。所以劉師培說：「凡古籍「言辭」、「文辭」諸字，古字莫不作詞，特秦漢以降，誤詞爲辭耳。」（《論文雜記》）《周易・繫辭》之〈釋文〉云：「辭，說也，辭，本作詞。」《周禮・大行人》：「諭言語，協辭命。」鄭玄注云：「故書「協辭命」做「協詞命」，皆辭當爲詞之明證。參葉幼明，《辭賦通論》，頁24～25。

〔註18〕此版本筆者參用時亦發現些許錯誤，如卷三十三收賦二十三首，標題卻僅標爲「賦十七首」；又如〈延和殿奏新樂賦〉卻標爲〈延和殿奏新賦〉。

《後集》、《東坡備成集》、《類聚東坡集》、《東坡大全集》、《東坡遺編》。右文忠蘇先生文集之傳世者蓋如此。惟姑蘇所傳《前》、《後集》六十卷，編次有倫，雖歲月間有小差，而是者十九矣。其它諸集，皆雜取同時諸人文字，………叢冗互復，良誤學士大夫觀覽。今將如上諸集，詳加校定，……合爲一編，目曰《外集》……親跡出於先生孫子與凡當時故家者皆在，庶幾觀是集者，并前、後二集，則先生之文無復遺逸之憾，而如上諸集皆可廢也。

劉尚榮《蘇軾著作版本論叢·東坡外集雜考》云：「北宋末年禁毀蘇集，然而『禁愈嚴而傳愈多』（費袞《梁溪漫志》）。東坡遺墨尤爲人們所珍惜。南渡以後，蘇軾在政治上得到昭雪，其詩文亦再盛傳。由于《東坡集》、《後集》所載詩文並不完備，遺漏較多，爲適應文人學士旁采博收的亟需，《東坡外集》便應運而生。」[註19] 南宋·郎曄在《經進東坡文集事略》中已提及《東坡外集》，由此可見《外集》在南宋時與《東坡集》、《東坡後集》同時流傳，並行於當世。郎曄所見《東坡外集》，在元、明兩朝未見著錄，但有抄本流傳。今所見之版本乃是經由明·毛九苞校訂的《重編東坡先生外集》八十六卷，于萬曆三十六年（1608）在維揚付梓，流傳至今。本文採用的版本乃收錄於《四庫全書存目叢書》集部的《重編東坡先生外集》，此本乃據浙江圖書館藏明萬曆三十六年康丕揚維揚府署刻本，由台灣莊嚴文化事業有限公司，在 1997 年 6 月出版。《重編東坡先生外集》卷第十一，收賦九篇，其篇名順序如下：

〈酒隱賦〉、〈老饕賦〉、〈荼糜賦〉、〈通其變使其不倦〉、〈明君可爲忠言賦〉、〈三法求民情〉、〈六事廉爲本賦〉、〈延和殿奏新樂〉、〈快哉此風〉。[註20]

[註19] 見劉尚榮，《蘇軾著作版本論叢·東坡外集雜考》，頁 113。

[註20] 此版本之小錯誤，隨手可得，然不致影響其參考價值。如〈明君可爲忠言賦〉應爲〈明君可與爲忠言賦〉；〈通其變使其不倦〉應爲〈通其變使民不倦〉；〈三法求民情〉、〈延和殿奏新樂〉、〈快哉此風〉等

以上九篇賦作，亦未能按時序排比。《重編東坡先生外集》所收之九篇賦均爲《東坡集》、《東坡後集》所未收錄者。惟〈老饕賦〉、〈荼蘼賦〉、〈明君可與爲忠言賦〉、〈延和殿奏新樂賦〉、〈快哉此風賦〉五篇與《東坡續集》複重，至若〈酒隱賦〉、〈通其變使其不倦賦〉、〈三法求民情賦〉、〈六事廉爲本賦〉四篇，則爲《東坡七集》、《東坡全集》兩本所無。

以上對分集編訂之《東坡七集》、分類合編之《東坡全集》作綜合考查，刪去蘇過之作品二首，共得蘇軾辭賦二十五首。此外，又參照《重編東坡先生外集》得前二本所無之賦四首，共得蘇辭賦二十九首。

綜上所述，可見蘇軾現存辭賦作品二十九篇。此外，從各種相關資料考查得知蘇軾尚有〈民監賦〉〔註21〕、〈龍團稱屈賦〉〔註22〕二首，今已無其辭而僅存其目。

用上述考查之結果，來查看歷來各種總集及別集之考訂成果，如南宋・呂祖謙奉敕編之《宋文鑑》；清・陳元龍編纂之《御定歷代賦彙》；四川大學古籍整理研究所編纂《全宋文》，用以說明爲何要大費周章來考查，而不直接採用這些版本。

先看《宋文鑑》〔註23〕，此書是呂祖謙奉宋孝宗之命編選的，

未標賦名。

〔註21〕孔凡禮《蘇軾年譜》嘉祐二年三月條下云：「仁宗御崇政殿，試禮部奏名進士，又試特奏名。內出〈民監賦〉、〈鸞刀詩〉、〈重申巽命論〉題。」其下注云：「蘇軾此次御試所作賦、詩巳佚，論見《文集》卷三。」見《蘇軾年譜》，頁 54。

〔註22〕《欒城遺言》云：「先生一日與魯直、文潛諸人會飯。既食滑腥兒血羹，客有須薄茶者，因就取所製龍團，遍啜坐人。或曰：『使龍團能言，當必稱屈。』先生撫掌久之，曰：『是亦可爲一題。』因援筆戲作律賦一首，以『俾薦血羹，龍團稱屈』爲韻，山谷擊節，稱詠不能已。巳無藏本。聞關子開能誦。今亡矣，惜哉！」見四川大學中文系唐宋文學研究室編，《蘇軾資料彙編》，頁 285。

〔註23〕見南宋・呂祖謙奉敕編、齊治平點校，《宋文鑑》，北京：北京中華書局，1992 年。

他蒐採公私藏書，斟酌去取，拔尤選粹，歷一年之久，成書一百五十卷。此書是選本，所以收錄各家作品不全。有關蘇軾辭賦僅收十篇，分別在卷五賦：〈灩澦堆賦〉、〈屈原廟賦〉、〈昆陽城賦〉、〈赤壁賦〉、〈後赤壁賦〉、〈秋陽賦〉、〈中山松醪賦〉七篇；卷十一律賦：〈濁醪有妙理賦〉一篇；卷三十騷：〈上清辭〉、〈黃泥坂辭〉二首。《宋文鑑》所收蘇軾之辭賦顯然不全，此乃選本，不能苛求。其中卷十，收蘇過〈颶風賦〉、〈思子臺賦〉，已明確標示為蘇過作，是其可取之處。

　　再看清・陳元龍編纂《御定歷代賦彙》〔註 24〕，此書分正集一百四十卷、外集二十卷、逸句二卷、補遺二十二卷，共一百十四卷，四千一百六十一篇。馬積高云：「今存辭賦總集收宋賦最多者為清初陳元龍所之《歷代賦匯》。該書所收宋賦四百八十餘篇，作家一百三十九人。但此書對宋賦的遺漏遠較對唐賦的遺漏為多。……《賦匯》所收，例以標名為賦者為限，未標名之辭賦皆未選入，其所遺自更不少。」〔註 25〕由於此書依題材分三十八類收賦，蘇軾之「以賦名篇」之作品分散在各處，要費許多功夫才將蘇軾的作品逐一找到，查閱相當不便，且容易遺漏〔註 26〕，蘇軾的作品分別收錄在：
正集：
　　卷三天象：〈秋陽賦〉
　　卷六天象：〈快哉此風賦〉

〔註 24〕見清・陳元龍編纂，《御定歷代賦彙》，《影印文淵閣四庫全書》，冊一千四百一十九，台北：台灣商務印書館據國立故宮博物院藏本影印，1983 年。

〔註 25〕見馬積高，《歷代辭賦研究史料概述》，頁 116～118、203。其下文又云：「本書所收作品以題上有賦字者為限，未標明者則雖為賦體亦不錄，即為缺陷之一。然這尚不失為一種省事而審慎的辦法，可以不論。」

〔註 26〕如陳韻竹《歐陽修蘇軾辭賦之比較研究》一書，考查蘇軾辭賦數量時便以此為參考本，其所引用之賦只限於正集，然卻遺漏了單獨列在《外集》卷十三曠達類的〈酒隱賦〉，故其數量不全。

卷七天象：〈颶風賦〉（此篇爲蘇過作，此誤署爲其父蘇軾作）

卷二十地理：〈灩澦堆賦〉、〈赤壁賦〉、〈後赤壁賦〉

卷二十七地理：〈天慶觀乳泉賦〉

卷三十九都邑：〈昆陽城賦〉

卷四十二治道：〈通其變使民無倦賦〉、〈三法求民情賦〉

卷四十三治道：〈六事廉爲本賦〉

卷四十四治道：〈明君可與爲忠言賦〉

卷四十六治道：〈復改科賦〉

卷八十五器用：〈沉香山子賦〉

卷九十音樂：〈延和殿奏新樂賦〉

卷一百飲食：〈濁醪有妙理賦〉、〈中山松醪賦〉、〈酒子賦〉、〈洞庭春色賦〉、〈後杞菊賦〉、〈荼蘼賦〉、〈服胡麻賦〉、〈老饕賦〉

卷一百一十覽古：〈屈原廟賦〉

卷一百三十六鳥獸：〈黠鼠賦〉

外集：

卷十三曠達：〈酒隱賦〉

《歷代賦彙》雖有收賦不完備的缺點，然而在檢索全文後，發現蘇軾今所存之以賦名篇的作品，全部都被收入其中，眞是令筆者歡欣，筆者所考查蘇軾之作品和陳氏一書數量相同，即是「以賦名篇」之作有二十五篇（註27）。該書未辨明自南宋就被標爲蘇過作之〈颶風賦〉是其缺失。此外，此書未收非「以賦名篇」而爲辭賦的作品，亦無法採用爲本研究範圍。

四川大學古籍整理研究所《全宋文》（註28），此書收蘇軾辭三

〔註27〕馬積高評陳氏此書之缺失云：「有些名家文集，當時很容易找到，陳氏不容不見，然遺漏者不少。……如蘇軾《東坡內外集》有賦二十三篇（不包括應試的律賦），陳氏僅收十七篇（內律賦三篇）等等。」見馬積高，《歷代辭賦研究史料概述》，頁206。案：馬氏此說，顯然與以上所考不符，不知其所據何本？或未詳查之誤？

〔註28〕見四川大學古籍整理研究所，《全宋文》，成都：巴蜀書社，1994年。

篇，賦二十七篇，分別是：

卷一八四九　蘇軾一

〈灩澦堆賦〉、〈屈原廟賦〉、〈昆陽城賦〉、〈後杞菊賦〉、〈服胡麻賦〉、〈赤壁賦〉、〈後赤壁賦〉、〈黠鼠賦〉、〈秋陽賦〉、〈洞庭春色賦〉、〈中山松醪賦〉、〈沉香子賦〉、〈酒子賦〉、〈天慶乳泉賦〉、〈老饕賦〉、〈荼䕷賦〉、〈颶風賦〉（存目）、〈酒隱賦〉

卷一八五〇　蘇軾二

〈濁醪有妙理賦〉、〈延和殿奏新樂賦〉、〈明君可與為忠言賦〉、〈通其變使民不倦賦〉、〈三法求民情賦〉、〈六事廉為本賦〉、〈復改科賦〉、〈快哉此風賦〉、〈思子臺〉（存目）、〈上清辭〉、〈黃泥坂辭〉、〈醉翁操〉

《全宋文》所收蘇軾之賦作二十五篇，蘇過之作品只存目而無辭，這樣的作法沒有問題；然其辭作未收入〈清溪辭〉、〈和陶歸去來兮辭〉，又將〈醉翁操〉納入，這樣的作法亦與本文之研究範圍不符，故未能據以為研究範圍。

要以言之，《宋文鑑》、《御定歷代賦彙》、《全宋文》等，或收賦不全，或將蘇過之作收入，或散見四處，不利查閱。所以筆者精選《東坡七集》、《東坡全集》、《重編東坡先生外集》這三種性質不同的版本，來考查蘇軾的辭賦作品。綜上所述，可見蘇軾現存辭賦作品二十九篇，此外，從各種相關資料考查得知蘇軾尚有〈民監賦〉〔註29〕、〈龍團賦〉〔註30〕二首，然今已無其辭而僅存其目。

〔註29〕孔凡禮《蘇軾年譜》嘉祐二年三月條下云：「仁宗御崇政殿，試禮部奏名進士，又試特奏名。內出〈民監賦〉、〈鸞刀詩〉、〈重申巽命論〉題。」其下注云：「蘇軾此次御試所作賦、詩已佚，論見《文集》卷三。」見《蘇軾年譜》，頁54。

〔註30〕《欒城遺言》云：「先生一日與魯直、文潛諸人會飯。既食滑塌兒血羹，客有須薄茶者，因就取所製龍團，遍啜坐人。或曰：『使龍團能言，當必稱屈。』先生撫掌久之，曰：『是亦可為一題。』因援筆戲作律賦一首，以「俾䕷血羹，龍團稱屈」為韻，山谷擊節，稱詠不能已。已無藏本。聞關子開能誦。今亡矣，惜哉！」見四川大學中

第二節　蘇軾辭賦繫年考論

　　今存蘇軾各種體裁的詩作，達兩千首以上〔註31〕。自宋迄清至今，已有多種之編年本；東坡樂府收詞有三百多首，其中二百多首，亦按編年箋註〔註32〕。東坡辭賦作品現存可見者僅二十九首，卻未見有按編年收錄之相關辭賦專集；歷來學者對蘇軾辭賦的作品繫年，又存在著許多異見〔註33〕。以此，不揣淺陋，稍爲編次之〔註34〕。以下二十九篇蘇軾辭賦作品，先標明該賦之寫作年月、地點，再條列歷來諸家之說法，文中搜羅北宋迄今之相關編年見解，參較其得失，再輔以蘇軾詩文集、各家年譜、紀年錄、繫年考、歷史地圖及賦文之內容……等，益以筆者之愚見，詳細考論繫年於該時間、地點之緣由，期能繫蘇軾賦作於一合理之時間、地點。

一、〈灩澦堆賦〉

　　此賦選錄自《東坡集》〔註35〕，作於宋仁宗嘉祐四年（1059）

文系唐宋文學研究室編，《蘇軾資料彙編》，頁285。
〔註31〕蘇軾撰、孔凡禮點校，《蘇軾詩集》點校説明，頁1。
〔註32〕如龍榆生校箋，《東坡樂府箋》，台北：華正書局，1990年；石聲淮、唐玲玲箋注，《東坡樂府編年箋注》，台北：華正書局，1993年。
〔註33〕舉〈昆陽城賦〉爲例，或主嘉祐五年作、或主元豐二年作、或主元豐六年作，眾說紛紜；又如〈快哉此風賦〉，或主熙寧十年作、或主元豐元年作、或主元豐六年作，莫衷一是；再如〈黠鼠賦〉，或主作於幼年、或主作於黃州、或主作於元祐年間、或主作於海南，更是令人眼花。
〔註34〕上一節所考查之版本、著作，均未將辭賦作品繫年，繫年的基礎研究尚待後學整理。其中雖有《東坡七集》之《東坡集》、《東坡後集》按時代先後選錄，參考時可以略知寫作先後，然該書仍未著錄寫作時間，故其辭賦作品之編年亦有待詳考。
〔註35〕以下每篇作品均列出選錄版本，錄自《東坡集》賦有七首，辭有四首；《東坡後集》八首；《東坡續集》六首，另有四首錄自《重編東坡先生外集》。本繫年考論依《東坡七集》不依《東坡全集》的原因乃在於《七集》本的《東坡集》、《後集》是依寫作先後輯訂，因此本繫年工作即是以此二集爲經，逐一考訂寫作時間後，再將不依寫作先後編纂的《續集》、《外集》諸篇，詳加考訂繫年後，再分別派入其間。此研究方法乃蘇軾辭賦繫年的一個新的嘗試，對之前某些無法

十一月內，蘇軾年二十四。母喪守制期滿，蘇軾侍父偕弟自蜀舟行適京師，至夔州瞿塘而作此賦。

　　歷來版本或研究專著，對於〈灩澦堆賦〉、〈屈原廟賦〉之寫作先後有不同之主張：

（一）主張〈屈原廟賦〉作於〈灩澦堆賦〉之前者

　　清‧王文誥《蘇詩總案》云：「嘉祐四年，……十月，公還朝，與子由侍宮師行。……過忠州，作〈屈原廟賦〉。……抵夔州……發瞿塘，作〈灩澦堆賦〉。」〔註36〕

　　吳雪濤《蘇文繫年考略》嘉祐四年條下，先後列出〈屈原廟賦〉、〈灩澦堆賦〉並考略云：「屈原廟在忠州（今四川省忠縣），而灩澦堆則是長江瞿塘峽口的一塊巨石。〈屈原廟賦〉云：『浮扁舟以適楚兮，過屈原之遺宮。』可知為作於忠州。〈灩澦堆賦〉亦當作於舟行過瞿塘峽時。」〔註37〕

（二）主張〈灩澦堆賦〉作於〈屈原廟賦〉之前者

　　孔凡禮《蘇軾年譜》嘉祐四年條下，將〈灩澦堆賦〉置於〈屈原廟賦〉之前，文云：「發瞿塘，作〈灩澦堆賦〉。入峽，過巫山，經神女廟，過巴東。」又云：「過秭歸，作〈屈原廟賦〉。」〔註38〕

　　案：據王、吳之說，另就《中國歷史地圖集‧宋、遼、金時期》之北宋地理形勢參看，嘉祐四年，三蘇順江流而東，其勢必先經忠州，後過夔州〔註39〕。因此，先遊忠州之屈原廟，再往遊三峽之灩

考查寫作時代的作品，提供了較為可信的繫年參考。為避免本繫年考論工作用此方法導致循環論證之缺失，繫年時以儘量發掘、參酌相關文史資料為主，若真無其他可據資料，再輔一此方法，加以繫年。如此，當是較為合理、科學的方法。

〔註36〕見清‧王文誥，《蘇詩總案》，卷一，頁501～505。
〔註37〕見吳雪濤，《蘇文繫年考略》，呼和浩特：內蒙古教育出版社，1990，頁10。
〔註38〕見孔凡禮，《蘇軾年譜》，頁73。
〔註39〕參譚其驤主編，《中國歷史地圖集‧宋、遼、金時期》，上海：中國地圖出版社，1989，冊六，頁29～30。

瀬堆，若其寫作先後如其往遊之先後，則〈屈原廟賦〉先作於〈灩瀬堆賦〉，似無疑議，然屈原廟似乎不在忠州，故其說仍有待商榷〔註40〕。

依孔氏之說，再參見蘇轍〈屈原廟賦〉云：「淒涼兮秭歸，寂寞兮屈氏。」亦可證屈原廟在歸州，不在忠州。又《欒城集》卷十七收蘇轍賦作八首〔註41〕，第一、二首先後分別為〈巫山賦〉、〈屈原廟賦〉，由於《欒城集》是蘇轍自己編訂的詩文集〔註42〕，各文類皆是依寫作先後收錄，蘇轍〈屈原廟賦〉作於〈巫山賦〉之後，可知〈屈原廟賦〉當是作於入峽之後。經過與《欒城集》互考之後，得知蘇軾〈屈原廟賦〉是不可能作於未入峽之前的忠州。然則王文誥、吳雪濤為何誤繫於忠州？蓋忠州有一屈原塔，二蘇在〈南行集〉中均有詩紀其事，王、吳二人，可能將屈原廟與屈原塔視為一地，所以誤繫〈屈原廟賦〉作於忠州。詳考之後，不從王、吳之說。另，參照依寫作先後輯訂之《東坡集》，〈灩瀬堆賦〉置於〈屈原廟賦〉之前，則〈灩瀬堆賦〉當置於蘇軾賦作之首篇，更無疑議。據以上之考查，再依三蘇之行紀，將此賦繫於宋仁宗嘉祐四年（1059）十月至十二月之間，舟行適楚作，該年十月初，父子三人離家，沿江東下，十二月初至荊州（今湖北省江陵縣）。此賦既作於出峽之前，因知當在該年十一月內。

〔註40〕筆者發表於第十三屆蘇軾研討會之編年考略，即採此說，會議後又多方收集相關資料，今於此修訂之。

〔註41〕《欒城集》卷十七賦八首：〈巫山賦〉、〈屈原廟賦〉、〈缸硯賦〉、〈登真興寺樓賦〉、〈超然臺賦〉、〈服茯苓賦〉、〈墨竹賦〉、〈黃樓賦〉。

〔註42〕〈欒城後集引〉：「予少以文字為樂，涵泳其間，至以忘老。元祐六年，年五十有三，始以空疏備位政府，自是無述作之暇，顧前後所作不多，不忍棄去，乃裒而集之得五十卷題曰《欒城集》。九年，得罪出守臨汝，自汝徙筠，自筠徙雷，自雷徙循，凡七年。元符三年蒙恩北歸，寓居潁川，至崇寧五年，前後十五年，憂患侵尋，所作寡矣。然亦斑斑可見，復類而編之，以為後集，凡二十四卷。眉山蘇氏子由書。」見陳宏天、高秀芳點校，《蘇轍集》，北京：中華書局，1999年，冊四，頁1365。

二、〈屈原廟賦〉

　　此賦選錄自《東坡集》，作於宋仁宗嘉祐四年（1059）十一月內，且作於〈灩澦堆賦〉之後，蘇軾年二十四。母喪守制期滿，蘇軾侍父偕弟自蜀舟行適京師，經歸州屈原廟而作此賦。

　　關於此賦之著作年代，舊有二說：

（一）遭父喪浮江西向歸蜀所作

　　宋・郎曄編《經進東坡文集事略》卷一〈屈原廟賦〉題下引晁無咎云：「〈屈原廟賦〉者，蘇公之所作也。公之初仕京師，遭父喪而浮江歸蜀也，過屈原之祠，爲賦以弔之。」〔註43〕若此說成立，則此賦當作於宋英宗治平三年，蘇軾三十一歲。

（二）除母喪舟行東向適楚所作

　　上一首賦考略所引用之王文誥、吳雪濤、孔凡禮均主此說。作於宋仁宗嘉祐四年（1059）十月至十二月間，蘇軾二十四歲。

　　案：就情理來說，晁氏之說可能性較低，似屬不合道理者〔註44〕。英宗治平二年（1065）五月，蘇軾妻王弗卒。隔年四月，父蘇洵亦死。試想妻亡父喪，變出不意，倉惶扶棺逆江歸蜀之人，安有心情載父棺、妻柩到處遊歷，並爲作〈屈原廟賦〉以弔？又考查蘇軾詩文集，作於此時之作品少之又少，寥寥可數，故云晁氏之說可能性較低。

　　除母喪，舟行適楚所作，則較合情理。於情來說，守制期滿，蘇軾侍父偕弟自蜀舟行，出三峽，適京師，其心情當然與扶二棺歸蜀不同，故能於舟行途中，順江而下，四處遊歷。蘇軾〈南行前集敘〉即云：

〔註43〕見宋・蘇軾撰、郎曄編，《經進東坡文集事略》，上海：上海書店印行，據商務印書館 1926 年版重印，卷一，〈屈原廟賦〉題下。

〔註44〕《霞外捃屑》卷三〈居喪不作詩文〉：「吳草廬題朱文公答陳正己講學墨帖云：眉山二蘇兄弟，文人也，再期之內，禁斷作詩作文，寂無一語，是亦嘗講乎喪禮也。」見孔凡禮撰，《蘇軾年譜》，頁 26。

> 己亥之歲，侍行適楚，舟中無事，博奕飲酒，非所以爲閨
> 門之歡。山川之秀美，風俗之朴陋，賢人君子之遺跡，與
> 凡耳目之所接者，雜然有觸於中，而發於詠歎。蓋家君之
> 作，與弟轍之文皆在，凡一百篇，謂之《南行集》。將以識
> 一時之事，爲他日之所尋繹，且以爲得之於談笑之間，而
> 非勉強所爲之文也。時十二月八日，江陵驛書。

是以，蘇軾此次舟行，經歸州，過屈子之遺跡，有觸於中，而發詠歎，
故爲賦以弔之。考〈屈原廟賦〉賦文有：「浮扁舟以適楚兮，過屈原
之遺宮」之文句，與〈南行前集敘〉：「己亥之歲，侍行適楚。」之說
相契。再考蘇軾、蘇轍詩文集，其二人先後皆有入峽、屈原廟之作品，
其行跡正與〈灩澦堆賦〉、〈屈原廟賦〉前後之編年相符。於情於理，
皆以第二說較爲可從，今採其說，編年於嘉祐四年十一月內作。

三、〈昆陽城賦〉

此賦選錄自《東坡集》，作於宋仁宗嘉祐五年（1060）二月，蘇
軾年二十五。母喪守制期滿，蘇軾侍父偕弟自蜀適京師，行經昆陽城
舊址而作此賦。

關於此賦之著作年代，歷來有以下諸說：

（一）繫年於嘉祐五年（1060）作

孫民云：「嘉祐五年（1060）正月蘇軾舉家自荊州陸行赴京，路
經河南作。昆陽，古縣名，即今河南葉縣一帶。」〔註45〕

段書偉等云：「此賦大約作於嘉祐五年一、二月間。東坡丁母憂
後，頭年十月從眉山出發，沿江而下，十二月抵江陵。是年一月從江
陵陸行，三月抵汴京。途經昆陽，感而成賦。」〔註46〕

吳雪濤《蘇文繫年考略》置於嘉祐五年條下，考略云：「賦稱『過
故城而一弔，增志士之永慨』，因知必是經過昆陽城所作。……軾平

〔註45〕見孫民，《東坡賦譯注》，頁 10。
〔註46〕見段書偉、李之亮、毛德富主編，《蘇東坡合集》，北京：北京燕山，
　　　　1997，頁 4。

生過葉縣僅此一次，此賦必作於其時。葉縣更在許州之南，因知此賦之作當在該年正月。」〔註47〕

　　孔凡禮《蘇軾年譜》嘉祐五年二月條下云：「至葉縣，……過昆陽，弔劉秀與王莽作戰戰場，作賦。」〔註48〕

（二）繫年於元豐二年（1079）作

　　孔凡禮《蘇軾文集》此賦題下註云：「清陸心源《穰梨館過眼錄》卷二亦錄有此全文，文末有『元豐二年九月二十五日寄參寥子 眉山蘇軾』字。」〔註49〕

（三）繫年於元豐六年（1083）作

　　宋‧傅藻《東坡紀年錄》，元豐六年條下云：「公在黃州……十一月十二日，為張夢得書〈昆陽城賦〉。」〔註50〕

　　近人陳韻竹據《東坡紀年錄》之說，又案語云：「夢得字懷之，當時也謫居黃州。昆陽故城即今河南省葉縣。時王莽篡漢，聞劉玄自立為更始皇帝，遂遣王尋、王邑往討，帥百餘萬大軍，罄其天下之軍於一役。漢光武帝劉秀與邑、尋遇於昆陽城，戰況至為慘烈，最後終敗莽軍，由此而海內豪傑、翕然響應，新莽遂亡。蘇軾憑弔古城，發思古之幽情，乃作〈昆陽城賦〉。」〔註51〕

　　朴孝錫《蘇軾辭賦研究》又據傅、陳之說，將此賦定於宋神宗元豐六年十一月作。〔註52〕

　　案：根據賦文之內容可知為蘇軾憑弔故城，懷古悲吟，有感而作。

〔註47〕見吳雪濤，《蘇文繫年考略》，頁 11。

〔註48〕見孔凡禮撰，《蘇軾年譜》，頁 79。

〔註49〕見《蘇軾文集‧昆陽城賦》，頁 3。

〔註50〕見四川大學中文系唐宋文學研究室編，《蘇軾資料彙編‧下編》，頁 1756。

〔註51〕見陳韻竹，《歐陽修蘇軾辭賦之比較研究》，台北：文史哲出版社，1986 年，頁 104。

〔註52〕見朴孝錫，《蘇軾辭賦研究》，東海大學中文研究所，碩士論文，1989，頁 82。

因此，欲知此賦之寫作年代，可從蘇軾之行跡來考查。宋・郎曄編《經進東坡文集事略》卷一〈昆陽城賦〉題下註云：「昆陽縣屬穎州郡，其故城在許州葉縣北。」〔註53〕據《中國歷史地圖集・宋、遼、金時期》葉縣隸屬京西北路汝州，蘇軾何時過此地？

先就元豐二年蘇軾之行跡來看，元豐二年二月，蘇軾自徐州移知湖州，不久便發生歷史上有名之「烏臺詩案」，蘇軾自八月十八日赴御使臺獄，在獄中百餘天，直至十二月二十四日，方得旨，責檢校尚書水部員外郎、黃州團練副使、本州安置不得簽書公事。因此元豐二年九月二十五日，蘇軾正在京畿路之開封獄中，安能至京西北路之昆陽城？

再就元豐六年蘇軾之行跡來看，蘇軾自元豐三年二月一日到黃州貶所，至元豐七年四月一日，詔移汝州，在黃州歲月有漫漫五年之久。蘇軾貶官黃州，名雖為團練副使，實卻形同流放，不僅沒有簽署公文之權利，更無居住之自由，只能於「本州安置」。曾有友人邀東坡至長江對岸居住，蘇軾礙於自己貶官的身份都一概回絕。由此可知，蘇軾尚且不願離開黃州至對岸之鄂州，更何況要離開淮南西路之黃州，而跨「路」越「州」前往遙遠的京西北路之昆陽城遊歷。再考元豐六年十一月十二日蘇軾之行跡仍在黃州，安能如陳韻竹所言：「蘇軾憑弔古城，發思古之幽情，乃作〈昆陽城賦〉」，是蘇軾不能矣！且傳藻《東坡紀年錄》云：「為張夢得書〈昆陽城賦〉」是為張夢得「書」，並非「作」，筆者以為〈昆陽城賦〉乃作於之前，此則特為書之以贈夢得。蓋東坡此時與夢得交遊甚密，嘗有夜遊承天寺「何夜無月？何夜無竹柏？但少閒人如吾兩人耳！」之情誼。是時，夢得又贈東坡二枚墨，故東坡書昔日所作之〈昆陽城賦〉以贈夢得，是禮尚往來也。

昆陽城之地理位置在京西北路之汝州許州附近，然則，蘇軾何時

〔註53〕見郎曄編，《經進東坡文集事略》，卷一〈昆陽城賦〉題下。

有昆陽城之遊歷呢？嘉祐四年，母喪守制期滿，蘇軾侍父偕弟自蜀適京師，先是舟行至荊州，在荊州渡歲。嘉祐五年正月，再由荊門陸行至京，經由宜城、襄州、鄧州、唐州、汝州、許州、尉氏等地，於二月抵達京師。清‧王文誥《蘇詩總案》卷二，嘉祐五年條下云：「正月……五日，發荊州。……過唐州……二月，至許州……過葉縣……過汝州……過尉氏……十五日抵京師。」〔註54〕三蘇父子此次回京舟行有《南行前集》，陸行則有《南行後集》，都是回京途中，沿途遊歷，見「山川之秀美，風俗之朴陋，賢人君子之遺跡，與凡耳目之所接者，雜然有觸於中，而發於詠歎。」〈昆陽城賦〉當作於此時，即嘉祐五年二月。孫民以為正月作，而段書偉等認為大約作於一、二月間，皆有所誤差。據王文誥之說，蘇軾於二月方抵許州、葉縣、汝州等地，故其昆陽城之遊必在此時，故此賦繫年月於嘉祐五年（1060）二月作，應較為精確。另，參照依寫作先後輯訂之《東坡集》，〈昆陽城賦〉緊接於〈灩澦堆賦〉〈屈原廟賦〉之後，均同屬於《南行集》由四川返京同時的同一系列作品，更可旁證此賦作於仁宗嘉祐年間而非神宗元豐年間。

四、〈上清詞〉

　　此詞選錄自《東坡集》，作於宋仁宗嘉祐八年（1063）冬，蘇軾年二十八，在鳳翔簽判任。

　　此篇之寫作年代，各家均繫於嘉祐八年冬：

　　孔凡禮《蘇軾年譜》嘉祐八年條下云：「冬，謁上清宮，作〈上清詞〉。弟轍應邀亦賦。」

　　吳雪濤《蘇文繫年考略》置於嘉祐八年條下，云：「題下注「以宮名名篇」，可見此「上清」實指上清宮，本篇即是獻於上清宮之詞。……本辭實作於嘉祐八年之冬。」

　　案：蘇軾題下自注「以宮名名篇」，但不詳何神及宮在何地。考

〔註54〕見清‧王文誥，《蘇詩總案》，卷二，頁511～512。

《欒城集》亦有〈上清詞〉一篇，題下自註云：「宮在太白山，同子瞻作。」由是可知，此篇乃子瞻在鳳翔通判任時作。然亦未詳何年作，又蘇軾〈書上清詞後〉：「嘉祐八年冬，軾佐鳳翔幕，以事○（缺字當為「至」）上清太平宮，屢謁眞君，敬撰此詞。仍邀家弟轍同賦。其後廿四年，承事郎薛君紹彭為監宮，請書此二篇，將刻之石。元祐二年二月廿八日記。」以此，繫此賦於嘉祐八年冬，在鳳翔簽判任作。

五、〈後杞菊賦〉

此賦選錄自《東坡集》，作於宋神宗熙寧八年（1075）秋，蘇軾年四十，在密州任。

此賦之寫作時間，較無疑議。〈後杞菊賦〉并敘：

> 天隨生自言常食杞菊。及夏五月，枝葉老硬，氣味苦澀，猶食不已。因作賦以自廣。始余嘗疑之，以為士不遇，窮約可也，至於飢餓嚼齧草木，則過矣。而余仕宦十有九年，家日益貧，衣食之奉，殆不如昔者。及移守膠西，意且一飽，而齋廚索然，不堪其憂。日與通守劉君庭式，循古城廢圃，求杞菊食之，捫腹而笑。然後知天隨生之言，可信不繆。作〈後杞菊賦〉以自嘲，且解之云。〔註55〕

歷來諸說均主於神宗熙寧八年作：

清·王文誥《蘇詩總案》卷十三，熙寧八年七月條下云：「與劉庭式，尋古城廢圃，求杞菊食之，作〈後杞菊賦〉。」〔註56〕

吳雪濤《蘇文繫年考略》置於熙寧八年條下，考略云：「軾自嘉祐二年進士及第，登上仕途，至熙寧八年，正好十九年，因知此賦必作於是年。《紀年錄》、王宗稷《年譜》均編於熙寧八年，《東坡烏臺詩案》『後杞菊賦并引』條更謂作於『熙寧八年秋』。」〔註57〕

〔註55〕由此賦引可知，唐朝的陸龜蒙（天隨生）先寫了一篇〈杞菊賦〉，蘇軾效其意，寫下此篇〈後杞菊賦〉。

〔註56〕見清·王文誥，《蘇詩總案》，卷十三，頁700。

〔註57〕見吳雪濤，《蘇文繫年考略》，頁66。

孔凡禮《蘇軾年譜》熙寧八年九月條下云：「秋，作〈後杞菊賦〉，感歎齋廚索然；以示漣水令盛僑，僑以示張耒，耒作〈菊賦〉贊蘇軾。」〔註58〕

案：以上諸先生之說，或繫於七月、九月，不可詳考，今據《東坡烏臺詩案》『後杞菊賦并引』條，繫此賦作於宋神宗熙寧八年（1075）秋天。

六、〈服胡麻賦〉

此賦選錄自《東坡集》，作於熙寧八年（1075）十一月至熙寧九年（1076）十月之間或略後，蘇軾年四十、四十一，在密州任。

關於此賦之寫作年代有以下諸說：

（一）繫年於元豐五年（1082）作

清·王文誥《蘇詩總案》將此賦附於卷二十一，元豐五年卷末，其案語云：「此賦乃黃州作，考定卷四十二總案〈老饕賦〉條下。」〔註59〕王氏以爲〈服胡麻賦〉確作於元豐五年蘇軾在黃州貶所作，然不詳月日，故附於元豐五年卷末。他在〈老饕賦〉條下案語云：「胡麻乃答子由伏苓者，復取《欒城集·伏苓賦》考之，兩賦兩敘皆不及作賦之地，而子由使遼，已有〈伏苓賦〉，故〈伏苓賦〉載在前集。本集〈胡麻賦〉列赤壁兩賦前，始知子由作於筠州監酒時，而公答之於齊安者，了無疑義。」〔註60〕

吳雪濤《蘇文繫年考略》置於元豐五年條下，考略云：「《蘇詩總案》卷二十一將此賦編於元豐五年之下，而卷末又云次是元豐四、五兩年中事，遂編此卷之末。可見《總案》編年亦無確據。今則更無可考，姑從其說。」〔註61〕

〔註58〕見孔凡禮，《蘇軾年譜》，頁317～318。
〔註59〕見清·王文誥，《蘇詩總案》，卷二十一，頁874。
〔註60〕見清·王文誥，《蘇詩總案》，卷四十二，頁1422。
〔註61〕見吳雪濤，《蘇文繫年考略》，頁156。

楊勝寬〈東坡賦考論〉一文亦繫於元豐五年，無說明文字。

（二）繫年於元祐四年（1089）之前作

孔凡禮《蘇軾年譜》元祐四年十一月條下云：「二十六日，弟轍使契丹至涿州，賦詩以寄兄軾。軾有次韻。時《眉山集》已傳入契丹。」其下注云：「《欒城後集》卷十二〈潁濱遺老傳上〉：『奉使契丹。虜以其侍讀學士王師儒館伴。師儒稍讀書，能道先君及子瞻所爲文，曰：『恨未見公全集。』然亦能誦〈服伏苓賦〉等，虜中類相愛敬者。』」〔註62〕

案：王文誥以子由〈伏苓賦〉作於出使遼國之前；又〈服胡麻賦〉在蘇軾文集之刊次在赤壁兩賦之前，斷其必爲黃州時作。考《東坡集》賦七首，其篇名順序如下：〈灩澦堆賦〉、〈屈原廟賦〉、〈昆陽城賦〉、〈後杞菊賦〉、〈服胡麻賦〉、〈赤壁賦〉、〈後赤壁賦〉。《東坡集》所收賦作之順序皆能依寫作時間先後編排。故王氏之說，自有其可參考之處，然其此文該繫於何年亦無確據。因此，本賦之繫年將依王說，即〈胡麻賦〉作於〈赤壁〉兩賦之前，再與蘇轍之《欒城集》互考，以究其寫作時間。

蘇軾〈服胡麻賦〉并敘云：「子由賦伏苓以示余，乃作〈服胡麻賦〉以答之。」二蘇昆仲，文學相近，互相提攜促進，兄唱則弟和，弟作則兄酬，詩文唱和終其一生。〈伏苓賦〉、〈服胡麻賦〉既然是二蘇唱和之賦作。因之，〈服胡麻賦〉之寫作時間可由〈伏苓賦〉的寫作時間來考訂。蘇轍〈服茯苓賦〉作於何時？今並無確切之資料可考，只有奉使契丹時，稍有提及，宋・孫汝聽《蘇潁濱年表》元祐四年十月條下亦云：「轍使至契丹，虜主以其侍讀學士王師儒館伴。師儒稍讀書，能道轍父兄所爲文，曰：『恨未見公全集。』然亦能誦〈服伏苓賦〉等，虜中愛敬之。」〔註63〕考蘇轍〈欒城後集引〉云：

<hr/>

〔註62〕見孔凡禮，《蘇軾年譜》，頁898～899。
〔註63〕見陳宏天、高秀芳點校，《蘇轍集・附錄》，冊四，頁1391。

「予少以文字爲樂，涵泳其間，至以忘老。元祐六年，年五十有三，始以空疏備位政府，自是無述作之暇，顧前後所作不多，不忍棄去，乃裒而集之得五十卷題曰《欒城集》。」蘇轍奉使契丹時，《欒城集》尚未成書，由此條僅可知〈服茯苓賦〉作於元祐四年之前，此賦眞正之寫作年代，似無法據此得知。

《欒城集》五十卷乃蘇轍親手編訂的，其體例是分體據寫作先後依序編訂，《欒城集》卷十七賦作八首，其收錄之先後順序如下：〈巫山賦〉、〈屈原廟賦〉、〈缸硯賦〉、〈登眞興寺樓賦〉、〈超然臺賦〉、〈服茯苓賦〉、〈墨竹賦〉、〈黃樓賦〉，其中寫作繫年確然可考者有六首，分別是〈巫山賦〉作於宋仁宗嘉祐四年（1059）十月至十二月初之間，〈屈原廟賦〉作於宋仁宗嘉祐四年（1059）十月至十二月初之間，〈登眞興寺樓賦〉作於宋仁宗嘉祐七年（1062）六月，〈超然臺賦〉作於宋神宗熙寧八年（1075）十一月，〈墨竹賦〉作於宋神宗元豐元年（1078）八月前，〈黃樓賦〉作於宋神宗元豐元年（1078）九月前，其中〈缸硯賦〉、〈服茯苓賦〉之寫作年代，因無相關文史資料，無法詳考，然根據《欒城集》的編輯體例，依然可以得知其大略之寫作時間，如〈服茯苓賦〉必作於〈超然臺賦〉之後，〈墨竹賦〉之前，故其寫作時間大約作於神宗熙寧八年（1075）十一月至神宗元豐元年（1078）八月之間。

再詳考蘇轍〈服茯苓賦〉并敘云：「余少而多病，夏則脾不勝食，秋則肺不勝寒。治肺則病脾，治脾則病肺。平居服藥，殆不復能愈。年三十有二，官於宛丘，或憐而受之以道士服氣法，行之期年，二疾良愈。蓋自是始有意養生之說。晚讀《抱朴子》書，言服氣與草木之藥，皆不能致長生，古神仙眞人皆服金丹。以爲草木之性，埋之則腐，煮之則爛，燒之則焦，不能自生，而況能生人乎？余既汩沒世俗，意金丹不可得也，則試求之草木之類。寒暑不能移，歲月不能敗者，惟松柏爲然。古書言：松脂流入地下爲茯苓，茯苓又千歲則爲琥珀。雖非金石，而其能自完也亦久矣。於是求之名山，屑

而瀹之，去其脈絡而取其精華，庶幾可以固形養氣，延年而卻老者。因為之賦以道之。」敘文先提及熙寧三年蘇轍年三十二，在陳州（宛丘）任學官，又云「行之期年」、「晚（近也）讀《抱朴子》書」，其文意是依時間先後敘述。若然，則接下來所述當是熙寧六年改齊州掌書記任內事，此與敘文「汩沒世俗（在外任書記之小職）」之意相符。熙寧九年十月，王安石罷相，轍罷齊州掌書記，回京。由此可知，此賦當作於熙寧九年十月罷任之前。再依上所考，〈服茯苓賦〉的大約作於神宗熙寧八年十一月至神宗元豐元年八月之間。前後加減，可以更確切得知此賦當作於熙寧八年十一月至熙寧九年十月之齊州任內。蘇軾〈服胡麻賦〉乃答子由〈服茯苓賦〉，熙寧八年十一月至熙寧九年十月，蘇軾正在密州任，密州離齊州不遠，書信往返，不消多時，則蘇軾之〈服胡麻賦〉亦當作於此時。

依王文誥之說，此賦作於前後〈赤壁賦〉之前，再與《欒城集》交叉互考，得此賦當作熙寧八年十一月至熙寧九年十月之間或略後。王文誥斷其必為元豐五年黃州時作，今不從。

七、〈快哉此風賦〉

此賦選錄自《東坡續集》，作於宋神宗元豐元年（1078）八月中旬，蘇軾年四十三，在徐州任。

此賦之撰寫年代，近人之繫年有以下諸說：

（一）繫年於熙寧十年（1077）作

孔凡禮《蘇軾年譜》熙寧十年七月條下云：「與吳琯（彥律）、舒煥（堯文）、鄭僅（彥能）分韻賦快哉此風。」其下注云：「《樂靜集》卷二十九〈吳彥律墓誌銘〉：『嘗有郡太守，喜文士，登樓燕集，曰『快哉此風』，屬公聯賦，辭氣警拔，一坐盡傾。』郡太守乃蘇軾，作者寫此文時，黨禍猖獗，諱言之也。琯既冠，調徐州酒稅。軾知徐，琯在此職。」又「僅，徐州彭城人。……《雞肋集》卷二十九〈冠氏縣新修學記〉謂僅『嘗從彭門守眉山蘇公游，蘇公稱其良士，

始知名。』」又「〈快哉此風賦〉作於本年六七月間。」〔註64〕

（二）繫年於元豐元年（1078）作

　　吳雪濤《蘇文繫年考略》置於元豐元年條下，考略云：「據知，軾作此賦時，吳、舒、鄭三人皆在座，且與同賦。按，軾與此三子同時聚會，只是在徐州時才有可能。蘇軾熙寧十年四月到徐州任，元豐二年三月即離徐赴湖州，因知此賦必作於次三年之間。舒堯文名煥，軾知徐州，煥為州學教授。鄭彥能名僅，徐州人，後中進士第，調北京（今河北省大名縣）司戶參軍，遂入仕途而離徐州。《前集》卷九有〈送鄭戶曹〉詩，即送鄭彥能赴大名司戶參軍任。同卷又有〈中秋月三首〉，作於元豐元年八月十五日夜。第三首云：『舒子在汶上，閉門相對清。鄭子向河朔，孤舟連夜行。』『舒子』二句下自注云：『舒煥試舉人鄆州。』這是指蘇煥作為州學教授，其時正主持鄉試於鄆州。『鄭子』二句下自注云：『鄭僅赴北京戶曹。』這說明元豐元年中秋節前夕鄭彥能已離徐赴大名，其時正在匆匆行役之中。吳彥律名琯，軾知徐州日，琯為監酒。……《東坡烏臺詩案》『知徐州作日喻一篇』條云：『元豐元年，軾知徐州。十月十三日，在本州監酒、正字吳琯鎖廳得解，赴省試。軾作文一篇，名為〈日喻〉。』由此可見，吳彥律亦於元豐元年十月中離徐。軾作此賦，既然三子俱在，則必在此二人去徐州之前，不得晚於元豐元年八月十五日。……黃樓修成於元豐元年八月十一日，而該年中秋節鄭彥能已離徐在赴大名途中，因知此賦必作於元豐元年八月中旬。」〔註65〕

（三）繫年於元豐六年（1083）作

　　孫民《東坡賦譯注》，認為此賦可能作於元豐三年至元豐七年之間，其文云：「引中三人之一的舒堯文，曾與蘇軾有信件往來。現《蘇軾文集》收有〈答舒堯文二首〉。一首是在湖州所寫，信中有『雖未

〔註64〕見孔凡禮，《蘇軾年譜》，頁367～368。
〔註65〕見吳雪濤，《蘇文繫年考略》，頁97。

相識』之語，可見此賦不能作於此時。另一首在黃州，答覆他求教拜師之事。可見此賦有可能寫于此時或稍後，即元豐三年至元豐七年之間。又，元豐六年六月，黃州張偓佺曾爲蘇軾建有『快哉』一亭，蘇軾曾作〈水調歌頭‧落日繡帘卷〉，有『千里快哉風』之句。說不定蘇軾與友人也曾在此亭爲韻作賦。」〔註66〕

案：樂觀曠達的蘇軾，每至一地都有「快哉」之樂遊，密州有快哉亭〔註67〕，徐州有快哉亭〔註68〕，黃州也有快哉亭〔註69〕，所以此賦可能作於此三時地，再依賦敍所提及之三人，其中舒堯文爲徐州教授、吳彥律監徐州酒稅、鄭彥能徐州人，此三人均是蘇軾知徐時之部屬與交遊，據此知此賦當作於徐州，依吳雪濤先生之說，繫此賦於元豐元年八月中旬。

八、〈黃泥坂詞〉

此詞選錄自《東坡集》，作於宋神宗元豐五年（1082）六月，蘇軾年四十七，在黃州貶所。

關於此賦之寫作年代有以下諸說：

（一）繫於元豐五年（1082）六月作

清‧王文誥《蘇詩總案》將此賦繫於卷二十一，元豐五年六月條下，云：「公與諸子往來雪堂、臨皋之間，必道經黃泥坂，一日大醉，作〈黃泥坂詞〉。」

〔註66〕見孫民，《東坡賦譯注》，頁39。

〔註67〕孔凡禮《蘇軾年譜》熙寧九年四月條下云：「快哉亭成，文同及弟轍賦詩。」文同詩乃《丹淵集》卷十五〈寄題密州蘇學士快哉亭，太史云此城之西北送客處也。〉轍詩乃《欒城集》卷六〈寄題密州新作快哉亭〉，有「登臨約我共追陪」句。見《蘇軾年譜》，頁335。

〔註68〕孔凡禮撰，《蘇軾年譜》熙寧十年六月條下云：「李清臣構亭徐城之東南隅，蘇軾名曰快哉亭。」見《蘇軾年譜》，頁365。

〔註69〕見清‧王文誥，《蘇詩總案》卷二十三，元豐六年條下：「三月……張夢得謫齊安。……六月……張夢得營新居於江上，築亭，公榜曰：『快哉亭』作〈水調歌頭〉詞。」

吳雪濤《蘇文繫年考略》，從王文誥之說，將此詞置於〈赤壁賦〉之前作。

（二）繫於元豐五年（1082）歲末作

孔凡禮《蘇軾年譜》，將此詞置於元豐五年歲末作，其條下注云：「末云：「歲既宴兮草木腓」，知作於歲末。⋯⋯《欒城集》卷十二〈同王適曹煥游清居院步還所居〉作於元豐六年春。末云：「笑問黃泥行，此味還同否？」自注：「子瞻謫居齊安，自臨皋亭游東坡，路過黃泥坂，作〈黃泥坂詞〉。二君皆新自齊安來，故云。」知〈黃泥坂詞〉作於今年。」

案：由上兩條得知〈黃泥坂詞〉當作於元豐五年無疑。然一主六月，一主歲末。何者較為合理？將依季節及詞中所描繪之景物來裁量。六月屬盛夏，而歲末當屬嚴冬。孔先生以「歲既宴兮草木腓」一句，繫此篇於歲末作。筆者詳讀此詞，再三反覆思考，終覺孔氏之說不妥貼。首先，就詞中所描繪的景物來說，東坡此詞中的所寫多為夏季之景：「草木層累而右附兮，蔚柯丘之蔥蒨。」、「草為茵而塊為枕兮」。黃州冬天是會降雪的，歲末之季是不太可能見到草木蔥蒨，綠草如茵的景象，就拿「歲既宴兮草木腓」一句來說，「草木腓」亦非歲末隆冬所能見之景。其次，就上下文意來看，此篇是寫蘇軾往游黃泥坂，被酒行歌，樂在其中，因而醉倒在綠草如茵的路邊，頗似黃州〈西江月〉詞中「我欲醉眠芳草」之境，異於當晚一睡到天亮，而被「杜宇一聲春曉」喚醒的如詩境界。此詞則是因為天色已晚，當地的父老怕牛羊在吃草的時候踩到東坡，所以把他叫醒。詞云：「初被酒以行歌兮，忽放杖而醉偃。草為茵而塊為枕兮，穆華堂之清宴。紛墜露之濕衣兮，升素月之團團。感父老之呼覺兮，恐牛羊之余踐。于是蹶然而起，起而歌曰：『明月兮星稀，迎余往兮餞余歸。歲既宴兮草木腓，歸來歸來兮，黃泥不可以久嬉。』」蘇軾「且往而夕還」，酒後醉倒在路邊，直至月出東山，才踏月而歸，當是在夏日的黃昏；若是隆冬之際，東坡不可能睡倒在路邊，因為這樣恐

怕比被牛羊踩到更危險，睡在雪地上，早該凍死了，父老當呼之不起矣。以上考論之結果，與王文誥繫於六月之說若合符節，依其說將此賦繫於元豐五年六月作。

九、〈赤壁賦〉

此賦選錄自《東坡集》，作於宋神宗元豐五年（1082）七月十六日，蘇軾年四十七，在黃州貶所。

此賦之撰作年代，無疑議。〈赤壁賦〉賦文云：「壬戌之秋，七月既望，蘇子與客泛舟遊於赤壁之下。」「壬戌」為宋神宗元豐五年，「七月既望」即七月十六日。

十、〈後赤壁賦〉

此賦選錄自《東坡集》，作於宋神宗元豐五年（1082）十月十五日，蘇軾年四十七，在黃州貶所。

此賦之撰作年代，亦無疑議。〈後赤壁賦〉賦文云：「是歲十月之望，步自雪堂，將歸于臨皋」，「是歲」即同前賦之宋神宗元豐五年，「十月之望」即十月十五日。

十一、〈酒隱賦〉

此賦選錄自《重編東坡先生外集》，作於宋神宗元豐六年（1083），蘇軾年四十八，在黃州貶所。

對於此賦之編年，今人有二說：

（一）繫於元豐三年（1080）至元豐七年（1084）黃州作

孫民：「貶於黃州的蘇軾寫下這篇小賦，不僅是為了贈人，更是為了勵己。在逆境中根絕一切欲念，使內心恢復平衡，度過眼前的困難。」〔註70〕

（二）繫於元祐六年（1091）潁州作

〔註70〕見孫民，《東坡賦譯注》，頁24。

　　段書偉：「有說酒隱君所隱之鳳山，即鳳棲山，在今鄂城與大冶
交界處，與黃州隔江相對。因而斷定此賦作於元豐三年～七年間，東
坡謫居黃州之時。但，敘中已言：酒隱君患其名之著而投跡仕途，官
於合肥郡之舒城；那麼，東坡「嘗與之游」，即使在其隱於鳳山時期，
而作賦之時，則必在其出仕舒城以後。因此，更可能是元祐六年東坡
知潁州任上。繫年更待深考。」〔註71〕

　　案：段氏之說，似有參考之處，然其說亦有待商榷。元祐六年，
蘇軾自杭州召還，席不暇煖，即被賈易、趙君錫橫加誣陷，出知潁
州，到潁不到半年又出知揚州，此時蘇軾備受政敵迫害，報國之心
已降，意欲歸老江湖又不可得，方力求解脫之中，所以在揚州陸續
寫下〈和陶飲酒二十首〉，用來寄託他此時的心情，〈和陶飲酒二十
首〉敘云：「吾飲酒至少，常以把盞爲樂。往往頹然坐睡，人見其醉，
而吾中了然，蓋莫能名其爲醉爲醒也。在揚州時，飲酒過午輒罷。
客去，解衣盤礴，終日歡不足而適有餘。因和淵明飲酒二十首，庶
以彷彿其不可名者，示舍弟子由、晁無咎學士。〔註72〕」此一組詩，
與〈酒隱賦〉之題材與內容相仿，若此賦不是黃州作，則筆者以爲
揚州作較有可能。然而，潁州在京西北路，揚州在淮南東路，而舒
城則屬淮南西路，三地相距均甚遙遠，所以作於潁州、揚州都有待
商榷。此乃段氏對賦敘的主觀認定所造成的問題，以下則由〈酒隱
賦〉來考查，敘云：

> 鳳山之陽，有逸人焉，以酒自晦。久之，士大夫知其名，
> 謂之酒隱君，目其居曰酒飲堂，從而歌詠者不可勝記。隱
> 者患其名之著也，於是投跡仕途，即以混世，官於合肥之
> 舒城。嘗與遊，因與作賦，歸書其堂云。

　　孫民與段書偉，一主張黃州作，一以爲離開黃州作，其關鍵乃在
於酒隱君「官於合肥之舒城」在於何時？段書偉主觀認爲此時東坡早

〔註71〕見段書偉、李之亮、毛德富主編，《蘇東坡合集》，頁50。
〔註72〕見清‧王文誥，《蘇文忠公詩編註集成》，卷三十五，頁3195。

已離開黃州;而孫民則以爲東坡仍在黃州。事實上,段氏由此主觀之認定,即以爲此賦可能作於潁州,是有待商榷,正如其所言:「繫年更待深考」。

就賦敘的行文方式來看,此文極有可能作於與鳳山隔江相對之黃州,所以賦敘一開始便云:「鳳山之陽,有逸人焉,以酒自晦。」此外,就蘇軾在黃州的行跡來看,「東坡五載黃州住」,漫長的五年,蘇軾很有可能先與之交遊,因在黃州歲月長,蘇軾尚未離黃,而酒隱君已投跡仕途於舒城,又黃州與廬州舒城同屬淮南西路,故蘇軾與酒隱君雖分隔兩地,然以同屬一路,聯絡方便,故尚能作賦以贈之,「歸書其堂」。

就賦題材與思想來看,與蘇軾當時在黃州之諸多作品相合符節:蘇軾在黃州作〈飲酒說〉:「予雖飲酒不多,而日欲把盞爲樂,殆不可一日無此君。」;〈記王晉卿墨〉云:「予在黃州,臨近四五郡皆送酒,予合置一器中,謂之『雪堂義樽』。」;又夜飲東坡調寄〈臨江仙〉詞亦云:「夜飲東坡醒復醉,歸來彷彿三更。」蘇軾在黃州爲一貶官,自言不可一日無酒,因此,酒不僅是他生活的寄託,亦是其文學作品所描寫的題材。所以〈酒隱賦〉作於黃州,就其題材來說,是不難理解的。

此外,賦文云:「世事悠悠,浮雲聚漚。昔日瀦壑,今爲崇丘。眇萬事於一瞬,孰能兼忘而獨遊?」前四句頗有生平出處之慨,正與其被貶黃州之事相符,均如孫民所云:「在逆境中根絕一切欲念,使內心恢復平衡,度過眼前的困難。」因以上之考論,將此賦繫於黃州後期作,即元豐六年~七年三月離黃前作,又元豐七年,誥命已下,蘇軾當有所耳聞,依賦之內容當是聞此誥命之前所作,故繫此賦於元豐六年作。

十二、〈清溪詞〉

此詞選錄自《東坡集》,作於宋神宗元豐八年(1085)六月,蘇

軾年五十，赴登州任途中於眞州作。

此賦之繫年，有下列三說：

（一）繫於元豐七年（1084）六月作

清‧王文誥《蘇詩總案》將此賦繫於卷二十三，元豐七年六月條下，云：「過池州，作〈清溪詞〉。……誥案：此詞查註收入續採中，公南遷未嘗出游，今定爲赴汝作。」

朴孝錫《蘇軾辭賦研究》一文，亦從王文誥之說，置此詞於元豐七年六月條下。〔註73〕

楊勝寬〈東坡賦考論〉一文，亦將此賦繫於元豐七年作。

（二）繫於元豐八年（1085）六月作

孔凡禮《蘇軾年譜》，將此詞置於元豐八年六月條下，云：「在眞州與王琦（文玉）簡。晤張升卿（公翊），升卿出「清溪圖」。嘗題詞。」

蘇軾〈與王文玉十二首〉之七云：「寓白沙，須接人而行，會合未可期。臨書惘惘。見張公翊出〈清溪圖〉甚佳。謝生殊可賞，想亦由公指示也。曾與公翊作〈清溪詞〉，熱甚，文多，未暇錄去，後信寄呈也。……匆匆，揮汗，不復盡意耳。」孔先生在上條注云：「云熱甚揮汗。乃盛夏。簡首云『寓白沙』。《輿地勝記》卷三十八〈眞州‧古蹟〉白沙鎮：《儀眞志》云：『眞州，舊白沙鎮也。』簡云在眞晤升卿，曾與升卿作〈清溪詞〉。題詞見《詩集》卷四十八（頁 2644），作於此時。《總案》謂作於元豐七年，蓋由未見此簡。」〔註74〕

（三）繫於紹聖元年（1094）七月作

吳雪濤《蘇文繫年考略》，認爲「池州在長江南岸，治所稍西有清溪鎮，恰好爲於九華山之西。由此可見，此文必是軾江行過池州游清溪時所作，時在秋季。」然後詳考蘇軾一生，共四過池州。分

〔註73〕見朴孝錫，《蘇軾辭賦研究》，頁 77。

〔註74〕見孔凡禮，《蘇軾年譜》，頁 679。

別從創作動機、時令等考查，定此詞必是作於第四次過池州，時在紹聖元年七月。並云：「《總案》編年既屬推測，而時令又明顯不符。因不從。」〔註75〕

案：由上諸家可見，王文誥未見蘇軾之佚文，所以誤繫於元豐七年；而吳雪濤深知王氏乃推測之言，依東坡行跡詳考之，未料此乃題畫詞，非其所言「此文必是軾江行過池州游清溪時所作」，其用力雖勤，然方向誤矣，此亦未見〈與王文玉〉一簡之失。今依孔氏之說，將此詞繫於元豐八年六月作於眞州。又宋‧袁說友《東塘集‧卷十九‧跋清溪帖》云：「池陽自唐杜牧之賦〈弄水亭詩〉，本朝東坡先生賦〈清溪詞〉，而亭與溪之名遂大聞於世。其風月變態，草木呈露，山川秀遠之狀，二公詩詞盡之矣。……元豐間，符離使君張公翊嘗以清溪之景命良筆圖之，攜至京師。東坡首爲賦詞，又囑秦少游書牧之〈弄水亭詩〉於圖後。於是一時名公篇什序跋，殆八十餘人，文與名而並傳，景以人而俱重，翰墨璀璨，溢於篇帙。後世誦之者，如生乎其時而見之，誠池陽之盛事也。」〔註76〕亦可見張升卿命良筆圖清溪之景，攜往京師，名家題跋諸多，然而在攜至京師前，蘇軾在眞州就爲作〈清溪詞〉，故文云「東坡首爲賦詞」，亦可爲此詞作於元豐八年六月作於眞州之旁證。此外，該詞末云：「我欲往兮奉杖藜，獨長嘯兮謝阮嵇。」文中有欲往之詞，可見此詞並非蘇軾往遊而作，之所以有欲往之詞乃因他見畫賦詞，而心生嚮往之情。

十三、〈復改科賦〉

此賦選錄自《東坡續集》，作於宋哲宗元祐元年（1086）閏二月以後，蘇軾年五十一，在京任官。

關於此賦之編年，近人有以下諸說：

〔註75〕詳考請見吳雪濤，《蘇文繫年考略》，頁 375～376。
〔註76〕見宋‧袁說友，《東塘集》，台北：台灣商務印書館，1983 年，頁 382。

（一）繫於元祐元年（1086）作

孔凡禮《蘇軾年譜》元祐元年閏二月條下云：「庚寅（二日），侍御史劉摯奏改科復詩賦，詔集議聞奏。作〈復改科賦〉。」其下注文云：「《長編》卷三百六十八，本年閏二月庚寅紀事引侍御史劉摯言：『乞試法復詩賦，與經義兼用之。進士第一場試經義，第二場試詩賦，第三場試論，第四場試策。……』以下云：『如賜開允，即乞今年降詔，並自元祐五年秋試爲始。詔禮部與兩省學士、待制、御史臺、國子司業聞奏。所有將來科場，且依舊法施行。』卷三百七十一，三月壬戌（五日）司馬光就此上奏，首言『伏睹朝廷改科場制度』。然遲至元祐八年三月庚子始復，見《宋史・哲宗紀》。賦見《文集》卷一，首云：『新天子兮，繼體承乾。老相國兮，更張孰先』，作於此時。老相國謂司馬光。」〔註77〕

（二）繫於元祐四年（1089）作

段書偉《蘇東坡合集》云：「復改科，即恢復被王安石所改革的科舉制度。宋承唐制，原也設考詩賦的進士與考經義的明經兩科。熙寧中，王安石廢考詩賦的進士，而代之以考律令的明法科，明經科雖存，又以他主編的《三經新義》爲準。迨元祐初，司馬光執政，盡廢新法……不過，直到元祐四年（1089）才得施行。東坡的〈復改科賦〉，即作於此時。」〔註78〕

孫民亦云：「元祐四年，罷明法科。復經義、詩賦兩科取士。蘇軾在京師寫此賦贊頌。」〔註79〕

（三）繫於元祐八年（1093）作

吳雪濤《蘇文繫年考略》置於元祐八年條下，考略云：「《宋史》卷十七〈哲宗本紀（一）〉云：『（元祐八年三月）庚子，詔御試舉人復試賦、詩、論三題。』……據（賦文）知，軾賦正爲哲宗恢復科舉

〔註77〕見孔凡禮，《蘇軾年譜》，頁709。
〔註78〕見段書偉、李之亮、毛德富主編，《蘇東坡合集》，頁41。
〔註79〕見孫民，《東坡賦譯注》，頁84。

舊制而作，故知必在元祐八年三月。」〔註80〕

　　案：神宗即位初年，以王安石為相，更改貢舉法，罷詩賦、明經諸科，改以經義論策試進士。〔註81〕神宗晚年患文章不足用，欲復辭賦取士之法。〔註82〕哲宗元祐元年閏二月二日，司馬光為左僕射兼門下侍郎，當日侍御使劉摯便上奏乞恢復以詩賦取士，是時蘇軾在京任官，亦上奏表示支持恢復以辭賦取士，並特別用律賦來寫作，賦文有：「昔元豐之新經未領，臨川之字說不作」一句，既已稱「元豐」為昔，由此可推，此篇必作於哲宗元祐年間。又賦首云：

　　　新天子兮，繼體承乾；老相國兮，更張孰先？憫科場之積
　　　弊，復詩賦以求賢。（〈復改科賦〉）

新天子是指宋哲宗；老相國是指司馬光。正與上述時空背景相符。若謂此賦作於元祐四年、元祐八年，則是時司馬光已死，且哲宗已即位四年、八年，稱「新天子」是有所不當。詳讀此賦，亦可以看出此賦當作於元祐元年改革呼聲初起的時候，賦首「新天子兮，繼體承乾；老相國兮，更張孰先？」先點出時間，接下來敘述以賦取士的長處優點，說明賦不可廢；續云新法太學三舍法的弊病，說明新法當廢；最後則寫當時改革的呼聲，並希望哲宗皇帝能採納忠言，恢復辭賦取士。依以上之考略，繫此賦於元祐元年閏二月以後作。

十四、〈通其變使民不倦賦〉

　　此賦選錄自《重編東坡先生外集》，作於宋哲宗元祐元年（1086），蘇軾年五十一，在京任官。

〔註80〕見吳雪濤，《蘇文繫年考略》，頁352。

〔註81〕《文獻通考》卷三十一，謂：「熙寧二年，議更貢舉法，罷詩賦、明經諸科，以經義論策試進士。」

〔註82〕孔凡禮《蘇軾年譜》元豐八年十二月條下云：「時司馬光、章惇不合，勸惇尊重光。章惇嘗為言神宗晚年患文章不足用，欲復辭賦取士之法。」其下注文：「《文集》卷四十九，〈答張文潛縣丞書〉：『近見章子厚言，先帝晚年甚患文字之陋，欲稍變取士法，特未暇耳。』作於元祐元年。」見《蘇軾年譜》，頁695。

此賦之編年，今人有二說：

（一）繫於神宗熙寧年間作

陳韻竹：「蘇軾見解每與王安石新法相牾，而此〈通其變使民不倦賦〉箭頭也是指向新法，隱斥其不便民。故推論本賦應是神宗熙寧年間所撰。」〔註83〕

（二）繫於元祐更化之時作

孫民：「從結尾處『苟新令之可復』一句可以推斷本賦約寫于元祐更化之時。」〔註84〕

段書偉亦云：「乃宋哲宗元祐元年（1086）針對執政司馬光盡變新法、重歸舊制而作。東坡主張通變，強調利民。既不同於王安石的激進革新，一意孤行；又不同於司馬光的唯舊是宗，保守固執。過猶不及，允執其中。」〔註85〕

案：此二說以後者較為有理，何以言之？考賦文有：

> 物不可久，勢將自窮。欲民生而無倦，在世變以能通。器當極弊之時，因而改作：眾得日新之用，樂以移風。……更皮弁以圜法，周世所宜；易古篆以隸書，秦民咸共。……苟新令之可復，雖舊章而必擅。神而化之，使民宜之，夫何懈倦！

從賦文中贊成之「變通」、「改作」、「移風」、「更易」的內容來看，絕非作於神宗熙寧年間王安石變法時期，則將作於何時？元祐元年，蘇軾在朝任官，時司馬光為尚書左僕射兼門下侍郎，盡變新法，恢復舊章，基本上蘇軾是支持司馬光的，《蘇軾文集·元祐二年正月十七日辯試館職策問第二箚》云：「臣前歲自登州召還，始見故相司馬光，光即與臣論當今要務，條其所欲行者，臣即答言：『公所欲行者，諸事皆上合天心，下合人望，無可疑者，惟役法一事，未

〔註83〕見陳韻竹，《歐陽修蘇軾辭賦之比較研究》，頁127。
〔註84〕見孫民，《東坡賦譯注》，頁57。
〔註85〕見段書偉、李之亮、毛德富主編，《蘇東坡合集》，頁23。

可輕議。』」當時司馬光等舊派人物一致上書改易熙寧新法，從蘇賦的內容來看，應是乘勢上此賦附和之作。然而，從「苟新令之可復，雖舊章而必擅。」亦可以看出東坡對司馬光「專欲變熙寧之法，不復較量利害，參用所長」之做法是反對的，所以他主張通其變、去其弊，如此則「使民宜之，夫何懈倦」，司馬光死於元祐元年九月，故此賦當作於此之前，今繫於元祐元年在京師作。

十五、〈明君可與爲忠言賦〉

此賦選錄自《東坡續集》，作於宋哲宗元祐三年（1088）左右，蘇軾年五十三，在京任官，兼侍讀。

對於此賦之編年，今人均主在京任職時作，未能確定繫於何年：

孫民《東坡賦譯注》：「這是一篇諷勸君主的賦，全文帶有一種教誨的口氣，如『臣不難諫，君先自明』；『故明王審遜志之非道，知拂心之謂忠』；『哲人順德之行，可以受語言之告』等等。如果不是與皇帝有相當密切的關係，語氣斷不能如此切直。查蘇軾年譜，他一生與皇帝密切接觸僅有兩次。一次是元豐八年（1085）至元祐四年（1089），另一次是元祐七年（1093）至元祐八年（1094）。這兩次他都曾兼任宮廷侍讀，爲哲宗講書。也許此賦便是配合講書，順便進獻上去的。」〔註86〕

段書偉《蘇東坡合集》云：「此賦作于東坡在京任職，并兼翰林侍讀期間。」〔註87〕

案：考查蘇軾之年譜，他一生與皇帝密切接觸僅有三次。第一次：元豐八年十二月，蘇軾回京任禮部郎中，不到半月又遷起居舍人，元祐元年正月，入侍延和殿，自是開始與皇帝有密切之關係，三月，遷中書舍人，八月，再遷翰林學士知制誥，元祐二年八月，又兼侍讀，直到元祐四年，請外至杭州。第二次：元祐六年，回京

〔註86〕見孫民，《東坡賦譯注》，頁47。
〔註87〕見段書偉、李之亮、毛德富主編，《蘇東坡合集》，頁30。

兼侍讀，不久又外任潁州、揚州。第三次：元祐七年九月，又回京兼侍讀，直至元祐八年，請外知定州。以上三次，蘇軾在〈上朝辭赴定州論事狀〉云：「臣備位講讀，日侍帷幄，前後五年，可謂親近。」這段期間，蘇軾都曾兼任侍讀，爲哲宗講書。此賦如孫民所言，可能是配合講書，順便進呈給宋哲宗的。

賦文有「國有大議，人方異詞。……遂使諛臣乘隙以彙進，智士知微而出走。」元祐更化，廢安石之新法，欲盡變舊法，國家重大議題如科舉、役法、刑法，正是議論洶洶，「人方異詞」之時，蘇軾之議論不合於當道。元祐二年正月，蘇軾遭洛、朔黨等群小訕謗，連上四箚請求外任，正是「諛臣乘隙以彙進，智士知微而出走」之時，蘇軾上箚請外，並未獲準，同年八月，更被擢爲翰林學士知制誥兼侍讀，當爲此時上〈明君可與爲忠言賦〉希望哲宗皇帝能「明則知遠，能受忠告」。蘇軾於四年離京赴杭，故此賦當作於元祐二年八月兼侍讀之後、四年離京赴杭之前。

又〈明君可與爲忠言賦〉、〈三法求民情賦〉、〈六事廉爲本賦〉內容均爲侍讀講論同一系列之作品，其中〈明君可與爲忠言賦〉當置於此三篇之首，爲何？蓋其必先讓哲宗有採納忠言的觀念，然後再進以忠言，因此姑且將〈明君可與爲忠言賦〉繫於〈三法求民情賦〉、〈六事廉爲本賦〉之前，並依以上之查考，將此賦繫於元祐二年八月兼侍讀之後、四年離京赴杭之前作。

十六、〈三法求民情賦〉

此賦選錄自《重編東坡先生外集》，作於宋哲宗元祐三年（1088），蘇軾年五十三，在京任官，兼侍讀。

對於此賦之編年，近人多主作於元祐初年：

孫民：「元祐初年，御使中丞劉摯和右諫議孫覺因刑律煩瑣，難以檢用，上書哲宗去取刪正。哲宗詔劉摯等人刊定。大約此時，蘇軾獻此賦勸諫哲宗寬減刑法，體現愛民之心。三法：周朝三刺、三宥、

三赦的刑法。」〔註 88〕

　　段書偉：「此賦題目與主要材料來自《周禮・秋官》。因此，當是東坡于元祐初任翰林侍讀時，給哲宗講書的副產物。」〔註 89〕

　　案：元豐敕令多成於刻薄者之手，元祐初年變法，詔刪修元豐敕令，於是用劉摯、孫覺之言刪修。此賦亦可能是當時講讀所作，賦中以《周禮・秋官》三法來哲宗要以仁愛之心，體恤下民，杜絕冤獄虐民酷民。所以此篇亦當作於元祐初年兼侍讀期間，今繫於元祐三年左右作。

十七、〈六事廉為本賦〉

　　此賦選錄自《重編東坡先生外集》，作於宋哲宗元祐三年（1088），蘇軾年五十三，在京任官，兼侍讀。

　　關於此賦之寫作年代各家年譜均無記載〔註 90〕，對於此賦之編年，孫民：「時蘇軾為中書舍人兼翰林學士。此篇約寫于元祐初年。〔註 91〕」

　　案：觀此篇賦文之題目：〈六事廉為本賦〉以「先聖之貴廉也如此」為韻，與內容：「事有六者，本歸一焉。各以廉而為首，蓋尚德以求全。……故先責其立操，然後褒其善理。是以古之治者，必簡而明，其術由此。」皆與前二篇〈明君可與為忠言賦〉、〈三法求民情賦〉相彷彿，亦是任翰林侍讀時，給哲宗講書之作品，本文告誡宋哲宗任能取才，當首重德行清廉「念厥德之至貴，故他功之莫如」。繫此賦於元祐三年左右作〔註 92〕。

〔註 88〕見孫民，《東坡賦譯注》，頁 63。
〔註 89〕見段書偉、李之亮、毛德富主編，《蘇東坡合集》，頁 33。
〔註 90〕吳雪濤《蘇文繫年考略》未編年，亦未列在未編年篇目。
〔註 91〕見孫民，《東坡賦譯注》，頁 70。案：中書舍人不兼翰林學士，孫民之言有誤，蘇軾由中書舍人晉升為翰林學士。元祐元年三月遷中書舍人，八月遷翰林學士，元祐二年七月，兼侍讀。孫民言「蘇軾為中書舍人兼翰林學士」明顯有誤。
〔註 92〕〈三法求民情賦〉、〈六事廉為本賦〉之寫作順序，不知何者為先，

十八、〈延和殿奏新樂賦〉

此賦選錄自《東坡續集》，作於宋哲宗元祐三年（1088）十二月二十八日，蘇軾年五十三，在京任官，兼侍讀。

此賦之編年，記載明確，較無疑議。諸家均繫於三年十二月二十八日作：

清・王文誥《蘇詩總案》卷三十，元祐三年十二月條下云：「二十八日，侍延和殿，觀范鎮所進新樂，撰〈延和殿奏新樂賦〉。」〔註93〕又考《蘇軾文集・跋進士題目後》云：「元祐三年十二月二十八日，上御延和殿，奏端明殿學士范鎮所進新樂，自太中大夫以上皆侍。……翰林學士蘇軾記。」當時，蘇軾在京師以翰林學士之身份同觀新樂，此賦作於元祐三年十二月二十八日。

孔凡禮《蘇軾年譜》元祐三年十二月條下云：「二十八日，哲宗御延和殿，奏范鎮所進新樂，時西夏方遣使款延州塞，進士作〈延和殿奏新樂賦〉、〈款塞來享〉詩。蘇軾亦作。先是鎮新樂成，有書來，答啓以賀。」〔註94〕

案：據《蘇軾文集・跋進士題目後》繫此賦作於元祐三年十二月二十八日，又賦文云：「皇帝踐祚之三載也，治道旁達，王功告成。御延和之高拱，奏元祐之新聲。」其中「踐祚三載」、「元祐之新聲」亦是作於元祐三年之明證也。

十九、〈黠鼠賦〉

此賦選錄自《東坡後集》，作於宋哲宗元祐六年（1091）八月，蘇軾年五十六，在京任官。

此賦之撰寫年代，有以下諸說：

（一）繫於幼年作（十一、二歲）

今均繫於元祐三年左右作。
〔註93〕見清・王文誥，《蘇詩總案》，卷三十，頁1051。
〔註94〕見孔凡禮，《蘇軾年譜》，頁846。

臧克家，〈東坡少作〈黠鼠賦〉〉，認為此賦是出自蘇軾十一、二歲之作。〔註95〕

孫民云：「此賦寫作的時間今難考定。但今人劉少泉認為是『東坡十一歲的作品』，那麼當寫于慶曆六年。理由有兩條：其一，宋人王直方的《王直方詩話》中曾談到東坡十來歲就寫出『人能碎千金之璧』等語。其二，蘇東坡之孫蘇籀《欒城遺言》寫道：『東坡幼年作〈卻鼠刀銘〉。』而此銘內容與〈黠鼠賦〉內容大部份相同。」〔註96〕

（二）繫於黃州作

楊勝寬〈東坡賦考論〉，認為此賦「對人生的省悟思索，必然是熙寧以後處在貶謫生涯中的作品」，賦中所呈現的心路歷程與「貶黃時的心境與認識境界相似」，進而將此賦當為謫黃時期體認人生哲學的作品。

（三）繫於元祐年間作

葉夢得《避暑錄話》：「蘇子瞻揚州題詩之謗，作〈黠鼠賦〉。」

孔凡禮《蘇軾年譜》元祐六年八月條下云：「同日（二日），侍御史賈易論蘇軾元豐八年五月一日揚州題詩意存不善，并論其他事，亦及弟轍。」經過多天的爭論，「八日，奏元豐八年五月一日題詩揚州僧寺因依。太皇太后高氏謂趙君錫、賈易所奏蘇軾題詩事為誣。題詩論爭息。作〈黠鼠賦〉。」其下注文云：「賦見《文集》卷一，《避暑錄話》卷下謂蘇軾緣揚州題詩之謗，『不能無芥蒂於心而發於言』，於是作此賦。」〔註97〕

案：就此賦之內容來看，其敘事之口吻似非出自十一歲之兒童少年，「蘇子夜坐」，若是十一歲作，蘇軾會自稱「蘇子」嗎？「使童子執筆，記余之作」，亦非出自十一歲少年之口。劉少泉之論證不夠完

〔註95〕見臧克家，〈東坡少作〈黠鼠賦〉〉，《光明日報》，1982 年 3 月 3 日，第四版。

〔註96〕見孫民，《東坡賦譯注》，頁 52。

〔註97〕見孔凡禮，《蘇軾年譜》，頁 985～991。

整，其說未必能成立。其一，賦文云：「人能碎千金之璧……言出於汝，而忘之耶？」其口吻像是，你自己小時候說過「人能碎千金之璧」這樣的話，難道現在（年老）你忘了嗎？其二，〈黠鼠賦〉之內容與幼年作之〈卻鼠刀銘〉大部份相同，未必〈黠鼠賦〉就作於幼年。

此賦若非作於幼年，則當成於何時耶？據葉夢得《避暑錄話》：「蘇子瞻揚州題詩之謗，作〈黠鼠賦〉。」元豐八年三月五日，神宗崩，哲宗即位。時蘇軾已獲准常州居住，行經揚州，見農收大好，於是欣喜吟詩道：「此身已覺都無事，今歲仍逢大有年。山寺歸來聞好語，野花啼鳥亦欣然。」並與另一首並題於揚州竹西寺壁上。元祐六年二月，蘇軾自杭召還，任翰林學士承旨兼侍讀，八月，先前題壁之詩，竟遭群小指責爲見先帝駕崩，幸災樂禍，而嚴加彈劾。於是蘇軾有可能作〈黠鼠賦〉來諷刺群小鼠輩，發舒胸中鬱氣。據以上之考略，繫此篇於元祐六年八月撰。又《東坡後集》收賦八首，其順序如下：

〈黠鼠賦〉、〈秋陽賦〉、〈洞庭春色賦〉、〈中山松醪賦〉、〈沉香山子賦〉、〈酒子賦〉、〈濁醪有妙理賦〉、〈天慶觀乳泉賦〉。

《東坡後集》乃據寫作先後輯錄，〈秋陽賦〉作於元祐六年十一月，則〈黠鼠賦〉當作元祐六年十一月之前，此與本條考略之時間相符，亦是一證也。

廿、〈秋陽賦〉

此賦選錄自《東坡後集》，作於宋哲宗元祐六年（1091）十一月，蘇軾年五十六，在潁州任。

此賦之撰作時間，較無疑議。諸家均繫於元祐六年十一月作：

清・王文誥《蘇詩總案》卷三十四，哲宗元祐六年十一月條下云：「爲趙令時作〈秋陽賦〉。」〔註98〕

吳雪濤《蘇文繫年考略》置於元祐六年條下，考略云：「《蘇詩總

〔註98〕見清・王文誥，《蘇文忠公詩編註集成》，頁1176。

案》卷三十四云：『（元祐六年十一月）為趙令時作〈秋陽賦〉。』其下即引錄本賦。今從其說。」〔註99〕

孔凡禮撰：《蘇軾年譜》元祐六年十一月條下云：「為趙令時作〈秋陽賦〉，諷其學問知世艱難。」〔註100〕

案：《蘇軾文集・趙德麟字說》云：「元祐六年，予自禁林出守汝南，始與……簽書君令時遊。」宋哲宗元祐六年八月二十二日，東坡以龍圖閣直學士知潁州，趙令時為其簽書判官。東坡以與趙對話為架構，為趙令時作〈秋陽賦〉。〈秋陽賦〉文云：「越王之孫，有賢公子，宅於不土之里，而詠無言之詩。以告東坡居士曰……」其中「宅於不土之里，而詠無言之詩」，蓋寓時字也。依此諸家之說，繫〈秋陽賦〉於元祐六年十一月作。

孔凡禮將〈洞庭春色賦〉置於〈秋陽賦〉之前，不知何據？考《東坡後集》收賦八首，其順序如下：

〈黠鼠賦〉、〈秋陽賦〉、〈洞庭春色賦〉、〈中山松醪賦〉、〈沉香山子賦〉、〈酒子賦〉、〈濁醪有妙理賦〉、〈天慶觀乳泉賦〉。

《東坡後集》乃據寫作先後輯錄，可知〈秋陽賦〉當作於〈洞庭春色賦〉之前，孔凡禮將〈洞庭春色賦〉置於〈秋陽賦〉之前，不從其說。

廿一、〈洞庭春色賦〉

此賦選錄自《東坡後集》，作於宋哲宗元祐六年（1091）十二月，蘇軾年五十六，在潁州任。

此賦之撰作年代，有以下諸說：

（一）繫於元祐六年（1091）作

清・王文誥《蘇詩總案》卷三十四，哲宗元祐六年十二月條下云：「改趙令時字為德麟，作字說。令時餽安定郡王酒，名曰：『洞庭春

〔註99〕見吳雪濤，《蘇文繫年考略》，頁 324。
〔註100〕見孔凡禮，《蘇軾年譜》，頁 1015。

色』，既以詩謝，并作〈洞庭春色賦〉。」

孔凡禮《蘇軾年譜》元祐六年十一月條下云：「安定郡王趙世準（君平）以黃柑釀酒，名之曰『洞庭春色』，其姪令時（德麟）得之以餉，爲作〈洞庭春色賦〉、〈洞庭春色〉詩。」其下注文云：「《文集》卷五十二與令時第十六簡：『甘釀佳貺，輒踐前言，作賦，可轉呈安定否？』簡作於『陰寒』時。安定即謂世準。」〔註101〕

（二）繫於元祐七年（1092）作

吳雪濤《蘇文繫年考略》置於元祐七年條下，考略云：「據小引可知，德麟得郡王家釀名『洞庭春色』之黃柑酒，以貺蘇軾，軾遂爲作此賦。又，《續集》卷六有〈答趙德麟書三首〉。其中第二首中有云：『甘釀佳貺』，及小引中所云德麟得郡王黃柑酒而轉以貺軾。所謂『輒踐前言作賦』，此指爲撰此〈洞庭春色賦〉。『安定』即指安定郡王。由此可知，此賦與該書當作於一時。軾答趙德麟該書作於元祐七年深冬（說詳該書考略），時二人俱在京師。因知此賦亦當作於是時。《蘇詩總案》卷三十四編此賦於元祐六年十二月，誤。今不從。」〔註102〕

案：考《蘇軾詩集》元祐六年在潁州日有〈趙景貺以詩求東齋榜名，昨日聞都下寄酒來，戲和其韻，求分一壺作潤筆也〉、〈洞庭春色〉二首。趙德麟舊字景貺，蘇軾著〈字說〉，爲改字德麟。前一首「都下寄酒」便是指安定郡王寄來的洞庭春色酒。後一首〈洞庭春色〉詩引：「安定郡王。以黃柑釀酒，謂之洞庭春色，色香味三絕。以餉其猶子德麟。德麟以飲余，爲作此詩。醉後信筆，頗有沓拖風氣。」與〈洞庭春色賦〉引：「安定郡王以黃柑釀酒，名之曰洞庭春色。其猶子德麟得之以餉予。戲作賦曰」乃同一系列作品，應皆作於潁州之時也。吳雪濤置於元祐七年深冬在京師作，顯然與上述之說不符，不從其說。又〈洞庭春色〉詩云：「二年洞庭秋，香霧長噀手。今年洞庭

〔註101〕見孔凡禮，《蘇軾年譜》，頁1014。
〔註102〕見吳雪濤，《蘇文繫年考略》，頁350。

春，玉色疑非酒。賢王文字飲，醉筆蛟龍走。既醉念君醒，遠餉爲我壽。」詩有「爲我壽」三字，蘇軾的生日在十二月十九日，酒當在生日當天或前幾天送達，可見上述三首詩賦當作於元祐六年十二月，此說與王文誥《蘇詩總案》之說相符，而孔凡禮置於元祐六年十一月且作於〈秋陽賦〉之前，一來不符生日在十二月之期，二來不符《東坡後集》據寫作先後輯錄之體例，不從其說。

廿二、〈中山松醪賦〉

此賦選錄自《東坡後集》，作於宋哲宗元祐八年（1093）十二月，蘇軾年五十八，在定州任。

關於此賦之寫作時間，歷來皆以爲作於蘇軾定州任上：

《酒史》：「蘇軾守定州時，于曲陽得松膏釀酒，作〈松醪賦〉。」

《經進東坡文集事略》卷二：晁補之云：「〈松醪賦〉者，蘇公之所作也。公帥定武飾廚傳，斷松節以釀酒，云：『飲之愈風扶衰』松，大廈材也。摧而爲薪，則與蓬蒿何異？今雖殘，猶可收功於藥餌。則世之用材者，雖斲而小之，爲可惜矣；儻因其能，轉敗而爲功，猶無不可也。」〔註103〕

吳雪濤《蘇文繫年考略》置於元祐八年條下，考略云：「此賦作於定州。宋王宗稷《東坡先生年譜》繫此賦於元祐八年。《蘇詩總案》卷三十七亦編元祐八年末。〔註104〕」

案：蘇軾於元祐八年九月，出知定州（中山），隔年紹聖元年閏四月謫英州。此賦應作於定州任上，王文誥繫於元祐八年十二月二十五日之前作。王氏之說然否？東坡完成此賦後，嘗以此賦贈友人，蘇軾〈書松醪賦後〉云：

予在資善堂，與吳傳正爲世外之遊。及將赴中山，傳正贈

〔註103〕見宋・蘇軾撰、郎曄編，《經進東坡文集事略》，卷二，〈中山松醪賦〉題下。

〔註104〕見吳雪濤，《蘇文繫年考略》，頁663。

予張遇易水供堂墨一丸而別。紹聖元年閏四月十五日，予
赴英州，過韋城，而傳正之甥歐陽思仲在焉，相與談傳正
高風，歎息久之。始予嘗作〈洞庭春色賦〉，傳正獨愛重之，
求予親書其本。近又作〈中山松醪賦〉，不減前作，獨恨傳
正未見。乃取李氏澄心堂紙，杭州程奕鼠鬚筆，傳正所贈
易水供堂墨，錄本以授思仲，使面受傳正，且祝深藏之。
傳正平生學道既有得矣，予亦竊聞其一二。今將適嶺表，
恨不及一別，故以此賦為贈，而致思於卒章，可以超然想
望而常相從也。

　　紹聖元年閏四月二十一日，大雨，留襄邑，嘗自跋〈洞庭春色賦〉、
〈中山松醪賦〉卷，可見此賦當作於紹聖元年閏四月十五日之前；又
《金石續編》卷十六著錄此賦，末云：「元祐九年（紹聖元年）二月
廿三日，中山雪浪齋書。」可見此賦當作於二月二十三日之前。又孔
凡禮《蘇軾年譜》紹聖元年正月條下云：「中山松醪寄雄州守王崇拯，
有詩。」〈中山松醪寄雄州守王引進〉云：「鬱鬱蒼髯千歲姿，肯來杯
酒作兒嬉。流芳不待龜巢葉，掃白聊煩鶴踏枝。醉裡便成攲雪舞，醒
時與作嘯風辭。馬軍走送非無意，玉帳人閑合有詩。」松醪酒在正月
可以贈人，可見酒釀於正月之前。又詩有「醒時與作嘯風辭」，若此
嘯風辭是指〈中山松醪賦〉，則賦亦當作於正月之前，此與王文誥、
吳雪濤所繫元祐八年末之說相符，然正確寫作時間，無從詳考，暫依
王、吳之說，繫此賦於元祐八年十二月作。

廿三、〈沉香山子賦〉

　　此賦選錄自《東坡後集》，作於宋哲宗元符元年（1098）二月，
蘇軾年六十三，在海南貶所。

　　關於此賦之寫作年代，歷來有二說：

（一）繫於元符元年（1098）賀子由六十歲生日作

　　清・王文誥《蘇詩總案》卷四十二，紹聖五年（元符元年）條下
云：「二月，子由六十生日，以沉香山子寄之，作賦。」又本賦題下

自註云：「子由生日作。」

　　吳雪濤《蘇文繫年考略》置於元符元年條下，考略云：「題下自註：『子由生日作』。」〔註105〕

　　孔凡禮《蘇軾年譜》元符元年二月條下云：「二十日，弟轍六十歲生日，以沈香山子寄之，作賦。」〔註106〕

　　蘇轍〈和子瞻沉香山子賦·引〉云：「仲春中休，子由於是始生。東坡老人居於海南，以沉水香山遺之，示之以賦，曰：『以爲子壽』，乃和而復之。其詞曰：『我生斯晨，閱歲六十。』」〔註107〕蘇軾長蘇轍三歲，轍六十，則蘇軾當六十三，亦即貶謫海南之第二年，是爲哲宗紹聖五年（六月一日改元符元年）二月二十日前，爲子由生日作。

（二）繫於元符二年（1099）賀子由六十一歲生日作

　　有學者以此賦乃慶賀子由六十一歲生日作，即將此賦編於元符二年二月作。如孫民：「子由，名轍，蘇軾弟。生於寶元二年二月二十日。元符二年六十一歲生日，蘇軾貶居儋州，贈弟沉香山子爲壽，並寄以此賦。」〔註108〕段書偉亦云：「〈沉香山子賦〉大概作於宋哲宗元符二年。時東坡謫居昌化，蘇轍謫居瓊州。隔海相望，情有不堪。值蘇轍六十一歲生日，東坡乃以海南所產金堅玉潤、鶴骨龍筋、似太華倚天、如小孤插雲之沉香山子爲壽，并寄此作。」〔註109〕

　　案：上述將〈沉香山子賦〉繫於元符二年者，可能是對蘇轍〈和子瞻沉香山子賦〉云：「我生斯晨，閱歲六十。」之理解有所不同，孫、段之意，蓋以爲閱歲六十，即是慶祝第六十一歲生日之誤。二蘇貶謫嶺南期間，除了頻繁的詩文往來，在蘇轍生日的時候，蘇軾也會有禮物祝賀。元符元年二月，蘇轍六十歲生日，蘇軾以沉香子寄之，

〔註105〕見吳雪濤，《蘇文繫年考略》，頁425～426。
〔註106〕見孔凡禮，《蘇軾年譜》，頁1287。
〔註107〕見陳宏天、高秀芳校點，《蘇轍集》，頁941。
〔註108〕見孫民，《東坡賦譯注》，頁 124。
〔註109〕見段書偉、李之亮、毛德富主編，《蘇東坡合集》，頁57。

並作〈沉香山子賦〉為蘇轍祝壽，蘇轍收到禮物和賦作，亦作〈和子瞻沉香山子賦〉一首。元符二年二月，蘇轍六十一歲生日，蘇軾又以黃子木柱杖為生日之壽，並作有〈子由生日〉、〈以黃子木拄杖為子由生日之壽〉〔註110〕。由以上之考查，將〈沉香山子賦〉繫於元符元年，似較為合情合理。另，可從《後集》之寫作順序考之，《東坡後集》收賦八首，其順序如下：

　　〈黠鼠賦〉、〈秋陽賦〉、〈洞庭春色賦〉、〈中山松醪賦〉、〈沉香山子賦〉、〈酒子賦〉、〈濁醪有妙理賦〉、〈天慶觀乳泉賦〉。

　　《東坡後集》乃據寫作先後輯錄，〈酒子賦〉作於元符元年（1098）四月，〈中山松醪賦〉作於元祐八年（1093）十二月，則〈沉香山子賦〉當作於此二賦之間，此與本條考略之時間元符元年二月作相符，亦是一證也。

廿四、〈和陶歸去來兮辭〉

　　此辭選錄自《東坡續集》，作於宋哲宗元符元年（1098）三月，蘇軾年六十三，在海南貶所。

　　關於此賦之撰作年代，有以下諸說：

（一）繫於元符元年（1098）作

　　清·王文誥《蘇詩總案》卷四十二，紹聖五年二月條下云：「二月，子由六十生日，以沉香山子寄之，作賦。過於海舶得邁寄書酒，作詩，遠和之，皆粲然可觀。子由有詩相慶，因和寄諸子姪。謫居海

〔註110〕清·王文誥，《蘇文忠公詩編註集成·總案》元符二年二月條下云：「子由生日，以黃子木拄杖為寄，並作詩。」其下案語云：「此二詩及《欒城集》和韻二首，均無壽六十語，而公有『但願白髮兄，年年作生日』句，以作綿長之詞解，固未為不可。然以〈沉香山子賦〉論之，此乃子由六十一所作，故云年年也。且子由六十既以沉香山子壽之，並為之賦，如再作〈子由生日〉詩，又以黃子木拄杖為壽作詩，必無此重疊事也。施註原編戊寅、己卯，漫不可辨。查註編入戊寅，合註仍之。考《欒城集》和作雜入雷州詩中，亦誤。今訂為己卯作改編。」

外，以無何有之鄉爲家，和〈陶淵明歸去來兮辭〉。邀子由同作。」其下案語云：「考子由和敘，公作此辭，子由尙在雷也，今定爲戊寅（元符元年）作。」

孔凡禮《蘇軾年譜》則置於同年三月條下云：「和陶潛〈歸去來兮辭〉，邀弟轍同作。」其下注云：「知軾作此詩時，轍在海康（雷州），已得移循（龍川）之命。今次此。」

（二）繫於元符三年（1100）作

楊勝寬〈東坡賦考論〉置此辭於元符三年作，沒有說明文字。

案：蘇轍〈和子瞻歸去來辭‧引〉云：「昔予謫居海康。子瞻自海南以《和淵明歸去來》之篇要予同作，時予方再遷龍川，未暇也。辛巳歲，予既還潁川，子瞻渡海浮江至淮南而病，遂沒於晉陵。是歲十月，理家中舊書，復得此篇，乃泣而和之。」〔註111〕然則蘇轍在雷州何時得的移循之誥命？考《蘇潁濱年表》元符元年三月癸酉（二十四日）條下云：「提舉荆湖南路董必言，……詔轍移循安置。」接到詔命後，蘇轍六月離開雷州，八月抵達循州。可見蘇轍是在三月底到六月間收到蘇軾的辭作，考量其書信往返瓊州海峽，則此辭當作於較早的時間，因此王文誥之二月說、孔凡禮之三月說，皆有可能。其中以孔氏繫於三月可能性較高，因爲〈沉香子賦〉寄子由，子由回書子瞻，子瞻再寄此辭，書信往返於瓊州海峽，廢時耗日，當以三月較爲可能。至於楊先生繫此作於元符三年，與子由之行跡不符，不從其說。參酌孔氏之說，將此辭繫於元符元年三月，在海南貶所作。

廿五、〈酒子賦〉

此賦選錄自《東坡後集》，作於宋哲宗元符元年（1098）四月，蘇軾年六十三，在海南貶所。

〔註111〕見陳宏天、高秀芳校點，《蘇轍集》，冊三，頁942。

關於此賦之撰作年代，或以爲在惠州作，或主張在海南作：

（一）繫於惠州作

孫民《東坡賦譯注》云：「從開篇首句可知，此賦當寫于紹聖元年貶至惠州之後。」〔註112〕

段書偉《蘇東坡合集》亦云：「林語堂《蘇東坡傳》認爲：『東坡到惠州時，才第一次嘗到南方特產的酒子。』如言之有據，則此賦可定爲宋哲宗紹聖元年十月至紹聖四年四月，東坡被貶爲寧遠軍節度副使，惠州安置期間的作品。」〔註113〕

（二）繫於儋州作

孔凡禮《蘇軾年譜》元符元年條下云：「王介石、許玨以酒子膏液酒子爲餉，作〈酒子賦〉。爲入儋後至此以前事。」賦見《文集》卷一。過此王介石即離儋，見下條〔註114〕。孔凡禮將此賦繫於〈天慶觀乳泉賦〉後，然其意亦不甚確定，故云「爲入儋後至此以前事」。

清・王文誥《蘇詩總案》卷四十二，元符元年十二月條下云：「許玨、王介石以其酒之膏液餉公，作〈酒子賦〉。」

吳雪濤《蘇文繫年考略》置於元符元年條下，考略云：「引云：『南方釀酒未大熟，取其膏液，謂之酒子，率得十一，既熟則反之醅中。而潮人王介石、泉人許玨乃以是餉予。寧其醅之漓以蘄予一醉。此意豈可忘哉！乃爲賦之。』《蘇詩總案》卷四十二云：『（元符元年十二月）許玨、王介石以酒之膏液餉公，作〈酒子賦〉。』但本年末的按語又云是『附載此年之末』，可知并無確據。今亦無考，姑仍其舊。」〔註115〕

案：此二說，以作於儋州之說較正確，何以言之？考〈酒子賦〉并引云：

〔註112〕見孫民，《東坡賦譯注》，頁 110。

〔註113〕見段書偉、李之亮、毛德富主編，《蘇東坡合集》，頁 56。

〔註114〕見孔凡禮，《蘇軾年譜》，頁 1293。

〔註115〕見吳雪濤，《蘇文繫年考略》，頁 429。

南方釀酒，未大熟，取其膏液，謂之酒子，率得十一。既熟，則反之醅中。而潮人王介石，泉人許玨，乃以是餉予。寧其醅之漓，以釃予一醉。此意豈可忘哉，乃為之賦。

　　孫民以首句「南方釀酒」，置此賦於至惠州後作，究竟作於較早的惠州，還是稍晚的儋州呢？孫說並未確切標明。段書明確指出作於惠州，其說似不妥。就賦引之地理形勢而言：惠州、潮州雖同在廣南東路，然相距甚遙，泉州則另屬福建路，距惠州更是遙遠，潮人王介石，泉人許玨乃隸屬不同路之人，何因同以酒餉蘇公？惠州、潮州、泉州兩路三州，潮、泉靠海，而蘇軾在惠州的羅浮山下距海甚遠，此三地之地理形勢，海、陸交通均難繫聯，可見其實情當非若此。

　　若繫此賦作於儋州，其說通否？先就地理形勢而言：儋州位於海南島，蘇軾於海南之書信、民生補給多賴海路與中土往來，又潮州、泉州乃濱海之州，州民多以航海通商捕魚維生，潮人王介石，泉人許玨即是往來中土與海南之航商。儋州、潮州、泉州，可以海路繫聯，此其一。〔註116〕再者，就蘇軾在儋州之交遊考之，王文誥此賦條下案語云：「許玨乃泉商也，……公所有舶信皆許玨為之來去。」又作於儋耳之〈與鄭靖老四首其一〉亦云：「某啟。近舶人回，奉狀必達。比日起居佳勝，貴眷令子各安。某與過亦幸如昨。初賃官屋數間居之，既不可住，又不欲與官員相交涉。近買地起屋五間一龜頭，在南汙池

〔註116〕徐吉軍等著，《中國風俗通史——宋代卷》第四章行旅交通風俗·海上交通一文云：「海路在宋代交通中占有舉足輕重的地位。隨著宋代造船事業和航海事業等的發展，海外交通也比以前更加發達了。……據文獻記載，其時國內海道大致可分為長江口外海道、錢塘江外海道、閩江口外海道和珠江口外海道。」其中「閩江口外海道以福州、泉州為中心。福州人入海往南經泉州可至廣州，……泉州也是一個「南、北洋舟船必泊之地」，往東航行可至臺灣島，南杭則到廣州及南洋、西洋各國。……珠江口外海道以廣州為中心。從黃水灣始航，東向經漲海可到東南沿海各地，……西向抵道海南島及廣西北部灣。」可備參考。見徐吉軍等著，《中國風俗通史——宋代卷》，頁271～272。

之側，茂木之下，亦蕭然可以杜門面壁少休也。但勞費窘迫爾。此中枯寂，殆非人世，然居之甚安。諸史滿前，甚有與語者也。借書，則日與小兒編排整齊之，以須異日歸之左右也。小客王介石者，有士君子之趣。起屋一行，介石躬其勞辱，甚於家隸，然無絲髮之求也。願公念之，有可照庇之者，幸不惜也。」許玨爲東坡船舶往來書信，王介石則曾爲東坡築屋，此二人均蘇軾在海南時期之交遊。所以賦引中敘述，潮人王介石，泉人許玨，自中土渡海帶來「南方釀酒」，以是餉東坡，東坡爲答其美意，於是作此賦以謝之。酒是南方所釀，賦則是作於儋耳。

王文誥繫此賦於元符元年十二月條下，王文誥常將無法確定寫作月日之作附於全年之末，即十二月條下之末，〈酒子賦〉即是如此，故其是否爲十二月作，仍有待商榷。考《東坡後集》第八卷，賦八首，其排序及編年如下：

〈黠鼠賦〉(元祐六年(1091)八月作)、〈秋陽賦〉(元祐六年(1091)十一月作)、〈洞庭春色賦〉(元祐六年(1091)十二月作)、〈中山松醪賦〉(元祐八年(1093)十二月作)、〈沉香山子賦〉(紹聖五年＝元符元年(1098)二月作)、〈酒子賦〉(元符元年(1098)？月作)、〈濁醪有妙理賦〉(元符元年(1098)？月作)、〈天慶觀乳泉賦〉(元符元年(1098)六月作)。

《東坡後集》之編排是照寫作先後編纂，〈沉香山子賦〉、〈酒子賦〉、〈天慶觀乳泉賦〉均作於西元1098年，則〈酒子賦〉當作於二月至六月之間，又元符元年四月期間，王介石曾爲東坡築室，有可能同一時期送酒子給東坡，故繫此賦作於元符元年四月作。

廿六、〈濁醪有妙理賦〉

此賦選錄自《東坡後集》，作於宋哲宗元符元年(1098)四月至六月間，蘇軾年六十三，在海南貶所。

關於此賦，其撰作時間有以下諸說：

（一）繫於黃州作

楊勝寬〈蘇軾賦考論〉則詳舉題材、內容、思想等七個原因，「推斷〈濁醪有妙理賦〉為謫黃時作，應較為符合實際。」〔註117〕

（二）繫於儋州作

釋惠洪《冷齋夜話》卷一〈鳳翔壁上題詩〉：「東坡曰：「予少官鳳翔，行山求邸，見壁間有詩曰：『人間無漏仙，兀兀三盃醉；世上沒眼禪，昏昏一覺睡。雖然沒交涉，其奈略相似；相似尚如此，何況眞箇是！』故其海上作〈濁醪有妙理賦〉曰：『嘗因既醉之適，方識人心之正。』然此老言人心之正，如孟子言性善，何以異哉！」〔註118〕

孔繁禮《蘇軾年譜》，僅云：「在儋，嘗作〈老饕賦〉、〈濁醪有妙理賦〉等五賦。」僅將此賦繫於海南作，歲月則不詳。

段書偉《蘇東坡合集》亦云：「南宋郎曄《經進東坡文集事略》註云：『其在海上作〈濁醪有妙理賦〉』從知此亦紹聖四年後在海南所作。」〔註119〕

案：由《冷齋夜話》一條可知此賦為貶居海南之作，楊氏未見此說，其論斷亦屬推測之詞，不從其說。由上僅可知其在海南作，則作於何時？考《東坡後集》第八卷，賦八首，其排序及筆者考訂之編年如下：

〈黠鼠賦〉（元祐六年（1091）八月作）、〈秋陽賦〉（元祐六年（1091）十一月作）、〈洞庭春色賦〉（元祐六年（1091）十二月作）、〈中山松醪賦〉（元祐八年（1093）十二月作）、〈沉香山子賦〉（紹聖五年＝元符元年（1098）二月作）、〈酒子賦〉（元符元年（1098）四月作）、〈濁醪有妙理賦〉（？）、〈天慶觀乳泉賦〉（元符元年（1098）六月作）。

〔註117〕見楊勝寬，〈筆勢彷彿〈離騷〉經──東坡賦考論〉，《中國古代·近代文學研究》，1994年，六期，頁242。

〔註118〕見曾棗莊、曾濤編，《蘇文彙評》，台北：文史哲出版社，1998年，頁41。

〔註119〕見段書偉、李之亮、毛德富主編，《蘇東坡合集》，頁68。

　　《東坡後集》之編排是照寫作先後編纂，〈濁醪有妙理賦〉與作於元符元年之〈酒子賦〉、〈天慶觀乳泉賦〉收錄在一起，可見此賦亦當作於元符元年，故繫此賦作於元符元年四月至六月間作。

廿七、〈天慶觀乳泉賦〉

　　此賦選錄自《東坡後集》，作於宋哲宗元符元年（1098）六月，蘇軾年六十三，在海南貶所。

　　關於此賦之寫作時間，諸說皆繫於元符元年作：

　　清・王文誥《蘇詩總案》繫於元符元年六月作。

　　吳雪濤《蘇文繫年考略》亦置於元符元年條下，考略云：「《蘇詩總案》卷四十二云：『（元符元年六月）居鄰天慶觀。城南百井皆鹹，獨觀中甘涼涌發，作〈天慶觀乳泉賦〉。』其下即引錄本賦。今從之。〔註120〕」

　　孔凡禮《蘇軾年譜》元符元年條下云：「居鄰天慶觀。得甘泉，作〈天慶觀乳泉賦〉。賦見《文集》卷一。或為卜築初作。〔註121〕」其意亦不甚確定此賦作於何時。

　　案：紹聖五年四月，章惇遣董必派人過海將蘇軾逐出官居，蘇軾無地可居，於天慶觀旁築室，名曰：「桄榔庵」。此賦當是作於遷居桄榔庵之後。是年六月一日，改元符元年，據王文誥《蘇詩總案》六月條下云：「居鄰天慶觀，城南百井皆鹹，獨觀中甘涼涌發，作〈天慶觀乳泉賦〉。」〔註122〕繫此賦於元符元年六月作。

廿八、〈菜羹賦〉

　　此賦選錄自《東坡續集》，作於宋哲宗元符元年（1098）十月，蘇軾年六十三，在海南貶所。

　　此賦諸家皆繫年於元符元年作：

〔註120〕見吳雪濤，《蘇文繫年考略》，頁 427。
〔註121〕見孔凡禮，《蘇軾年譜》，頁 1293。
〔註122〕見清・王文誥，《蘇詩總案》，頁 1400。

清‧王文誥繫此賦於元符元年十月作。

吳雪濤《蘇文繫年考略》亦置於元符元年條下，考略云：「《蘇詩總案》卷四十二編此文於元符元年十月。今從之。」〔註123〕

孔凡禮亦主今年作，然不確定作於何月日，《蘇軾年譜》元符元年十二月條下云：「〈菜羹賦〉或為今年作。與友人簡謂視蘇武啖氈食鼠為太靡麗，或亦今年作。」〔註124〕

案：考〈菜羹賦〉并敘云：

> 東坡先生卜居南山之下，服食器用，稱家之有無。水陸之味，貧不能致，煮蔓菁、蘆菔、苦薺而食之。其法不用醯醬，而有自然之味。蓋易具而可以常享。乃為之賦。

賦文中有云：「無芻豢以適口，荷鄰蔬之見分。」又孫民云：「紹聖四年，蘇軾再次由惠州貶至儋州，第二年（元符元年）在城南買地築屋，居常煮菜為食，當地百姓常送食物，他曾寫詩紀之，如『鄰里通有無』、『隻雞斗酒定膰吾』即是。」〔註125〕以上，可見此賦作於遷居南山桄榔庵與當地鄰居熟稔之後，據王文誥云：「十月……公方食芋飲水，自謂視蘇武為靡麗，作〈菜羹賦〉。」〔註126〕再考《文集》卷五十五〈與程秀才〉第一簡：「此間食無肉，病無藥，居無室，出無友，冬無炭，夏無寒泉。然亦未悉數，大率皆無耳。」此簡作於元符元年，同年九月，程全父寄簡來，并致佳酒、糖冰、精麵等物。海南以藷米為糧，時歲艱米不熟，十月二十一日，作〈記藷米〉，「以時圖之」。十二月，子過以山芋作玉糝羹，蘇軾有詩贊之。《詩集》卷四十二詩題：『過子忽出新意，以山芋作作玉糝羹，色香味皆奇絕。天上酥陀則不可知，人間決無此味也。』」〔註127〕以上與〈菜羹賦〉之寫作時空背景相符，今依暫依王氏之說，繫此賦於元符元年十月作。

〔註123〕見吳雪濤，《蘇文繫年考略》，頁428。
〔註124〕見孔凡禮，《蘇軾年譜》，頁1302。
〔註125〕見孫民，《東坡賦譯注》，頁114。
〔註126〕見清‧王文誥，《蘇詩總案》，頁1406。
〔註127〕參孔凡禮撰，《蘇軾年譜》，頁1302。

廿九、〈老饕賦〉

此賦選錄自《東坡續集》，作於宋哲宗元符二年（1099）九月，蘇軾年六十四，在海南貶所。

關於此賦之寫作年代，有下列諸說：

（一）繫於元符二年（1099）作

王文誥將此賦繫年於元符二年九月條下。其說乃據何薳《春渚紀聞》「海外五賦」之說，以此賦有「瓊艘」句，爲海外所作之證，又以此賦與其它四賦類載一處，亦海外五賦之一證也。

吳雪濤《蘇文繫年考略》亦置於元符二年條下，考略云：「《蘇詩總案》卷四十二繫此賦於元符二年九月。……但軾在海南三年，何以知此賦必作於元符二年？《總案》未云所據，今亦無考，姑仍其舊。」〔註128〕

孫民《東坡賦譯注》亦以爲本篇寫於元符二年，云：「讀畢全文可知，此賦表現的是先生一次行『龜息法』的內心活動。『龜息法』大約出自道家的辟穀術。這是一種秉屏除穀食，導引輕身，以求延年的方法。此法是否有科學道理姑且不論，但對於已經受飢餓威脅的人來說，無疑是雪上加霜。作者以幽默輕俏之筆，寫出了飢餓中的幻想。他要嘗最鮮美的肉，嚼最鮮美的海物，不僅如此，還要欣賞最美的歌舞。從賦中的描寫可見，蘇軾是一位美食家，而且也是一位藝術鑒賞家。既然客觀條件不允許他享受，那麼他就來一次『畫餅充飢』，精神會餐。結尾的『一笑而起，渺海闊而天高。』，正是這種精神滿足的寫照。」〔註129〕

（二）繫於元符三年（1100）離儋前作

孔凡禮《蘇軾年譜》元符三年條下云：「在儋，嘗作〈老饕賦〉、〈濁醪有妙理賦〉等五賦。〔註130〕」孔凡禮不知作於何時，繫於離

〔註128〕見吳雪濤，《蘇文繫年考略》，頁433。

〔註129〕見孫民，《東坡賦譯注》，頁51。

〔註130〕孔凡禮注云：「《文集》卷一〈老饕賦〉云『列百柂之瓊艘』，爲海外

海南之前。

　　案：筆者以爲王氏之說，有待補證。其一，何薳《春渚紀聞》云：「於先生諸孫處，見海外五賦，字皆如〈醉翁亭記〉而加老放。」何薳所見之五賦是東坡海外所作之全部賦作？還是僅是其中之五賦？王文誥據其說以爲東坡在海外僅作五賦，又僅舉此賦有「瓊艘」句，就列爲海外作，論證略嫌不足。稍爲補足其說，元符二年四月，海南久旱，米貴如珠，蘇軾有絕糧之憂，於是欲與子蘇過共行「龜息法」（註131），來渡過此一難關。這篇〈老饕賦〉便是在絕糧的情況下，東坡在飢餓之中幻想美食在前的賦作，筆調幽默詼諧，讓人讀之不覺爲其遭遇含淚而微笑。因王、孫二家之言，繫此賦於宋哲宗元符二年九月，在海南作。此賦之「渺海闊而天高」亦是在海南所見之景，亦可爲王文誥「海外」之說佐證。

　　要以言之，經本章之考查，共得蘇軾辭賦二十九首。至於辭賦之繫年，本文搜羅北宋迄今相關之見解，參考其得失，輔以蘇軾詩文集、各家年譜、歷史地圖及賦文之內容詳加考論，將二十九篇辭賦作品各繫於合理之時間編年與寫作地點。本章確定蘇軾辭賦研究的範圍，完成作品繫年的基礎工作，將方便日後學術研究，使專業研究者省卻繁重的考論之勞。最重要的是，經由此一基礎研究工作之進行，筆者已對蘇軾辭賦創作背景、時間地點有深刻的認識，是下文各章展開更深入、更廣泛研究的重要基石。

作。《冷齋夜話》卷一〈鳳翔壁上題詩〉謂〈濁醪有妙理賦〉乃海上作。《春渚紀聞》卷六〈翰墨之富〉：『於先生諸孫處，見海外五賦。』其他三賦爲〈沉香山子賦〉、〈天慶觀乳泉賦〉、〈酒子〉，前已敘。老饕主旨在贊揚老人善飲食，見《能改齋漫錄》『饕餮』條。」見宋‧釋惠洪，《冷齋夜話》，台北：藝文印書館，1965 年，卷一，頁 6。

〔註131〕孔凡禮《蘇軾年譜》元符二年四月條下云：「十九日，書〈學龜息法〉授過，欲與過共行之。」其下注文云：「文見《文集》卷七十三。時儋耳米貴，「有絕糧之憂」。文敘有人墮洛下深穴中，見無數龜蛇每旦輒引吭東望，吸初日光嚥之，其人效之不復饑。則所謂龜息法，乃不食之法也。」見《蘇軾年譜》，頁 1308。

第四章　蘇軾的辭賦理論與批評

　　辭賦自漢以來，雖時移世變而流風不絕，始終與詩文並行發展。唐宋之際又列爲考試科目之一，從當時文人編纂文集時，仍把辭賦列爲文集之首的情況看來，賦在宋代依舊是文學的焦點，當代的文人無不重視和嫻習辭賦。蘇軾爲北宋文壇之巨擘，又是文賦的確立者，其前、後〈赤壁賦〉膾炙人口，傳誦千古，其辭賦創作的成就及影響在北宋是無人能出其右的。可貴的是他還能將長期創作和鑒賞批評的實踐經驗加以總結，形諸文字，這些意見廣泛地總結了前人的經驗，也是他自己豐富的創作實踐的結晶。探討蘇軾的辭賦理論，無論是對於文學理論的研究，還是對蘇軾辭賦創作的深入發掘，都是很有意義的。

　　蘇軾並沒有專門的賦學理論著作，僅在長期的創作實踐中，透過序文、題跋、書簡、隨筆札記等形式，留下不少賦學創作經驗之談。這些論見散見於其詩文之中，往往信筆爲之，缺乏完整的體系，長期以來未能得到完整的輯錄與整理。將這些片言隻語，分析、歸納、彙整成爲有系統、條理的辭賦理論，正是撰寫本章的主要目標。然而這樣的研究工作是具有相當難度的。眼前的第一個難題即如程章燦所言：「關於辭賦理論批評方面的文獻資料的收集、整理和研究的滯後，已經越來越不能適應文學史研究特別是辭賦歷史研究的需

要。這原因是多方面的，其中之一是，這一方面的材料相對來說比較少，而且特別零散，大致搜集完備已不容易，整理起來，更不可能一蹴而就，工作的艱巨性不免使一些有意於甚至熱心於此道的學者知難而退。」〔註1〕以此，逐字逐句地從蘇軾詩文集中詳細檢閱有關辭賦理論與批評的隻字片語；費時費力地在各家年譜、記年錄、諸家筆記、詩論、文論中披沙揀金，成了本章研究初期沉重工作〔註2〕。另一問題，則如蔡鐘翔〈賦論流變考略〉所云：「賦論是古代文論研究中的薄弱環節。賦論沒有詩論那樣豐富，與文論乃至小說、戲曲理論相比也未免相形見絀，賦體介於詩文之間，賦論往往融入詩論、文論，因而賦論常被忽略。」〔註3〕蘇軾是一位全方位的藝術家，他不只是精通詩詞文賦的文學家，而且是書法家兼畫家。他以自己在藝術實踐中的深切體會，爲我們提供了許多在藝術上具有普遍性、共通性的精妙理論。他在〈跋君謨飛白〉云：「物一理也，通其意，則無適而不可。」正因如此，蘇軾的文藝理論常是通論，並非專爲一體而發，通常是兼及詩、文和辭賦的〔註4〕。再加上賦

〔註1〕見程章燦，《魏晉南北朝賦史》，附錄（三）〈辭賦批評：思的框架和史的詠絡──關於《六朝賦話》的編纂設想〉，南京：江蘇古籍出版社，1992年，頁421。

〔註2〕今研究力求審慎計，以蘇軾詩文集爲主要依據資料，他人之述特爲引申輔證之資。

〔註3〕見蔡鐘翔，〈賦論流變考略〉，政治大學文學院編，《第三屆國際辭賦學學術研討會論文集》，台北：國立政治大學，1996年12月，頁533。

〔註4〕如〈答謝民師書〉云：「所示書教及詩賦雜文，觀之熟矣。大略如行雲流水，初無定質，但常行於所當行，常止於所不可不止。」此條所論便同時兼含了詩、文、辭賦各體。再如〈南行前集敘〉之議論，由於此集兼收詩、賦，其敘之見解亦是同時兼含詩賦的。蘇軾是個典型的藝術相通論者，「由於蘇軾以多方面的藝術才能，他就善於看出各種藝術形式之間的共同性質。在他看來，造型藝術（繪畫、書法）和語言藝術（詩歌、散文）是有相通之處的。他說：「古來畫師非俗士，妙想實與詩同出」；又說「少陵翰墨無形畫，韓幹丹青不語詩」，至於他評王維「詩中有畫」，「畫中有詩」的話，更是盡人皆知的妙語。那麼，上一節中所引述的蘇軾關於書、畫、詩、文中四種藝術中不同風格互相融合的一系列觀點，是否也具有內在的共性

體的文學特質，亦詩亦文，其源、其流，皆不脫詩文之影響，研究蘇軾辭賦論亦當觀照其詩論與文論。特別是蘇軾「以文爲賦」，探討其辭賦理論，應當特別注意其文論。將上述關於辭賦理論的見解連綴起來，加以歸納分析，當可以看出蘇軾關於辭賦創作、鑒賞和批評的理論系統。蘇軾的辭賦理論，與其文論、詩論、書論、畫論相通而相互發明，但又有它的特殊性。因此本章以蘇軾論及辭賦的詩文爲主，兼及其有關的文論、詩論、書論、畫論，並結合他的辭賦創作及批評實踐，來析論他的辭賦理論與批評。茲分試賦論、功能論、創作論、風格論、批評論等節論述之。

第一節　試賦論

宋代開國之初，即沿用唐制，開科舉，試詩賦，後來試詩賦曾兩罷兩復，出現了多次科舉試詩賦與否的爭論〔註5〕。蘇軾曾經「備員侍從，實見朝廷更用詩賦本末」（〈乞詩賦經義各以分數取人將來只許詩賦兼經狀〉），他是這場長期論爭的主力，他反對貢舉廢詩賦，研究蘇軾的辭賦觀，當然要瞭解他在科舉考試反對廢詩賦的立場和主張。

進士試詩賦的存廢是個老問題，這樣的考試制度在唐代就引起多次爭議，「唐時進士試賦，歷高宗、武后朝至中宗朝而始定，既定

呢？我們認爲是有的。」亦可佐證。詳見程千帆、莫礪鋒，〈蘇軾的風格論〉，《成都大學學報》，1986年，第一期，頁3～12。

〔註 5〕根據黃書霖編《二十四史九通政典類要合編》一書考證，自北宋神宗熙寧四年（1071）採納王安石建議，進士科罷除詩賦，改試經義策論，至哲宗元祐元年（1086）詔復試詩賦，其間廢棄詩賦凡十五年；自哲宗紹聖元年（1094）詔罷詩賦專用經義，至南宋高宗建炎二年（1128）詔復試詩賦，其間廢棄詩賦凡三十五年。除此兩段時間共計五十年不試詩賦外，兩宋三百年天下，大部份時間舉行的科舉考試都是要考試詩賦的。試賦的體裁自然是以律賦爲主，因而宋代的賦論也是以律賦論爲主的。黃書霖，《二十四史九通政典類要合編》，台北：大通書局，1979年。

又兩度中廢,可見統治階級在選拔人才時應用何種標準早存在爭論」
〔註6〕。

宋初承唐制,禮部貢舉,主要設進士、明經兩科,「凡進士試詩
賦雜文各一首,策五道,帖《論語》十帖,對《春秋》或《禮記》墨
義十條。」〔註7〕神宗即位,以王安石為相,「熙寧二年,議更貢舉法,
罷詩賦、明經諸科,以經義論策試進士。」〔註8〕神宗對此不能無疑,
於是詔議更學校貢舉之法,蘇軾上〈議學校貢舉狀〉,論貢舉法不當
輕改,反對「專取策論而罷詩賦」,其文云:

> 得人之道在於知人,知人之法在於責實。使君相有知人之
> 明,朝廷有責實之政。……雖用今法,臣以為有餘;使君相
> 無知人之明,朝廷無責實之政,……雖復古之政,臣以為不
> 足矣。……至於貢舉之法,行之百年,治亂盛衰,初不由此。
> 陛下視祖宗之世貢舉之法,與今孰精?言語文章,與今孰
> 優?所得文武長才,與今孰多?天下之事,與今孰辦?較此
> 四者,而長短之議決矣。今議者所欲變改,不過數端。或曰
> 鄉舉德行而略文章,或曰專取策論而罷詩賦,或欲舉唐室故
> 事,兼採譽望,而罷封彌,或欲罷經生朴學,不用帖、墨,
> 而考大義。此數者皆知其一,不知其二也。……自文章而言
> 之,則策論為有用,詩賦為無益;自政事言之,則詩賦、策
> 論均為無用矣,雖知其無用,然自祖宗以來莫之廢者,以為
> 設法取士,不過如此也。……自唐至今,以詩賦為名臣者,
> 不可勝數,何負於天下,而必欲廢之!近世士人纂類經史,
> 綴緝時務,謂之策括,待問條目,搜抉略盡,臨時剽竊,竄
> 易首尾,以眩有司,有司莫能辨也。且其為文也,無規矩準
> 繩,故學之易成,無聲病對偶,故考之難精。以易學之士,
> 付難考之吏,其弊有甚於詩賦者矣。

奏上,神宗雖說「吾固疑此,得軾議釋然矣」,他日以問王安石。安

〔註6〕見馬積高著,《歷代辭賦研究史料概述》,頁122。
〔註7〕見元・馬端臨,《文獻通考》,台北:世界書局,1988,卷三十,頁51。
〔註8〕見元・馬端臨,《文獻通考》,卷三十一,頁75。

石曰：「不然。今人材乏少，且其學術不一，一人一義，十人十義。朝廷欲有所爲，議論紛然，莫肯承聽，此蓋朝廷不能一道德故也。故一道德則修學校，欲修學校，則貢舉法不可不變。」趙抃是軾言，安石曰：「若謂此科嘗多得人，自緣仕進別無他路，其見不容無賢；若謂科已善則未也。今以少壯時，正當講求天下正理，乃閉門學作詩賦，及其入官，世事皆所不習。此乃科法壞人材，致不如古」，「於是卒如安石議，罷明經及諸科，進士罷詩賦。各占治《詩》、《書》、《易》、《周禮》、《禮記》一經，兼以《論語》、《孟子》。每試四場：初大經，次兼經大義，凡十道；次論一首，次策三道。」〔註9〕

在這場貢舉存廢詩賦的爭論中，新、舊黨領袖如王安石、司馬光，均持廢考詩賦的主張，唯獨有蘇軾持不同意見，反對罷詩賦〔註10〕。主要原因有二，首先，蘇軾認爲考試之法，不論如何改進，都不能全面地考核人才，而必賴以他法補充〔註11〕，這是蘇軾論考試取人的精義。蘇軾承認就文章的角度來看，「策略爲有用，詩賦爲無益」；但就政事的角度來看，「則詩賦、策論均爲無用矣」。他認爲憑著一張試卷，幾道考題，不管是論試策論或是考詩賦，都是難以眞正地知人、得人的〔註12〕，然而歷來不廢詩賦的原因，是因爲詩賦取士是一種很好的

〔註 9〕司馬光云：「此乃革歷代之弊，復先王之令典，百世不易之法也。」關於王、司、蘇三人對科舉考試的立場，請詳參簡師宗梧，〈蘇軾賦觀及其相關的問題〉，《千古風流——東坡逝世九百年紀念學術研討會論文》，台北：洪葉出版社，2001，頁802～805。

〔註10〕見元·馬端臨，《文獻通考》，卷三十一，頁76～77。

〔註11〕蘇軾〈謝梅龍圖書〉云：「知詩賦之不足以決其終身也，故試之論以觀其所以是非於古之人，試之策以觀其所以措置於今之世。……詩賦將以觀其志，而非以窮其所不能，策論將以觀其才，而非以掩其所不知，使士代夫皆得寬然以盡其心，而無有一日之間蒼皇擾亂、偶得偶失之歎。」蘇軾在此書稱道詩賦、策論兼用的考試方法，此時他才二十三歲，而這個見解就是他後來反對王安石變科舉的濫觴。

〔註12〕「今夫制策之及等，進士之高第，皆以一日之間，而決取終生之富貴，此雖一時之文人，而未知其臨事之能否，則其用之不已太遽乎？」蘇軾主張「不逆定於始進之時，而徐觀其所試之效」，而在試的過程中，察考其才器之優劣，及能力之強弱，這才是選用的眞正標準。

方法、標準，它便於考核當時文士所需的知識儲量、思想水準和運用語言文字的基本能力，所謂「取士之法，不過如此」也。所以蘇軾堅持反對貢舉廢考詩賦，在文中他詳舉事例，以一正一反的映襯手法，來揚詩賦、抑策論。其次，蘇軾反對科舉廢詩賦的實質是反對王安石用一家之言取士。王氏意欲通過新的貢舉之法促進學校教育的改革，最終達到全國思想的一致，支持新法的實施。爲此，王安石親自撰寫一部《三經新義》，用他的思想對《詩》、《書》、《周禮》進行新的解釋，並經過神宗皇帝的首肯，欽定爲科舉應試教科書；後來又撰寫了《字說》，一并列爲考試內容。從這一做法來看，熙寧科舉改革的實質，是用王安石的思想做爲錄取人才的唯一標準，從而確保變法的成功（註13）。「王氏欲以其學同天下」企圖藉考試來統一思想、統一道德的作法，是深爲蘇軾所反對的，其〈答張文潛縣丞書〉即言：「文字之衰未有如今日也，其源出於王氏。……王氏欲以其學同天下。地之美者，同於生物不同於所生，惟荒瘠斥鹵之地，彌望皆黃茅白葦，此則王氏之同也。」對於王安石「閉門學作詩賦，及其入官，世事皆所不習，此科法敗壞人材」的反駁，蘇氏仍力主兼考詩賦比廢詩賦好的主張，「竊以取士之道，古難其全。……博觀策論，以開天下豪俊之途；精取詩賦，以折天下英雄之氣」（〈謝王內翰啓〉）。朋九萬《烏臺詩案·與僧居則作〈大悲閣記〉》條下明確反映了蘇軾作文譏諷反對朝廷更改科場之立場，其文云：「熙寧八年，軾居徐州日，有杭州鹽官縣安國寺相識僧居則，請軾作〈大悲閣記〉。意謂舊日科場，以賦取人，賦題所出，多關涉天文、地理、禮樂、律歷，故學者不敢不留意於此等事；今來科場，以大意取人，故學者只務空言高論，而無實學。以譏諷朝廷更改科場法度不便也。」

　　蘇軾的眞知卓見，在後來試賦的施行得到實際的驗證。《通考》

〔註13〕參孫民，〈蘇軾熙寧科舉之議的意義〉，《中國第十三屆蘇軾學術研討會論文集》，中國蘇軾研究學會編，眉山：南方印務有限公司，2002年，頁73。

卷三十二載南宋寧宗四年條下云：「今之詩賦雖未近古，然亦貫穿六藝，馳騁百家，拘以駢儷之制，研精覃思，始能成章。惟經義一科，全用套類，父兄相授，囊括冥搜；片言隻字，不脫毫分，溢篋盈箱，初無本領。旅進場屋，鮮有出於揣擬之外。」〔註14〕

　　因爲策論在實施的過程有套類揣擬的缺失，而詩賦則能有效地選拔人才。所以神宗晚年欲復辭賦取士之法，然未及更改就辭世了〔註15〕。哲宗元祐元年閏二月二日，司馬光爲左僕射兼門下侍郎，當日侍御使劉摯便上奏乞恢復以詩賦取士，是時蘇軾在京任官，亦上奏表示支持恢復以詩賦取士〔註16〕，並特別用律賦來寫作，〈復改科賦〉賦首云：

　　　新天子兮，繼體承乾；老相國兮，更張孰先？憫科場之積
　　　弊，復詩賦以求賢。

「新天子」是指宋哲宗；「老相國」是指司馬光。「更張孰先？」此句用設問法爲之，正與上述爭論復詩賦與否的時空背景相符。詳讀此賦，亦可以看出此賦當作於元祐元年改革呼聲初起的時候。〈復改科賦〉首先點出寫作的時空背景，拈出「憫科場之積弊，復詩賦以求賢」的賦旨，此賦主要分爲三大部份：敘述以賦取士的長處優點，說明賦

〔註14〕見元・馬端臨，《文獻通考》，卷三十二，頁97。

〔註15〕孔凡禮《蘇軾年譜》元豐八年十二月條下云：「時司馬光、章惇不合，勸惇尊重光。章惇嘗爲言神宗晚年患文章不足用，欲復辭賦取士之法。」其下注文：「《文集》卷四十九，〈答張文潛縣丞書〉：『近見章子厚言，先帝晚年甚患文字之陋，欲稍變取士法，特未暇耳。』作於元祐元年。」見《蘇軾年譜》，頁695。

〔註16〕孔凡禮《蘇軾年譜》元祐元年閏二月條下云：「庚寅（二日），侍御史劉摯奏改科復詩賦，詔集議聞奏。作〈復改科賦〉。」其下注文云：「《長編》卷三百六十八，本年閏二月庚寅紀事引侍御史劉摯言：『乞試法復詩賦，與經義兼用之。進士第一場試經義，第二場試詩賦，第三場試論，第四場試策。……』以下云：『如賜開允，即乞今年降詔，並自元祐五年秋試爲始。詔禮部與兩省學士、待制、御史臺、國子司業聞奏。所有將來科場，且依舊法施行。』……賦見《文集》卷一，首云：『新天子兮，繼體承乾。老相國兮，更張孰先？』，作於此時。老相國謂司馬光。」見《蘇軾年譜》，頁709。

不可廢；續云新法太學三舍法的弊病，說明新法當廢；最後則寫當時改革的呼聲，並希望哲宗皇帝能採納忠言，恢復辭賦取士。本文著重在探討何以蘇軾主張以詩賦取士的原因，分下列幾點析論：

首先是詩賦取士的標準明確，〈復改科賦〉云：

> 探經義之淵源，是非紛若；考辭章之聲律，去取昭然。
> 議夫賦曷可已，義何足非。彼文辭泛濫也，無所統紀；此聲律切當也，有所指歸。巧拙由以字之可見，美惡混千人而莫違。正方圓者必藉於繩墨，定隱括者必在於樞機。所以不用孔門，惜揚雄之未達；其逢漢帝，嘉司馬之知微。

詩賦取士的優點，即是其錄取標準明確、巧拙可見；不若經義取士泛濫無紀、美惡無辨。追求文辭華豔而無所遵循的虛浮文風是蘇軾所反對的；他的錄取標準是內容與形式皆美、文質相符的作品，即文字「聲律切當」句子兼有聲色之美；文意「有所指歸」又包含深刻的意義。此外，蘇軾在字裡行間流露出賦不可罷廢、不容非難：「賦曷可已，義何足非」的意見，對於揚雄錯誤（未達）的賦觀：「孔門不用辭賦」，加以撻伐；至於司馬相如生逢漢武，能以賦勸諫皇帝的作法則提出嘉許。

其次，詩賦取士的成效卓著，〈復改科賦〉云：

> 故道人徇路，爲察治之本；歷代用之，爲取士之制。近古不易，高風未替。祖宗百年而用此，號曰得人；朝廷一旦而革之，不勝其弊。

歷代用詩賦來取士察治，成效顯著；罷詩賦後，弊病叢生，故蘇軾極力闡明詩賦不可廢而應當恢復之由。

再者，詩賦取士的制度合宜，〈復改科賦〉云：

> 謂專門足以造聖域，謂變古足以爲大儒。事吟哦者爲童子，爲雕篆者非壯夫。殊不知採摭英華也簇之如錦繡，較量輕重也等之如錙銖。韻韻合璧，聯聯貫珠。稽諸古其來尚矣，考諸舊不亦宜乎？特令可畏之後生，心潛六義；佇見大成之君子，名振三都。

　　　　諫必行言必聽焉，此道飄飄而復起。

指出揚雄及王安石視辭賦為「童子篆刻」的不正確賦觀，王安石受到
揚雄錯誤賦觀的影響，而有「童子常誇作賦工，暮年羞悔有揚雄」的
詩句。此賦對揚、王視辭賦為無用的辭賦觀加以駁斥。他認為通過詩
賦考試，可以考核當時文士運用語言文字的能力，可以稽古考舊，測
知其知識的容量和思想的水準，這樣的方法要比以經義取士的方法合
宜有效，可以篩選出合於世用的人才。最後在賦末更提及賦的功能：
「諫必行言必聽焉」，所以蘇軾力主恢復貢舉試賦，一則可以選舉賢
能，二則可以發揮辭賦的諷諫功能。

　　恢復試詩賦與否的爭論遲遲未決，在蘇軾文集中類似〈復改科賦〉
的主張又再次出現，可以看出蘇軾對試詩賦的努力了。元祐三年，蘇
軾負責當年的貢舉考試，他再上〈乞不分經取士〉，再次提出呼籲，
其箚子云：

　　　元祐三年三月●日，翰林學士朝奉郎知制誥蘇軾同孫覺箚
　　　子奏。臣等近奉敕知貢舉，竊見自來條貫分經取士，既於
　　　逐經中紐定分數取人，或一經中合格者少，即取詞理淺謬
　　　卷子，以足其數，如合格者多，則雖優長亦須落下，顯是
　　　弊法。將來兼用詩賦，不專經義。欲乞今後更不分經，專
　　　以工拙為去取。取進止。

這篇奏摺，側面地再度提出不專用經義取士，當兼用詩賦取士的主
張。這時的蘇軾身份地位已大大不同於前，此時是以知制誥的身份權
知貢舉，身為貢舉考試的總召集人，其言論影響之巨，可由次年終於
恢復以詩賦、經義兩科分立取士的制度見得。

　　元祐四年，因為經義取士「是非紛若」、「無所統紀」，所以科舉
考試恢復了以詩賦、經義兩科分立取士的制度。該年的錄取名額是詩
賦、經義各佔一半，然而又有進士汪洙等一百多人向杭州知州蘇軾陳
情，狀稱錄取名額分配不當，其陳狀內容大要及用意，可以從蘇軾〈乞
詩賦經義各以分數取人將來只許詩賦兼經狀〉中略知一二：

> 杭州進士汪漑等一百四十人詣臣（蘇軾）陳狀，稱准元祐
> 四年四月十九日敕，詩賦、經義各五分取人。朝廷以謂學
> 者久傳經義，一旦添改詩賦，習者尚少，遂以五分立法，
> 是欲優待詩賦勉進詞學之人。然天下學者，寅夜競習詩賦，
> 舉業率皆成就，雖降平分取人之法，緣業已習就，不願再
> 有更改，兼學者亦以朝廷追復祖宗取士故事，以詞學為優，
> 故士人皆以不能詩賦為恥。比來專習經義者，十無二三，
> 見今本土及州學生員，多從詩賦，他郡亦然。若平分解名，
> 委是有虧詩賦進士，難使捐已習之詩賦，抑令就經義之科。
> 或習經義多少，各以分數發解。

蘇軾接到士子們的陳情，再加上自己所見聞，為了讓員額分配更合理，於是蘇軾再上〈乞詩賦經義各以分數取人將來只許詩賦兼經狀〉：

> 臣囊者備員侍從，實見朝廷更用詩賦本末，蓋謂經義取人
> 以來，學者爭尚浮虛文字，止用一律，程試之日，工拙無
> 辨，既去取高下，不厭外論，而已得之後，所學文詞，不
> 施於用，以故更用祖先故事，兼取詩賦。而橫議之人，欲
> 收姑息之譽，爭言天下學者不樂詩賦，朝廷重失士心，故
> 為改法，各取五分。然臣在都下，見太學生習詩賦者十人
> 而七。臣本蜀人，聞蜀中進士習詩賦者，十人而九。及出
> 守東南，親歷十郡，及多見江湖福建士人皆爭作詩賦，其
> 間工者已自追繼前人，專習經義，士以為恥。以此知前言
> 天下學者不樂詩賦，皆妄也。……
> 欲乞朝廷參詳眾議，特許將來一舉隨詩賦、經義人數多少，
> 各紐分數發解，如經義零分不及一人，許併入詩賦額中，
> 仍除將來一舉外，今後並只許應詩賦進士舉，所貴學者不
> 至疑惑，專一從學。謹錄奏聞，伏候敕旨。
> 貼黃。詩賦進士，亦自兼經，非廢經義也。

蘇軾在此狀中，再度指出經義取士的缺失：「工拙無辨」、「不施於用」，並道出當時學者樂於習賦、作賦的實況，極力維護以詩賦取士的考試制度，從此狀的題名及內容，不難看出他力保以詩賦取士，以及為汪

溉等士子爭取更多員額的用心。經此而後，經義、詩賦或停或開，或先或後，終宋之世，未變兩科並行之格局。蘇軾努力的捍衛，終使這一制度繼續延用下來，亦延續了辭賦的發展歷史。從辭賦學史發展的角度來看，辭賦的興盛往往與帝王的提倡、試賦制度息息相關，辭賦往往是士人求取功名富貴的敲門磚，倘若試賦制度在王安石改革中結束，倘若沒有蘇軾的力主科舉試賦，從此科舉不再試賦，少了這決定性的創作誘因，辭賦的發展便可能走入歷史。所以，蘇軾此一試賦論對後來辭賦的持續發展，帶有決定性的深遠影響。

第二節　功能論

　　辭賦是文人學士進身的階梯，在科舉考試中具有選舉人才的功能，文士取得政治地位後，辭賦以其「諷頌」傳統，又負著「抒下情以通諷諭，宣上德以盡忠孝」的「美刺」功能；宋代黨爭紛擾，文士政治地位大起大落，失去政治地位的文人，又退而求其次用辭賦來娛情適性，所以辭賦又具有抒情言志的功能。蘇軾論賦首先肯定辭賦的功能與價值，選舉功能方面，在上一節已詳細析論蘇軾的意見，茲不再贅述，本節分諷諭功能及抒情言志功能述之。

一、諷諭功能

　　蘇軾重視文學的社會功能，反對「貴華而賤實」的浮華文風，反對為文而文的形式主義；主張為文要「有意於濟世之用」，倡導言之有物、華實相符的文章。這樣的思想主張是體現在其各體文學，包含詩、文以及介於詩文之間的辭賦作品。蘇軾二十多歲所作〈謝歐陽內翰書〉便提及：

> 自昔五代之餘，文教衰落，風俗靡靡，日以塗地。聖上慨
> 然太息，思有以澄其源，疏其流，明詔天下，曉諭厥旨。
> 於是招來雄俊魁偉敦厚朴直之士，罷去浮巧輕媚叢錯采繡
> 之文，將以追兩漢之餘，而漸復三代之故。

　　對於五代以來只重形式叢錯彩繡，內容卻浮巧輕媚的綺靡文風，感到不滿。蘇軾反對形式唯美、脫離現實的文風，他在〈謝秋賦試官啓〉中對宋初以來「場屋後進，挾聲技以相夸；王公大人，顧雕蟲而自笑」的現象給予了猛烈的抨擊。

　　蘇軾認爲詩文要「有爲而作」、「不爲空言」、「言必中當世之過」，這在他晚年所作〈鳧繹先生文集敘〉言之甚詳：

　　　昔吾先君適京師，與卿士大夫遊，歸以語軾曰：「自今以往，
　　　文章其日工，而道將散矣。士慕遠而忽近，貴華而賤實，
　　　吾以見其兆矣。」以魯人鳧繹先生之詩文十餘篇示軾曰：「小
　　　子識之。後數十年，天下無復爲斯文者也。」先生之詩文，
　　　皆有爲而作，精悍確苦，言必中當世之過，鑿鑿乎如五穀
　　　必可以療饑，斷斷乎如藥石必可以伐病，其遊談以爲高，
　　　枝詞以爲觀美者，先生無一言焉。

這是對詩文而言的，其中當然包括對辭賦的創作要求。蘇軾在敘中盛讚鳧繹先生的詩文皆能「有爲而作」、「言必中當世之過」、「可以療饑伐病」，均是有內容，具有社會功能的作品。這篇文章雖是爲人作敘，但何嘗不是其終身奉行的文學主張。

　　蘇轍《欒城後集・東坡先生墓誌銘》總結蘇軾的文學創作云：「緣詩人之意，託事以諷，庶幾有補於國。」〔註17〕諷諭功能的主張，亦體現在蘇軾的賦論中。一方面，他高度贊揚辭賦的諷諭精神，特別推崇屈賦的抒情言志傳統，在〈書鮮于子駿楚詞後〉一文中深情表達了自己對屈賦作品的愛賞，盛讚鮮氏之賦「追古屈原、宋玉，友其人於冥冥，續微學之將綴，可謂至矣。」在〈書文與可超然臺賦後〉一文中贊文氏之賦「意思蕭散，不復與外物相關」，是〈遠遊〉、〈大人〉之流。另一方面，則深惡迎合諂媚之無所爲之辭，《史記・司馬相如列傳》載，相如病居茂陵，曾爲〈封禪文〉，遺言死後交漢武帝求書

―――――――――――――――――――――――――――――――――

〔註17〕見宋・蘇轍撰，陳宏天、高秀芳校點，《蘇轍集・欒城後集・亡兄子
　　　瞻端明墓誌銘》，冊三，頁1117。

使者進呈。東坡鄙薄此類宮廷賦頌之情見乎辭：

> 司馬長卿始以污行不齒於蜀人，既而以賦得幸天子，未能
> 有所建明立絲毫之善以自瀆也。」（〈司馬相如創開西南夷路〉）
> 司馬相如……其〈諭蜀父老〉，云以諷天子。以今觀之，不
> 獨不能諷，殆幾於勸矣。諂諛之意，死而不已，猶作〈封
> 禪書〉，相如真所謂小人也哉。（〈司馬相如之諂死而不已〉）

蘇軾論文主張「言必中當世之過」，對於司馬相如的阿諛奉承是不齒
的，針對此點蘇軾的批評幾近於責罵矣，可見其深惡之情。同樣地，
他在〈書柳公權聯句〉中亦譏柳氏有諂於唐文宗，文云：

> 貴公子雪中飲，醉餘，倚檻向風，曰：「爽哉，快哉。」左
> 右有泣者。公子驚問之，曰：「吾父昔以爽亡。」楚襄王登
> 臺，有風颯然而至，王曰：「快哉，此風寡人與庶人共之者
> 耶？」宋玉譏之曰：「此獨大王之雄風耳，庶人安得而有
> 之？」不知者以為諂也，知之者以為諷也。唐文宗詩曰：「人
> 皆苦炎熱，我愛夏日長。」柳公權續之曰：「薰風自南來，
> 殿閣生微涼。」惜乎，時無宋玉在其傍也。

於是他情不自禁地補足唐文宗、柳公權的聯句：

> 一為居所移，苦樂永相忘。願言均此施，清陰分四方。（〈戲
> 足柳公權聯句〉）〔註18〕

并在詩後加上跋語：

> 宋玉對楚王：「此獨大王之雄風也，庶人安得而共之？」譏
> 楚王知己而不知人也。柳公權小子與文宗聯句，有美而無
> 箴，故為足成其篇云。」

查註在此詩條下註云：「人臣忠愛其君，自當隨事納誨，以啓主心而
達下情，凡作隱躍含糊之語，冀幸一悟者，皆諂諛之徒也。先生此詩，
特為此一流發，偶借公權為質的耳。」蘇軾詩句與跋語揭示、贊揚宋
玉〈風賦〉的譏諷意義，辛辣地嘲諷了迎合吹拍、無聊應酬之作，深

〔註18〕見《蘇軾詩集》冊八，卷四十八，頁2584。七集本載續集，題作〈補
　　　唐文宗、柳公權聯句〉。

刻批判帝王貴族之脫離民眾，同時也表達了他與民同憂樂的偉大情操。他曾因「諷失」、「伐病」的文學主張和實踐瑯璫入獄，出獄後他仍不改初衷，大部分的作品依然都是感於事，動於情，在「有爲而作」、「期於適用」的思想指導下寫成的。

二、抒情言志功能

　　蘇軾論文「偶有言及道者」，雖堅持古文運動有補於世、有爲而作的文學主張，保有唐宋以來古文家講求政教實用的一面，然而他對「道」並未作過份的提倡；他論文首貴立「意」，認爲這是「作文之要」。「意」即是作者的思想情感。上一節已論及其論賦講求政教實用的諷諭功能，這一節則要探討蘇軾要求辭賦需具有抒情言志的功能。

　　蘇軾〈謝梅龍圖書〉云：「詩賦將以觀其志」，他的辭賦觀，在思想精神上繼承了屈原的抒情言志傳統。對屈原的推崇及對楚辭崇高的評價，自司馬遷之後，蘇軾是引人注目的一家。蘇軾首先確認屈賦的歷史地位，光大屈賦的優秀藝術傳統。屈原的歷史地位，在漢代出現兩派對立觀點，司馬遷給予極高評價〔註19〕；然而好景不長，先是揚雄譏之以身殉國，是爲不智，不能隱德，是自取其禍〔註20〕；班固則責之以「露才揚己」〔註21〕。自揚、班之後，變本加厲，隋唐儒道及古文體之提倡者，更有指斥屈原及其創作爲離經叛道之禍首〔註22〕。

〔註19〕《史記‧屈原列傳》：「《國風》好色而不淫，《小雅》怨誹而不亂，若〈離騷〉者，可謂兼之矣。……其文約，其辭微，其志潔，其行廉。其稱文也小而其指大，舉類邇而見義遠」；「推其志也，雖與日月爭光可也。」

〔註20〕《法言‧吾子》云：「或問：『屈原智乎？』曰：『如玉如瑩，爰變丹青。如其智，如其智！丹青初則炳，久則渝。』」

〔註21〕班固〈離騷序〉云：「今若屈原，露才揚己，競乎危國群小之間，以離讒賊。然責數懷王，怨惡椒蘭，愁神苦思，強非其人，忿懟不容，沉江而死，亦貶絜狂狷景行之士。多稱昆崙冥婚宓妃虛無之語，皆非法度之政、經義所載，謂之兼詩風雅而與日月爭光，過矣！」

〔註22〕王勃〈上吏部裴侍郎啓〉云：「自微言既絕，斯文不振。屈、宋導澆源於前，枚、馬張淫風於後。」；李華〈贈禮部尚書清河李公崔沔集

蘇軾是站在司馬遷同樣的立場上肯定屈原的人格及其作品的價值。他最主要的理念是推崇屈賦的抒情言志傳統、抒寫性靈之作，強調諷喻精神，詠物命意，皆有寄託。蘇軾繼承楚辭的精神，清‧王文誥云：「公（蘇軾）正道而行、竭智盡忠，讒人間之，困慮折辱，而其詩上溯唐虞，下逮齊魯，明道德之廣崇，嫻治亂之條貫，參窮達之理，與靈均信一致矣。」〔註23〕

　　蘇軾在青少年時代對屈原其人的淑世精神，以死明志的風操，就有深刻的認識和理解。二十四歲作〈屈原廟賦〉云：

浮扁舟以適楚兮，過屈原之遺宮。……悲夫！人固有一死兮，處死之為難。……獨嗷嗷其怨慕兮，恐君臣之愈疏。生既不能力爭而強諫兮，死猶冀其感發而改行。……惟高節之不可以企及兮，宜夫人之不吾與。違國去俗死而不顧兮，豈不足以免於後世。嗚呼！君子之道，豈必全兮。全身遠害，亦或然兮。嗟子區區，獨為其難兮。雖不適中，要以為賢兮。夫我何悲，子所安兮。

晁補之評蘇軾〈屈原廟賦〉，以為「漢以來原之論定於此矣」。除了盛贊屈原的人格風操，蘇軾亦非常喜愛屈原的作品，他曾手校《楚辭》十卷〔註24〕，在黃州亦嘗書屈原〈離騷〉、〈九歌〉卷贈友人〔註25〕，晚年在〈與謝民師推官書〉更尊稱《離騷》為經：

屈原作《離騷經》，蓋風雅之再變者，雖與日月爭光可也。可以其似賦而謂之雕蟲乎？使賈誼見孔子，升堂有餘矣，而乃以賦鄙之，至與司馬相如同科！

蘇軾以為《離騷》是一種真情的宣泄，非「為文而造情」的辭人之賦，不是「雕蟲小技」，而是繼承《風》、《雅》有感而發、抒情言志的文

序〉云：「屈平、宋玉哀而傷，靡而不返，六經之道遁矣。」
〔註23〕見清‧王文誥，《蘇文忠公詩編註集成‧自序》，冊一，1987年。
〔註24〕見陳振孫《直齋書錄解題》：「興祖（南宋）少時從柳展如得東坡手校《楚辭》十卷，凡諸本異同，皆兩出之。……洪於是書，用力亦甚勤矣！」以上參見《楚辭補注》出版說明。
〔註25〕據《式古堂書畫彙考‧書》卷十〈坡翁書離騷九歌卷〉劉沔跋。

學傳統精神的作品。這樣的作品正是可以和《風》、《雅》並稱經，與日月同爭光，共爲永恆不朽的。所以蘇軾說：「《楚辭》前無古，後無今。」又說：「吾文終其身企慕而不能及萬一者，惟屈子一耳。」〔註26〕可見其對屈原作品的推崇了。

從蘇軾青少年時代對屈原偉大人格的景仰，到屢罹世患的晚年對《離騷》的高度評價，表明蘇軾一生，作爲政治家，他始終以屈原繫念君國的愛國情懷，投身政治變革鬥爭中，惠民濟眾，不遺餘力，即使是在一己窮愁和遷謫的艱難處境之中，也是如此。作爲詩人、散文家，他堅持《離騷》的創作精神，將一生的悲歡甘苦，嬉笑怒罵，眞實地抒發於文學創作中，其感情之熾烈深篤，其想像之詼詭奇幻，文詞之華麗優美，確實深得屈《騷》風神。尤其值得注意的是，蘇軾處在貶謫的逆境之中，作賦最多，亦多傑作，不論是何種賦體風格，蘇軾均能自出新意，成功地表達情懷和思致〔註27〕。

要之，蘇軾以「意」作爲文學創作的最高境界，強調抒情言志的傳統精神。他的辭賦創作，思想開闊、胸襟曠達，對人情事理具有深刻的辨識，具有強烈的主觀抒情言理色彩，字裡行間充滿著深邃的思辨和生活的睿智。

第三節　創作論

蘇軾辭賦的創作觀，有兩大特點，一是不拘一格，兼容並蓄；二是自出新意，自出一格。前者是其學古處，後者是其開新處。蘇軾學古變古，而不泥於古，他善於繼承前輩作家的優點，他從來不固定學某一古人或某一流派，也不專主哪一種風格，而是薈粹各家之長，旁收博取，他學得廣，學得多，又能融會貫通，身兼數家特點，賦兼眾

〔註26〕明·蔣之翹《七十二家評楚辭》引蘇軾語，《楚辭評論資料選》，台北：長安出版社，頁63。

〔註27〕見楊勝寬，〈筆勢彷彿〈離騷〉經──東坡賦考論〉，《中國古代·近代文學研究》，1994年六期，頁244。

體之長，然後獨抒機杼，創新振奇，風格獨具，不與人同，而著成一家之言。一言以蔽之，即所謂「出新意于法度之中」（〈書吳道子畫〉）。創作的基礎，要有廣博的基學功夫，在本文第二章蘇軾的習賦淵源中已詳細提及，茲不複重，以下主要論述蘇軾論賦尙創意，貴在自成一家，反雷同，鄙棄千人一律的賦學主張。

　　蘇軾在各種詩、詞、賦、文等文學作品上，以不踐古人，自出新意爲平生樂事。他要求文學藝術創作要千姿百態，形象逼眞，「隨物賦形」、「唯其不自爲形，而因物以賦形，是故千變萬化而有必然之理」（〈灩澦堆賦〉），對於「今程式文章，千人一律」（〈答王庠書〉）的情況，他是深惡痛絕的。蘇軾論賦亦以獨創爲美，以雷同爲醜，他在〈與謝民師推官書〉中抨擊揚雄的摹擬：

> 揚雄好爲艱深之詞，以文淺易之説，若正言之，則人人知之矣。此正所謂雕蟲篆刻者，其〈太玄〉、〈法言〉皆是類也。而獨悔其賦，何哉？終身雕蟲，而獨變其音節，便謂之經，可乎？

揚雄是文學史上的摹擬大王，他以爲經莫大於《易》，故作〈太玄〉；傳莫大於《論語》，故作〈法言〉；賦莫深於〈離騷〉，反而廣之；辭莫麗於相如，作四賦。揚雄曾因賦勸而不止，將賦視爲童子雕蟲篆刻，而獨悔其賦作。蘇軾則全面否定他的作品，對於他這種摹擬字句，「變其音節，便謂之經」的作法深不以爲然，並直斥其終身摹擬才是所謂的終身雕篆。基於反摹擬的主張，蘇軾也批評時人一味地摹仿前人，他在〈書拉雜變〉云：

> 司馬長卿作〈大人賦〉，武帝覽之，飄飄然有凌雲之氣。近時學者作拉雜變，便自謂長卿，長卿固不汝嗔，但恐覽者渴睡落床難以凌雲耳。〔註28〕

〔註28〕見孔凡禮點校，《蘇軾文集》，冊五，頁 2062。蘇軾以爲〈大人賦〉未有諷諫之意，雖曾深責其詔；然蘇軾亦並不全盤否定之。他在〈書文與可超然臺賦後〉以司馬之〈大人賦〉與屈原之〈遠遊〉並提，並謂其非近時學者拉雜變所能企及，可見其在東坡寬闊胸懷中亦有

一用怒斥的手法批評揚雄；一用嬉謔的方式批評時人，在在都表現出蘇軾反摹擬的文學主張。此外蘇軾亦不喜歡墨守成規、千篇一律的文風，〈答張文潛縣丞書〉：

> 文字之衰，未有如今日者也。其源實出於王氏。王氏之文，未必不善也，而患在於好使人同己。自孔子不能使人同，顏淵之仁，子路之勇，不能以相移。而王氏欲以其學同天下！地之美者，同於生物，不同於所生。惟荒瘠斥鹵之地，彌望皆黃茅白葦，此則王氏之同也。

蘇軾對於王安石廢詩賦取士，專以經義論策取士考試制度提出批評。其中蘇軾最不滿的是王專以一家私學，即用自所訓釋的《三經新義》來取士。蘇軾以為王氏的學說，本自有其學術價值，但不該頒之學官，使人同己，成為一種統一思想的工具。蘇軾論文時強調文學要有獨創性，這種獨創性不僅指文章的觀點和內容，而且也包括文章的形式。他先以人皆有個性，不能強行改變為例，反對千篇一律的文字。他說：「孔子不能使人同，顏淵之仁，子路之勇，不能相移」；又以肥美的土地皆長植物，但所長的各不相同作比，「地之美者同於生物，不同於所生」，深刻說明文藝作品要有獨創性，文藝園圃應該百花齊放，萬紫千紅；只有那「荒瘠斥鹵之地，彌望者皆黃茅白葦」，一片荒涼，因而導致「文字之衰，未有如今日者也」這樣的地步。作者的秉性不同，作品產生的土壤不一，創作風格應該是豐富多樣的。文學作品本身當然要「因物以賦形，是故千變萬化而有必然之理」，從而在藝術風格上呈現出五彩繽紛的面貌，而萬萬不能呈現「黃茅白葦」的單一色調。

　　拘守成法、摹擬學步的東西不會有生命，也沒有人要看，因此在

位置。東坡雖重賦之諷諭作用，然其對思想內容之理解不似揚雄褊狹。「意思蕭散，不復與外物相關」，兩語原出自《西京雜記》關於司馬相如作賦情狀的描寫。凡創作之有出塵高致而能使人讀時有凌雲之氣者，自有其價值。參顧易生，〈蘇東坡與賦〉，鄺健行主編，《新亞學術集刊》賦學專輯，1994 年，第十三期，頁 415。

創作上，他特別強調清新、創造；在風格上，他主張多樣性、姿態橫生、「隨物賦形」的文風。他曾說：

> 近卻頗作小詞，雖無柳七郎風味，亦自是一家，呵呵！
>
> 吾書不甚佳，然自出新意，不踐古人，是一快也。（〈評草書〉）

蘇軾提倡藝術個性化，反對強求一律。蘇軾的辭賦作品大體上都實踐了他的論賦主張。孫梅《四六叢話》評蘇軾駢律賦云：「工麗絕倫中，筆力矯變，有意擺落唐五季蹊徑」而「獨闢異境」，從蘇軾的賦作實踐來看，他的賦作在內容及形式上的特點即是對舊體式的改造和新體式的創造，可見其理論與實踐的一貫性。

由於蘇軾的學古而開新，變古而爲新，遂使賦在日漸衰微的賦史上，另闢蹊徑，重新受肯定與喝采。正因如此，蘇軾門下的「四學士」、「六君子」，儘管都曾得到蘇軾的指點、汲引或獎譽，但他們在詩文的創作上仍然呈現著不同的風格特徵。

第四節　風格論

在詩文賦各體作品的風格上，蘇軾崇尚自然流暢、平白簡易，反對雕琢剽裂、故作艱深。蘇軾是非常厭惡迂怪艱僻一類的文風，他不喜歡刻意矯飾、矯揉造作的作品；喜歡發乎眞實情感，出於自然、意到筆隨、流轉暢達的文章。

宋初的詩文改革，爲了糾正五代以來相沿已久的卑弱文風，有的又走上了「求深」、「務奇」的道路，〈謝歐陽內翰書〉云：

> 自昔五代之餘，文教衰落，風俗靡靡，日以塗地。……士大夫不深明天子之心，用意過當，求深者或至於迂，務奇者怪僻而不可讀，餘風未殄，新弊復作。大者鏤之金石，以傳久遠；小者轉相摹寫，號稱古文。紛紛肆行，莫之或禁。

這些一味求深務奇、怪僻而不可讀的作者，根本忘記了作文應有正當的目的，而只在文字遊戲，以此自命高明。蘇軾不管從理論上、實踐上都反對這種「新弊」，而由平易一途，達到自然美的藝術境界。

以此，蘇軾曾對揚雄「好爲艱深之詞」的作法進行過駁斥：「揚雄好爲艱深之詞，以文淺易之說，若正言之，則人人知之矣。此正所謂雕蟲篆刻者。……雄之陋，如此比者甚眾，可與知者道，難與俗人言也。因論文偶及之耳。」（〈與謝民師推官書〉）蘇軾反對迂怪艱僻，主要是反對某些作者用意過當，脫離實際、脫離思想一味去追求文字的艱深怪僻。蘇軾認爲以平白簡易文字爲文，則人人可知其文；批評揚雄故作艱深、一味追求迂怪艱僻，才是所謂的「雕蟲篆刻」，甚至斥之爲「陋」者，可謂極不屑矣。對於時人晚輩有「求深務奇」的缺失，蘇軾亦點醒之：

> 晁君騷詞，細看甚奇麗，信其家多異材耶？然有少意，欲魯直以己意微箴之。凡人文字，當務使平和，至足之餘，溢爲奇怪，蓋出於不得已也。晁文奇麗似差早，然不可直云爾。非謂避諱也，恐傷其邁往之氣。當爲朋友講磨之語乃宜，不知以爲然否？（〈答黃魯直〉五首之二）

蘇軾論文雖標舉「清新」，然而卻反對「務新」，反對刻意求新，陷入求深務奇的境地。上文之「奇」有兩種，一種是刻意求奇，此爲蘇軾所反對；一種是自然溢奇，此乃出於不得已而有奇趣者，是蘇軾所肯定者。而晁君騷辭所犯正是刻意求奇之弊病，離自然溢爲奇麗的境界還差很遠，有鑑於此，基於對後生的愛護及指導，蘇軾希望與晁君輩份相近的黃庭堅要略盡勸諫之義，蘇軾於後生晁君可謂愛之深矣！

　　蘇軾所欲追求的是文章風格是自然流暢、自然而然的。在早年的〈南行前集敘〉，就提出任自然、反勉強的文學主張，「非勉強所爲之文」、「未嘗敢有作文之意」，他認爲作品的內容和形式都要自然，不要刻意追求，「非能爲之爲工」，而是在思想情感激蕩下自然而然創作出來的，是「不能不爲之爲工」的結果。文學創作不能爲作而作，要達到「充滿勃郁而見於外」的藝術境界，即自己情思濃郁蘊積於內，到了「不能不爲」的程度，才自然地表達出來。到了晚年，他在〈與

謝民師推官書〉中讚美對方「所示書教及詩賦雜文」云：

> 大略如行雲流水，初無定質，但常行於所當行，常止於所
> 不可不止。文理自然，姿態橫生。

文貴自然是蘇軾一生持之的詩文美學主張。他認為文學作品應當極其自然而又富於變化：「文理自然，姿態橫生」，不能拘守任何固定的模式：「初無定質」，而行文布局又自有其常規：「常行於所當行，常止於所不可不止」。這些都是蘇軾文貴自然說的主要重點。「行雲流水」的比況，不單形容那種「自然」的狀態，多少也包涵了擺去一切拘束，任其自由流動，無比自在活潑的審美特質〔註29〕。此雖為讚美謝氏詩文之詞，實亦為蘇軾自己創作之寫照，其〈自評文〉亦云：

> 吾文如萬斛泉源，不擇地皆可出，在平地滔滔汩汩，雖一日
> 千里無難。及其與山石曲折，隨物賦形，而不可知也。所可
> 知者，常行於所當行，常止於所不可不止，如是而已矣。

蘇軾把文學作品比喻為水，簡潔明白地說明了文學作品與客觀現實的關係：其一，所謂「隨物賦形」，即是要求作家深入地把握住客體的個性特徵，文筆應隨著客體特徵的不同變化，恰到好處地、活生生地描繪出事物的千姿百態來。其二，文學的作品內容不是永遠不變的，而是根據客觀事物的規律進行變化的，所以他主張活潑流動，反對刻板凝固；強調豐富多采，反對單一貧乏。其三，文學創作不受任何形式的束縛，不受什麼文章做法的限制，所以他提倡活法，反對死法。

　　蘇軾在〈灩澦堆賦〉中也曾這樣說過：「天下之至信者，唯水而已。江河之大與海之深，而可以意揣。唯其不自為形，而因物以賦形，是故千變萬化而有必然之理。」這一段論水的文字，正可以作上述引文中以水喻文的參佐。水，沒有固定的形狀，「無定質」、「不

〔註29〕參王文龍，〈蘇軾的散文美學思想〉，《寶雞師院學報》，1990年，第
　　　四期，頁57～64。

自為形」，唯其如此，它才能夠「因物賦形」，隨著地勢之不同而形成不同的波瀾。文也是一樣，為了表現多端的「意」，作家就不能死守著一種僵固的表現方法，應該像水一樣流動無定、自由活潑，隨著所表現的內容之變化而煥發出不同的文采。蘇軾的這一見解，正符合他自己的創作實踐，他作詩寫文，確能恣肆汪洋，充分做到表現方法的自由活脫〔註 30〕。

　　總之，文學作品是客觀事物的反映，客觀事物是豐富多彩、變化無窮的，文學作品也應該「常行於所當行，常止於所不可不止」，生動活潑，多姿善變。在辭賦創作方面，蘇軾追求的是平易自然的賦體形式和賦體風格。蘇軾的賦作相對於歷代前賢，最大的特色便是風格平易曉暢，語言簡省自然，無艱深華麗之辭、晦澀難懂之語，文勢流走，崇尚變化，此特色下文有專章論之，蘇軾可謂充份實踐自己的賦學理論。

第五節　批評論

　　程章燦云：「在我們看來，所有關於辭賦理論批評方面的文獻，借用中國文學史上和文學批評史上的固有的習慣稱法（詩話、詞話、曲話），都可以統稱為賦話。如果我們能將這些賦話材料全都匯輯一處，那不僅將為辭賦研究者提供很大的便利，而且也能根據這些材料，從中勾勒出一條辭賦理論批評發展的歷史脈絡。」〔註 31〕依此理念，本節則將匯輯散見在詩文集中對歷代辭賦作家、賦論家、選文家之批評。藉此可以看出蘇軾對歷代作家及作品的好惡及評論。以下分對歷代名家及宋朝辭賦作家之批評，先錄其評論文字，次以總說其對賦家賦作之批評。

〔註 30〕參李壯鷹，〈略談蘇軾的創作理論〉，《浙江師範學院學報》，1981 年，第一期，頁 46～51。

〔註 31〕見程章燦，《魏晉南北朝賦史》附錄（三）〈辭賦批評：思的框架和史的詠絡──關於《六朝賦話》的編纂設想〉，頁 422。

一、歷代名家

（一）屈　原

> 屈原作《離騷經》，蓋風雅之再變者，雖與日月爭光可也。
>
> （〈與謝民師推官書〉）

　　蘇軾稱《離騷》為「經」，一字千鈞，是繼太史公之後令人囑目的一家。此條亦稍涉及蘇軾對於辭賦源流之觀念，「辭」源於「詩」，乃風雅之再變者。

（二）荀　況

> 孫卿子有韻語者，其言鄙近，多云「成相」，莫曉其義。《前漢・藝文志・詩賦略》中有〈成相雜詞〉十一篇，則成相者，蓋古謳謠之名乎？疑所謂「鄰有喪，舂不相」者。又〈樂記〉云：「治亂以相。」亦恐由此得名，當更細考之。
>
> （〈記孫卿韻語〉）

　　荀子作〈成相雜詞〉，均以「請成相」起首，因以名篇。「相」是一種由舂米或築地的勞動工具發展而成的打擊樂器，用以擊節說唱，「成相」或為當時民間流傳的歌謠形式。荀子所作，宣揚為君治國之道，間雜歷史故事，對當時現實也有所批判〔註32〕。此條亦稍涉及辭賦源流之觀念，蘇軾懷疑荀子〈成相雜詞〉之「成相」，乃「古謳謠之名」。後有辭賦研究學者，主張民間歌謠亦是辭賦多種源頭之一。

（三）宋　玉

> 貴公子雪中飲，醉餘，倚檻向風，曰：「爽哉，快哉。」左右有泣者。公子驚問之，曰：「吾父昔以爽亡。」楚襄王登臺，有風颯然而至，王曰：「快哉，此風寡人與庶人共之者耶？」宋玉譏之曰：「此獨大王之雄風耳，庶人安得而有之？」不知者以為諂也，知者以為諷也。唐文宗詩曰：「人皆苦炎熱，我愛夏日長。」柳公權續之曰：「薰風自南來，

〔註32〕見陳良運主編，《中國歷代賦學曲學論著選》，南昌：百花洲文藝出版社，2002年，頁482。

殿閣生微涼。」惜乎，時無宋玉在其傍也。(〈書柳公權聯句〉)

蘇軾論文主張「言必中當世之過」，此條蘇軾贊頌宋玉辭賦的諷諫精神，對於柳公權迎合吹拍之詩作，則提出針砭。

(四) 賈 誼

觀其過湘，爲賦以弔屈原，紆鬱憤悶，趯然有遠舉之志。其後卒以自傷哭泣，至於夭絕。是亦不善處窮者也。夫謀之一不見用，安知終不復用也。不知默默以待其變，而自殘至此。嗚呼，賈生志大而量小，才有餘而識不足也。(〈賈誼論〉)

使賈誼見孔子，升堂有餘矣，而乃以賦鄙之，至與司馬相如同科。(〈與謝民師推官書〉)

此兩條可以看出蘇軾對賈誼辭賦涉獵之深，在〈與謝民師推官書〉中，對於賈誼在辭賦史上的地位，蘇軾以爲班固評論不公，賈誼應高於司馬相如，不只是「登堂」而已〔註33〕。

(五) 司馬相如

陳皇后廢處長門宮，聞司馬相如工爲文，奉百金爲相如、文君取酒。相如爲作〈長門賦〉，以悟主上。皇后復得幸。予觀漢武雄猜忍暴，而相如乃敢以微詞襃慢及宮闈間。太史公一說李陵事，以爲意沮貳師，遂下蠶室。陳皇后得罪，止坐衛子夫，子夫之愛，不減李夫人，豈區區貳師所能比乎？而於相如之賦，獨不疑其有間于子夫者，豈非幸與不幸，固自有命歟？世以禍福論工拙，而以太史公不能保身於明哲者，皆非通論也。(〈相如長門賦〉)

司馬長卿始以污行不齒於蜀人，既而以賦得幸天子，未能有所建明立絲毫之善以自贖也。而創開西南夷逢君之惡，以患苦其父母之邦，乃復矜其車服節旄之美，使邦君負弩先驅，豈得詩人致恭桑梓、萬石君父子下里門之義乎？卓

〔註33〕班固《漢書‧藝文志》：「如孔氏之門人用賦也，則賈誼登堂，相如入室矣，如其不用何？」

王孫暴富遷虜也，故眩而喜耳。魯多君子，何喜之有。(〈司馬相如創開西南夷路〉)

司馬相如諂事武帝，開西南夷之隙，及病且死，猶草〈封禪書〉，此所謂死而不已者耶！列仙之隱居山澤間，形容甚臒，此殆得道人也。而相如鄙之，作〈大人賦〉，不過欲以侈言廣武帝意耳。夫所謂大人者，相如孺子，何足以知之！若賈生〈鵩賦〉，真知大人者也。(〈臒仙帖〉)

司馬相如……其〈諭蜀父老〉，云以諷天子。以今觀之，不獨不能諷，殆幾於勸矣。諂諛之意，死而不已，猶作〈封禪書〉，相如真所謂小人也哉。(〈司馬相如之諂死而不已〉)

司馬長卿作〈大人賦〉，武帝覽之，飄飄然有凌雲之氣。近時學者作拉雜變，便自謂長卿，長卿固不汝嗔，但恐覽者渴睡落床難以凌雲耳。(〈書拉雜變〉)

蘇軾對於辭賦的創作要求，一方面高度贊揚辭賦的諷諭精神；另一方面則深惡迎合諂媚之無所為之辭。上述諸條中，蘇軾對於司馬相如的阿諛奉承是不齒的，針對司馬之批評幾近於罵矣。要特別說明的是，蘇軾以為〈大人賦〉未有諷諫之意，雖深責其諂，然蘇軾並未全盤否定之。他以為司馬之〈大人賦〉，非近時學者所作之拉雜變能企及，〈大人賦〉出塵高致，使人讀後有凌雲之氣，亦當有其價值。

（六）揚　雄

揚雄好為艱深之詞，以文淺易之說，若正言之，則人人知之矣。此正所謂雕蟲篆刻者，其〈太玄〉、〈法言〉皆是類也。而獨悔其賦，何哉？終身雕蟲，而獨變其音節，便謂之經，可乎？……雄之陋，如此比者甚眾。可與知者道，難與俗人言也。因論文偶及之耳。(〈與謝民師推官書〉)

夜夢嚴君平、司馬相如、揚子雲合席而坐。子雲曰：「長卿久欲求公作畫贊。」余辭以罪戾之餘，久廢筆硯。子雲懇祈，不獲已為之。既成，子雲戲余曰：「三賦果足以重趙乎？」余曰：「三賦足以重趙，則子之《太玄》果足以重趙乎？」為之一笑而散。其贊曰：長卿有意，慕藺之勇。言還故鄉，

閭里是聳。景星鳳凰，以見爲寵。煌煌三賦，可使趙重。(〈夢作司馬相如求畫贊〉)

漢成帝郊祠甘泉、泰時、汾陰、后土，而趙昭儀常從在屬車間。時揚雄待詔承明，奏賦以諷，其略曰：「想西王母欣然而上壽兮，屏玉女而卻虙妃。」言婦女不當與齋祠之間也。(〈奏內中車子爭道亂行箚子〉)

蘇軾對於揚雄的好爲艱深、模擬，提出嚴正的批評(上文以詳及，此不贅論)；對於其待詔承明，能奏賦以諷的作法則提出肯定。

(七)張　華

阮籍見張華〈鷦鷯賦〉，嘆曰：「此王佐之才也。」觀其意，猶欲自全於禍福之間耳，何足爲王佐才乎？華不從劉卞言，竟與賈氏之禍；畏八王之難，而不免倫、秀之害。此正求全之過，失〈鷦鷯〉之本意。(〈阮籍求全〉)

此條雖沒有直接評論張華之〈鷦鷯賦〉，然而蘇軾不贊同阮籍的評論，從中可見蘇軾對張華〈鷦鷯賦〉用力之深。

(八)陶　潛

觀淵明集，可喜者甚多，而獨取數首。以知其餘人忽遺者甚多矣。淵明〈閑情賦〉正所謂國風好色而不淫，正使不及〈周南〉，與屈、宋所陳何異，而統乃譏之，此乃小兒強作解事者！(〈題文選〉)

予久有陶彭澤賦〈歸去來辭〉之願而未能。茲復有嶺南之命，料此生難遂素志。舟中無事，倚原韻用魯公書法，爲此長卷，不過暫舒胸中結滯，敢云與古人并駕寰區也耶！
(〈題陶靖節歸去來辭後〉)

俗傳書生入官庫，見錢不識。或怪而問之。生曰：「固知其爲錢，但怪其不在紙裏中耳。」予偶讀淵明《歸去來辭》云：「幼稚盈室，瓶無儲粟。」乃知俗傳信而有徵。使瓶有儲粟，亦甚微矣。此翁平生，只於瓶中見粟也耶？《馬后紀》，官人見大練，反正爲異物。晉惠帝問飢民，何不食肉糜？細思之，皆一理也。聊爲好事者一笑。(〈書淵明歸

去來序〉）

蘇軾的對淵明的喜愛，可謂至矣。他盡和淵明詩作，在辭賦方面，他特別喜愛陶淵明的〈歸去來兮辭〉，除了「好誦陶潛歸去來」（〈與朱康叔〉十七之九），還多次親手抄寫〈歸去來兮辭〉（請見本書所附之書影），更作有〈和陶歸去來兮辭〉一篇。蘇軾也極爲推崇和維護淵明的辭賦作品，淵明集中可喜之辭賦甚多，然而《文選》卻僅取數首，他爲此而深以爲憾。此外，蕭統對淵明〈閑情賦〉持否定態度的批判〔註 34〕，蘇軾亦提出駁正，譏之爲「乃小兒強作解事者」，對淵明的辭賦作品可謂推崇至極。

（九）蕭　統

五臣注《文選》，蓋荒陋愚儒也。今日讀嵇中散〈琴賦〉云：「間遼故音庳，絃長故徽鳴。」……徽鳴者，今之所謂泛聲也，弦虛而不按，乃可泛，故云「絃長故徽鳴」。五臣皆不曉，妄注。……宋玉〈高唐神女賦〉，自「玉曰唯唯」以前皆賦，而統謂之敘，大可笑。相如賦首有子虛、烏有、亡是三人論難，豈亦敘耶？其他謬陋不一，聊舉其一。（〈書文選後〉）

梁蕭統集《文選》，世以爲工。以軾觀之，拙於文而陋於識者，莫若統也。宋玉賦〈高唐〉、〈神女〉，其初略陳所夢之因，如子虛、亡是公等相與問答，皆賦矣。而統謂之敘，此與兒童之見何異。（〈答劉沔都曹書〉）

《文選》是中國第一部綜合性文學選集，其選文以賦居首。蕭統編選此書，對於辭賦的傳播，實功不可沒。上述諸條雖非直接針對蕭統立論，然可見蘇軾熟讀《文選》，不僅精讀賦文，對於注文、編者語，亦能提出其繆誤。其中稍有論及辭賦結構之探討，關於宋玉〈高唐神女賦〉，蕭統以爲自「玉曰唯唯」以前爲序，蘇軾則以爲亦當爲賦文。

〔註34〕蕭統云：「白璧微瑕，惟在〈閑情〉一賦，揚雄所謂勸百諷一者，卒無諷諫，何足搖其筆端，惜哉！亡是可也。」

（十）柳宗元

> 或曰：柳子厚〈瓶賦〉，拾〈酒箴〉而作。非也。子雲本以
> 諷諫設問以見意耳。當復有答酒客語，而陳孟公不取，故
> 史略之，子厚蓋補亡耳。然子雲論屈原、侮子胥、晁錯之
> 流，皆以不智譏之；而子厚以瓶爲智，幾於信道知命者，
> 子雲不及也。子雲臨憂患，顛倒失據，而子厚尤不足觀，
> 二人當有愧於斯文也耶？元祐六年六月二十七日。（〈書柳文
> 瓶賦後〉）

> 嶺外俗皆恬殺牛，而海南爲甚。客自高化載牛渡海，百尾
> 一舟，遇風不順，渴饑相倚以死者無數。牛登舟皆哀鳴出
> 涕。既至海南，耕者與屠者常相半。病不飲藥，但殺牛以
> 禱，富者至殺十數牛。死者不復云，幸而不死，即歸德于
> 巫。以巫爲醫，以牛爲藥。間有飲藥者，巫輒云：「神怒，
> 病不可復治。」親戚皆爲卻藥，禁醫不得入門，人、牛皆
> 死而後巳。地產沉水香，香必以牛易之黎。黎人得牛，皆
> 以祭鬼，無脫者。中國人以沉水香供佛，燎帝求福；此皆
> 燒牛肉也，何福之能得，哀哉！予莫能救，故書柳子厚〈牛
> 賦〉以遺瓊州僧道贇，使以曉喻其鄉人之有知者，庶幾其
> 少衰乎？（〈書柳子厚牛賦後〉）

從以上兩條，雖不見蘇軾柳宗元賦作的批評，然而從這樣的題跋
文字，亦可以側面地看出，蘇軾對於唐代辭賦成就極高的柳宗元辭賦
作品，亦有深入的涉獵。

綜而言之，以上文字乃從蘇軾的詩文集中披沙揀金，詳加翻檢
而得，從其評論的作家、作品來看，跨越各個時代的名家名作，有
先秦的辭賦名家屈原、宋玉、荀況；漢代的辭賦大家賈誼、司馬相
如、揚雄；魏晉時期的作家張華、嵇康、陶淵明，選文家蕭統；唐
代辭賦成就極高的柳宗元。時代跨越了先秦至唐代歷朝，作家也都
極具代表性。在這些評論中有褒有貶，屈原、賈誼、陶潛皆能繼承
風騷有爲而作之精神爲蘇軾所贊賞；而司馬相如諂事武帝，諷少勸
多，揚雄摹擬太甚、雕篆艱深則爲蘇軾所貶斥。此外，從蘇軾〈書

文選後〉一文，亦可以看出其對歷代賦家作品均有深入的閱讀與研究，如嵇康〈琴賦〉、宋玉〈高唐神女賦〉等，其中對辭賦的選錄標準、注解、體制亦能提出合理的評論文字。《文選》收錄了歷代辭賦名篇，蘇軾熟讀以賦爲首之《文選》，不難看出蘇軾對歷代賦家作品所下之功夫。從〈與謝民師推官書〉一文中論及揚雄、司馬遷、王逸等人的賦論、賦觀，亦可見蘇軾對歷代賦論、賦觀的熟稔。上述對歷代名家、名作之研讀以及對歷代賦論名家賦觀的熟悉，是爲蘇軾評論之基本素養，他識見廣、用力深，故其批評當自有參考之處，而非粗淺之印象式批評所能比擬。再益以其豐富的辭賦創作經驗，所以他的論賦持論公允，不流於偏狹，多能直指幽微，洞察甘苦，寥寥數語，言中要害，無模糊影響不關痛癢之論，在理論及實踐方面皆具說服力。

二、宋朝作家

蘇軾評論歷朝的作家作品，對於宋朝作家作品也作了不少的評論；他不但對歷代的作家作品提出評論意見，他也爲自己的辭賦創作寫下不少題跋與評論，本節即分自評與評他二大部分來探討蘇軾對宋朝辭賦作家作品的評論，分別敘述如下：

（一）自 評

1. 〈上清詞〉

   嘉祐八年冬，軾佐鳳翔幕，以事□上清太平宮，屢謁眞君，敬撰此詞。仍邀家弟轍同賦。其後廿四年，承事郎薛君紹彭爲監宮，請書此二篇，將刻之石。元祐二年二月廿八日記。（〈書上清詞後〉）

2. 〈後杞菊賦〉

   近有〈後杞菊賦〉一首，寫寄，以當一笑。（〈與寶覺禪老〉三首之一）

3. 前、後〈赤壁賦〉

黃州少西山麓，斗入江中，石色如丹，傳云曹公敗處所謂赤壁者。或曰非也。時曹公敗歸，由華容路，路多泥濘，使老弱先行，踐之而過，曰：「劉備智過人而見事遲。華容夾道皆葭葦，使縱火，則吾無遺類矣。」今赤壁少西對岸，即華容鎮，庶幾是也。然岳州復有華容鎮，不知孰是？元豐六年八月五日。（〈自跋後赤壁賦〉）

元豐甲子，余居黃五稔矣，蓋將終老焉。近有移汝之命，作詩留別雪堂鄰里二三君子。獨潘邠老與弟大觀復求書〈赤壁二賦〉。余欲爲書〈歸去來辭〉，大觀礱石欲並得焉。余性不奈小楷，強應其意。然遲余行數日矣。東坡書。（〈跋自書赤壁二賦及歸去來辭〉）

軾去歲作此賦，未嘗輕出以示人，見者蓋一二人而已。欽之有使至，求近文，遂親書以寄。多難畏事，欽之愛我，必深藏不出也。又有〈後赤壁賦〉，筆倦未能寫，當俟後信。軾白。（〈與欽之一首〉）

朱氏子名照僧。少喪父，與其母尹皆願出家，禮僧守素。守素，參寥弟子也。照僧九歲，舉止如成人，誦予〈赤壁二賦〉，鏘然鶯鶴聲也。不出十年，名冠東南。此參寥法孫，東坡門僧也。（〈朱照僧〉）

爛蒸同州羔，灌以杏酪。食之以匙不以筯。南都撥心麥，作槐芽溫淘，糝以襄邑抹豬。炊共城香稻。吳興庖人，斫松江鱸鱠，繼以廬山王谷水，烹曾坑鬥品。少焉解衣仰臥，使人誦東坡赤壁前後賦，亦足以一快也。（《東坡志林》卷八）

4. 〈清溪詞〉

寓白沙，須接人而行，會合未可期。臨書惘惘。見張公翊，出〈清溪圖〉甚佳。謝生殊可賞，想亦由公指示也。曾與公翊作〈清溪詞〉，熱甚，文多，未暇錄去，後信寄呈也。睿達化去，極可哀，雖末路蹭蹬，使人耿耿，然求此才韻，豈易得哉！雲巢遂成茂草，言之辛酸。後事想公必一一照管也。匆匆，揮汗，不復盡意耳。（〈與王文玉〉十二首之七）

5. 〈黃泥坂詞〉

余在黃州，大醉中作此詞，小兒輩藏去稿，醒後不復見也。前夜與黃魯直、張文潛、晁無咎夜坐。三客翻倒几案，搜索篋笥，偶得知，字半不可讀，以意尋究，乃得其全，文潛喜甚，手錄一本遺余，持元本去。明日得王晉卿書，云：「吾日夕購子書，不厭近。又以三縑博兩紙。子有近書，當稍以遺我，毋多費我絹也。」乃用澄心堂紙、李承晏墨書此遺之。元祐元年十一月二十一日。(〈書黃泥坂詞後〉)

6. 〈延和殿奏新樂賦〉

元祐三年十二月二十八日，上御延和殿，奏端明殿學士范鎮所進新樂，自太中大夫待制以上皆侍時西夏方遣使款延州塞，而邊臣方持其議，相與往返未決也。故進士作〈延和殿奏新樂賦〉、〈款塞來享詩〉云。翰林學士蘇軾記。(〈跋進士題目後〉)

7. 〈洞庭春色賦〉

始，安定郡王以黃柑釀酒，名之曰「洞庭春色」。其猶子德麟，得之以餉余，戲為作賦。後余為中山守，以松節釀酒，復為賦之。以其事同而文類，故錄為一卷。紹聖元年閏四月廿一日，將適嶺表，遇大雨，留襄邑，書此。東坡居士記。(〈自跋洞庭春色賦中山松醪賦〉)

8. 〈中山松醪賦〉

寄惠洞庭珍苞，窮塞所不識，分餉將吏，並戴佳貺也。無以為報，親書〈松醪〉一賦為信，想發一笑也。(〈與錢濟明〉十六首之二)

在定日作〈松醪賦〉一首，今寫寄擇等，庶以發後生妙思，著鞭一躍，當撞破煙樓也。長子邁作吏，頗有父風。二子作詩騷殊勝，呫呫皆有跨竈之興，想季常讀此，捧腹絕倒也。(〈與陳季常〉十六首之十六)

向在中山，創作松醪，有一賦，閑錄呈，以發一笑也。(〈與程正輔〉七十一首之四)

予在資善堂，與吳傳正為世外之遊。及將赴中山，傳正贈

予張遇易水供堂墨一丸而別。紹聖元年閏四月十五日，予趕英州，過韋城，而傳正之甥歐陽思仲在焉，相與談傳正高風，歎息久之。始予嘗作〈洞庭春色賦〉，傳正獨愛重之，求予親書其本。近又作〈中山松醪賦〉，不減前作，獨恨傳正未見。乃取李氏澄心堂紙，杭州程奕鼠須筆，傳正所贈易水供堂墨，錄本以授思仲，使面授傳正，且祝深藏之。傳正平生學道既有得矣，予亦竊聞其一二。今將適嶺表，恨不及一別，故以此賦為贈，而致思於卒章，可以超然想望而常相從也。(〈書松醪賦後〉)

9. 〈天慶觀乳泉賦〉

〈乳泉賦〉切勿示人，切懇！，切懇！(〈與歐陽晦夫一首〉)

10. 六　賦

予中子迨，本相從英州，舟行已至姑熟，而予道貶建昌軍司馬惠州安置，不可復以家行。獨與少子過往，而使迨以家歸陽羨，從長子邁居。迨好學知為楚詞，有世外奇志，故書此六賦以贈其行。紹聖元年六月二十五日，東坡居士書。(〈書六賦後〉)

　　從蘇軾的書信文字中，並未見辭賦理論的建構，然而卻充分流露出他對自己辭賦作品的喜愛和肯定。他往往親自書寫自己的辭賦作品呈錄與知己者，並要對方深藏之；相對的，他的友人也往往喜愛他的作品，或鏗然朗誦其作品，或因喜甚而紛紛向他索取手書，猶有甚者更「將之刻石」。筆者在研究蘇軾辭賦的同時，意外地發現在現存的蘇軾真跡中，竟有不少作品都是辭賦作品的手書，筆者所見有〈昆陽城賦〉、〈赤壁賦〉、〈歸去來兮辭〉、〈中山松醪賦〉、〈洞庭春色賦〉等，此一現象亦側面印證了他的作品受到喜愛而為人深藏至今。今人於研讀蘇軾辭賦之際，藉由手書真跡影本之誦讀，或許更能深觸蘇軾辭賦創作之底蘊。

（二）對其他作家的批評

1. 范景仁

公始以詩賦爲名進士，及爲館閣侍從，以文學稱。雖屢諫
爭及論儲嗣事，朝廷信其忠，然事頗秘，世亦未盡知也。
其後議濮安懿王稱號，守禮不回，而名益重。及論熙寧新
法，與王安石、呂惠卿辯論，至廢黜不用，然後天下翕然
師尊之。……乃罷知諫院，改集賢殿修撰，判流內銓，修
起居注，除知制誥。公雖罷言職，而無歲不言儲嗣事。以
仁宗春秋益高，每因事及之，冀以感動上心。及爲知制誥，
正謝上殿，面論之曰：「陛下許臣今復三年矣，願早定大
計。」明年，又因祫享獻賦以諷。其後韓琦卒定策立英宗。
遷翰林學士充史館修撰，改右諫議大夫。（〈范景仁墓誌銘〉）

從范景仁以詩賦爲名進士的記錄中，可以見出當時以詩賦取士之
考試制度，「詩賦」是當時士子入仕的敲門磚，其重要性不言而喻。
其中「獻賦以諷」深爲蘇軾所許，以此在范景仁的墓誌銘中特書一筆
以誌之。

2. 歐陽修

歐陽子論大道似韓愈，論事似陸贄，記事似司馬遷，詩賦
似李白。（〈六一居士集敘〉）

歐陽修是北宋仁宗年間的文壇領袖，蘇軾即是在嘉祐二年歐陽知
貢舉高中進士。歐陽是北宋文賦之開山領導者，他的文賦作相當具有
代表性，特別是〈秋聲賦〉一篇。蘇軾在〈六一居士集敘〉一文中，
輕描淡繪地以「詩賦似李白」渲染而過，並未對歐陽之辭賦成就或作
品多作敘述。爲此，筆者遍尋蘇軾詩、文集，很可惜查無其他有關於
歐陽修辭賦作品之議論。

3. 司馬光

改太常博士，祠部員外郎，直秘閣、判吏部南曹，遷開封
府推官，賜五品服。交阯貢異獸，謂之麟。公言：「眞僞不
可知，使其眞，非自然而至，不足爲瑞，若僞，爲遠夷笑，
願厚賜其使而還其獸。」因奏賦以諷。（〈司馬溫公行狀〉）

蘇軾強調辭賦的諷喻功能，故屢屢在當時重要人物的墓誌、行狀

中記載「奏賦以諷」，上述已有兩例，足見蘇軾對辭賦諷喻的強調與重視。

4. 蘇　渙

> 天聖中，伯父中都公始舉進士於眉，年二十有三。時進士法寬，未有糊名也。試日，通判殿中丞蔣希魯下堂，觀進士程文，見公所賦，歎其精妙絕倫。曰：「第一人無以易子。」公力自言年少學淺，有父兄在，決不敢當此選。希魯大賢之，曰：「君子成人之美。」乃以為第三。明年登乙科。此則其親書啟事謝希魯者也。公歿後十三年，得之宜興人單君錫家，蓋希魯宜興人也。又八年，乃躬自裝褾，而歸公之第二子子明兄，使寶之以無忘公之盛德云。元豐五年七月十三日，第六姪責授黃州團練副使軾謹誌。(〈題伯父謝啟後〉)

蘇渙是蘇洵的兄長，蘇軾在〈題伯父謝啟後〉中記載其伯父參加科舉考試，因其賦作「精妙絕倫」，而高中進士。慶歷七年（1047），蘇軾年十二歲，其伯父因祖父蘇序卒而歸鄉守制，年幼的二蘇兄弟，曾在這一段期間受教於伯父。二蘇日後亦在弱冠之齡便雙雙高中進士，正是循著蘇渙的步履。

5. 史經臣

> 先友史經臣，字彥輔，眉山人。與先君同舉制策，有名蜀中，世所共知。沅子凝者，其弟也。沅才氣絕人，而薄於德。彥輔才不減沅而篤於節義，博辯能屬文，其〈思子臺賦〉最善，大略言漢武、晉惠天資相去絕遠，至其惑，則漢武與晉惠無異。(〈史經臣兄弟〉)
>
> 子（軾）少時常見彥輔作〈思子臺賦〉，上援秦皇，下逮晉惠，反復哀切，有補於世。蓋記其意而亡其辭，乃命過作補亡之篇，庶幾後之君子，猶得見斯人胸懷之彷彿也。(〈思子臺賦引〉)

蘇軾在〈史經臣兄弟〉中，讚美史彥輔「博辯能屬文」，其作品以〈思子臺賦〉一篇為「最善」，然卻未詳論其所善為何？筆者在蘇

軾〈思子臺賦引〉中，找到蘇軾之所以稱其所「最善」者，乃在於該篇作品讀來「反復哀切，有補於世」。此再次印證蘇軾「言必中當世之過」、「有補於世」的文學主張。爲了讓史彥輔「有補於世」的精神能流傳下去，「記其意而亡其辭」的蘇軾，乃特別命幼子蘇過作補亡之篇，蘇軾之用意可謂至深矣。

6. 文與可

> 余友文與可，非今世之人也，古之人也。其文非今之文也，古之文也。其爲〈超然〉辭，意思蕭散，不復與外物相關，其〈遠游〉、〈大人〉之流乎？（〈書文與可超然臺賦後〉）

> 孰能爲詩與楚詞如與可之婉而清乎？孰能齊寵辱、忘得喪如與可之安而輕乎？（〈祭文與可文〉）

> 軾輒有少懇，托幼安干聞。爲近於守居之東作黃樓，甚宏壯，非復超然之比。曾告公作〈黃樓賦〉，當以拙翰刻石其上。其臨觀境物，可令幼安道其詳，告爲多紀江山之勝，仍不用過有襃譽。（若過譽，僕即難親寫耳，切告。）又有少事，甚是不識好惡，輒附絹四幅去，告爲作竹木、怪石少許，置樓上爲屏風，以爲彭門無窮之奇觀，使來者相傳其上有與可賦、畫，必相繼修葺，則黃樓永遠不壞，而不肖因得掛名，公其忍拒此意乎？見已作記上石。旦夕寄書去。正月中遣人至淮上咨請，幸少留意，不罪，幸甚。軾惶恐。（〈與文與可〉十一首之七）

> 〈黃樓賦〉如已了，望付去人，如未，幸留意！留意！（〈與文與可〉十一首之一）

文與可是著名的畫竹大師，其辭賦作品亦受到蘇軾極爲稱許，贊其作品「清而婉」，有類於楚辭傳統的作品。這樣的作品在蘇軾眼裡如金珠美玉，是可以傳世久遠，永垂不朽的。是以，在書牘之中，蘇軾殷切盼望文與可爲其賦黃樓之情，溢於言表。

7. 邢敦夫

> 邢敦夫自爲童子，所與游皆諸公長者。其志豈獨斳以文稱

而已哉。一日不見，遂與草木俱盡，故魯直、無咎諸人哭
之，皆過時而衰。今觀此文，亦少足慰。舊嘗見江南李泰
伯，自述其文曰：「天將壽我歟？所爲固未足也；不然，斯
亦足以藉手見古人矣。」吾於敦夫亦云。元祐四年四月十
六日。(〈跋邢敦夫南征賦〉)

蘇軾是高度肯定辭賦之文學價值，他給予邢敦夫的〈南征賦〉極
高的評價，邢雖死，而賦長存，其「亦足以藉手見古人矣」。

8. 蘇　轍

子由之文，詞理精確，有不及吾，而體氣高妙，吾所不及。
雖各欲以此自勉，而天資所短，終莫能脫。至于此文，則
精確、高妙，殆兩得之，尤爲可貴也。(〈書子由超然臺賦後〉)
子城之東門，當水之衝，府庫在焉。而地狹不可以爲甕城，
乃大築其門，護以塼石。府有廢廳事，俗傳項籍所作，而
非也。惡其淫名無實，毀之，取其材爲黃樓東門之上。元
豐元年八月癸丑，樓成。九月庚辰，大合樂以落之。始余
欲爲之記，而子由之賦以盡其略矣，乃刻諸石。(〈書子由黃
樓賦後〉)
子由之文實勝僕，而世俗不知，乃以爲不如。其爲人深不
願人知之，其文如其爲人，故汪洋澹泊，有一唱三歎之聲，
而其秀傑之氣，終不可沒。作〈黃樓賦〉，乃稍自振屬，若
欲以警發憒憒者。而或者便謂僕代作，此尤可笑。(〈答張文
潛縣丞書〉)
近見子由作〈墨竹賦〉，意思蕭散，不復在文字畛域中，眞
可以配老筆也。(〈與文與可〉十一首之九)

蘇轍的辭賦作品幾乎都與蘇軾的倡導有關，上述可見蘇軾對其弟
辭賦作品的高度肯定，評〈超然臺賦〉以「精確、高妙」，贊〈黃樓
賦〉以「汪洋澹泊，有一唱三歎之聲」，更美其〈墨竹賦〉，爲「眞可
配老筆」之作。其名篇〈墨竹賦〉更有人以爲乃蘇軾代筆之作，其成
就足以與蘇軾並肩。

9. 米　芾

> 兒子於何處得〈寶月觀賦〉，琅然誦之，老夫臥聽之未半，
> 躍然而起。恨二十年相從，知元章不盡，若此賦，當過古
> 人，不論今世也。天下豈常如我輩憒憒耶！公不久當自有
> 大名，不勞我輩說也。（〈與米元章〉二十八首其二十一）

蘇過隨侍在蘇軾身邊，耳濡目染之下，亦對辭賦產生濃厚興趣。
一日，蘇過朗誦米芾之〈寶月觀賦〉，蘇軾臥聽，因愛其子琅然誦賦，
又喜得佳作一篇，因而「躍然而起」，由此可側見蘇軾對辭賦喜愛之
情。他肯定辭賦之價值，以為米芾因作此賦「不久當自有大名」。

10. 吳芘仲

> 人來，領書，且喜尊體佳勝。并示〈歸鳳賦〉，興寄遠妙，
> 詞亦清麗，玩味爽然。然僕方杜門念咎，不願相知過有粉
> 飾，以重其罪。此賦自別有所寄，則善，不肖決不敢當，
> 幸察之！察之！（〈與吳秀才書〉三首其三）

蘇軾是北宋後期的文壇泰斗，文章一經他品評，價值自然不同。
寫此信時，他雖在貶謫之中，文人士子依然不改對他文學地位的尊
敬。在此信中蘇軾贊美無秀才之〈歸鳳賦〉「興寄遠妙，詞亦清麗」，
不僅內容有所寄托，字辭亦清新秀麗，兼顧了內容與文字修辭，讓人
讀之不厭，「玩味爽然」。

11. 謝民師

> 所示書教及詩賦雜文，觀之熟矣。大略如行雲流水，初無
> 定質，但常行於所當行，常止於所不可不止。文理自然，
> 姿態橫生。「孔子曰：『言之不文，行而不遠。』又曰：「辭
> 達而已矣。」夫言止於達意，即疑若不文，是大不然。求
> 物之妙，如繫風捕影，能使是物了然於心者，蓋千萬人而
> 不一遇也。而況能使了然於口與手者乎？是之謂辭達。辭
> 至於能達，則文不可勝用矣。（〈與謝民師推官書〉）

〈與謝民師推官書〉是蘇軾文學理論一篇重要的著作，是蘇軾對
文學藝術的通論，當然亦包含辭賦作品的要求在內。其要點主要有
二：一是提倡「文理自然，自態橫生」的文風（此在本章理論諸節已

詳及之，此不複重）；二是論及藝術實踐的問題，他認為文藝創作不僅要認識和把握事物的本質和特徵，使之「了然於心」，做到「胸有成竹」，而且還要「了然於口與手」，即用純熟的藝術技巧和恰當的文辭將它表達出來。蘇軾在辭賦的學習上，能轉益多師，刻苦學習，其辭賦創作無論是騷體、駢賦、律賦、文賦，都能用純熟的表達，而取得極高之成就，可見蘇軾對辭賦的學習和創作，正是此一主張的具體實踐。

12. 李邦直

世之所樂，吾亦樂之，子由其能獨免乎？以為徹弦而聽鳴琴，卻酒而御芳茶，猶未離乎聲，味也。是故即世之所樂，而得超然，此古之達者所難，吾與子由其敢謂能爾矣乎？邦直之言，可謂善自持者矣。(〈書李邦直超然臺賦後〉)

　　蘇軾在密州修建超然臺成，諸多友朋在蘇軾的邀約下，均為賦以賀其臺成，李邦直是其中之一。從中可見蘇軾在提倡辭賦創作上之貢獻。

13. 鮮于子駿

鮮于子駿作楚詞〈九誦〉以示軾，軾讀之茫然而思，喟然而嘆，曰：「嗟呼，此聲不作也久矣，雖欲作之，而聽者誰乎？……今子駿獨行吟坐思，寤寐於千載之上，追古屈原、宋玉，友其人於冥冥，續微學之將墜，可謂至矣。而覽者不知其甚貴，蓋亦無足怪者。彼必嘗從事於此，而後知其難且工。其不學者，以為苟然而已。」(〈書鮮于子駿楚詞後〉)

　　蘇軾在〈書鮮于子駿楚詞後〉中，感歎辭賦佳作難得，更慨歎能欣賞辭賦的人亦不多矣。蘇軾以得鮮于子駿這一匹在辭賦創作上的千里馬為喜，評其作品可「追古屈原、宋玉」﹝註35﹞；其中更隱約可見他自負為能識千里馬的伯樂。

14. 秦　觀

─────────────

﹝註35﹞ 李頎《古今詩話‧鮮于子駿楚詞》：「東坡稱鮮于子駿所作〈九誦〉，以為有屈、宋之風，至〈八詠〉，自謂欲作不及。」

> 我坐黃樓上，欲作黃樓詩。忽得故人書，中有黃樓詞。……
> 我詩無傑句，萬景驕莫隨。夫子獨何妙，雨雹散雷椎。雄
> 辭雜今古、中有屈宋姿。（〈太虛以黃樓賦見寄、作詩爲謝〉）

　　秦觀是蘇門四學士之一，見蘇軾於徐州，爲賦黃樓，蘇軾以爲有
屈宋才。〈黃樓賦〉以極簡煉之語概述徐州地理形勢和歷史文化，即
轉入對黃樓的描寫，以贊美蘇軾善處苦逸、損悲自達的境界。蘇軾受
賦後，非常欣喜，作詩答謝。蘇軾既將秦觀此作與自己欲作而未及作
成的〈黃樓詩〉對比，自謙難以摹寫黃樓壯麗的景象；又盛贊秦觀此
作的高妙之處，一是在於富有激情，氣勢磅礴，像一面打雷一面下著
冰雹；二是在於用傳統騷體反映現實，帶有屈原、宋玉的作風。秦觀
以黃樓一賦，在文學史上贏得具有屈宋之才的美譽。蘇軾對秦觀獎掖
有加，四學士之中最爲蘇軾愛重。

15. 毛　滂

> 秋興之作，追配騷人矣，不肖何足以窺其粗。遇不遇固自
> 有定數，向非厄窮無聊，何以發此奇思以自表於世耶？敬
> 佩來貺，傳之知音，感愧之極。數日適苦癰嗽，殆不可堪，
> 強作報，滅裂。死罪！死罪！（〈答毛澤民〉七首其六）
> 翰林學士朝奉郎知制誥兼侍讀臣蘇軾。右臣伏睹新授饒州
> 司法參軍毛滂，文詞雅儛，有超世之韻，氣節端麗，無徇
> 人之意。及臣嘗見其所作文論騷詞，與聞其議論，皆於時
> 可用。今保舉堪充文章典麗可備著述科。如蒙朝廷擢用後，
> 不如所舉，甘伏朝典，不辭。謹錄奏。（〈薦毛滂狀〉）

　　屈騷的抒情言志傳統精神是蘇軾極爲肯定的，並且經常以此標
準來評論當時的辭賦作品。蘇軾以毛滂「秋興之作，追配騷人矣」，
而肯定其作品。並以其所作文論騷辭，「皆於時可用」，而薦舉毛滂。
可見蘇軾於辭賦可謂兼重文學抒情言志功能，以及社會實用功能。

16. 劉夢得

> 某見寓監司行館，下臨二江，有樓，劉夢得〈楚望賦〉句
> 句是也。瘴癘雖薄有，然不惡，與小兒不曾病也。（〈答張文

潛〉四首之一）

體物寫志，是辭賦較早的表現方式，蘇軾除了高度肯定言志功能之外，對於賦作的體物功能，亦持客觀肯定態度。劉夢得〈楚望賦〉，描寫黃州監司行館江樓之景，句句如實，亦爲蘇軾所稱許。

17. 李方叔

> 惠示古賦近詩，詞氣卓越，意趣不凡，甚可喜也。但微傷冗，後當稍收斂之，今未可也。足下之文，正如川之方增，當極其所至，霜降水落，自見涯涘，然不可不知也。……深不願人造作言語，務相粉飾。（〈答李方叔書〉）

蘇軾於時人後學的評論多爲獎披鼓勵之詞，有時蘇軾亦會爲後學提出缺失及改進之意見。在〈答李方叔書〉中，蘇軾先贊其「詞氣卓越，意趣不凡」，然後提出其「微傷冗」，要其「稍收斂之」。蘇軾雖指出其疵病，然措辭委婉，深怕打擊其信心，於李方叔可謂愛護有加。蘇軾爲文反艱深，提倡平易之文風，在這封書信亦可見此觀念，他語重心長地強調：「深不願人造作言語，務相粉飾」。

18. 董 傳

> 其文字蕭然有出塵之姿，至詩與楚詞，則求之於世可與傳比者，不過數人。此固不待軾言，公自知之。（〈上韓魏公一首〉）

董傳以其文字有「出塵之姿」，所作辭賦又過人，是以蘇軾特別推薦給韓魏公，可見辭賦在當時仍爲文人所看重，辭賦是評價一個士子的重要指標之一。

19. 朱伯元

> 軾啓。盛製〈東都賦〉，舊于范子功處得本，諸公傳玩，幾至成誦，非獨不肖區區仰服也。示喻欲令作跋尾，謹當如教，顧安能爲左右輕重耶！適苦冗迫，少暇當作致之。（〈與朱伯元〉二首其一）

蘇軾不僅熟獨歷代辭賦之作品，連同一時代的優秀作品都再三閱讀，甚而「幾至成誦」。因爲他在文壇上的地位崇高，同時代的辭賦作家以作品能得到蘇軾的序跋爲榮，以上可見一斑。

20. 晁載之

> 晁君〔註36〕騷辭，細看甚奇麗，信其家多異材耶？然有少
> 意，欲魯直以己意微箴之。凡人文字，當務使平和，至足
> 之餘，溢爲奇怪，蓋出於不得已也。晁文奇麗似差早，然
> 不可直云爾。非謂避諱也，恐傷其邁往之氣。當爲朋友講
> 磨之語乃宜，不知以爲然否？（〈與黃魯直〉五首之二）

　　蘇軾論文雖標舉「清新」，然而卻反對「務新」，反對刻意求新，
陷入求深務奇的境地。而晁君騷辭所犯正是刻意求奇之弊病，離自然
溢爲奇麗的境界還差很遠。有鑑於此，基於對後生的愛護及指導，蘇
軾希望與晁君輩份相近的黃庭堅要略盡勸諫之義，蘇軾於後生晁君可
謂愛之深矣！

21. 蘇 迨

> 子中子迨，本相從英州，舟行已至姑熟，而予道貶建昌軍
> 司馬惠州安置，不可復以家行。獨與少子過往，而使迨以
> 家歸陽羨，從長子邁居。迨好學知爲楚詞，有世外奇志，
> 故書此六賦以贈其行。紹聖元年六月二十五日，東坡居士
> 書。（〈書六賦後〉）

　　蘇迨是蘇軾次子，在蘇軾的影響下，亦「好學知爲楚詞」。紹聖
元年，時局大變，蘇軾在赴英州的途中，被追貶建昌軍司馬會州安置，
蘇迨不便一同前往惠州，蘇軾書六賦令其返歸常州。當蘇軾預感到更
大的人生災難降臨之際，他著意對賦的表彰以及對用賦寫志的重視。
抄六賦以遣蘇迨辭親之行，顯然有其特殊用意〔註37〕。蘇軾深得古人
「會須作賦，始成大才士」〔註38〕之思致，治賦精思竭慮，一生學力，

〔註36〕蘇軾〈與黃魯直書〉中所論「晁君騷辭」之「晁君」，據南京大學周
　　　　小兵考辨得知爲晁載之伯宇，而並非一般人所熟悉的晁補之。詳文
　　　　請見周小兵，〈蘇軾書簡中所論「晁君騷辭」之「晁君」考辨〉，《古
　　　　籍整理研究學刊》，2001 年，第二期，頁 25。

〔註37〕參楊勝寬，〈筆勢彷彿〈離騷〉經──東坡賦考論〉，《中國古代‧近
　　　　代文學研究》，1994 年六期，頁 244。

〔註38〕見唐‧李延壽撰，《北史‧魏收傳》，台北：台灣商務印書館，1988 年，

盡見於此。「古人一生之志，往往於賦寓之。」〔註39〕蘇軾藉著書寫自己的六篇賦作爲遠別之禮，無非是希望蘇迨能從中體會其父的情感和精神，以面臨、消解眼前的苦難。

22. 蘇　過

> 近者戲作凌雲賦、筆勢彷彿離騷經。(〈游羅浮山一首示兒子過〉)
> 予（軾）少時常見彥輔作〈思子臺賦〉，上援秦皇，下逮晉惠，反復哀切，有補於世。蓋記其意而亡其辭，乃命過作補亡之篇，庶幾後之君子，猶得見斯人胸懷之彷彿也。(〈思子臺賦〉引)

蘇過是蘇軾幼子，長年陪侍在蘇軾身邊，他跟隨父親南遷惠州，甚至渡海至海南島。在惠州時，蘇軾以其〈凌雲賦〉筆勢近騷而感到欣慰。此外，蘇過的〈颶風賦〉、〈思子臺賦〉亦膾炙人口〔註40〕，清‧浦銑《復小齋賦話》云：「坡公之有斜川（蘇過），人豔稱之，而集不傳，唯傳其〈颶風〉、〈思子臺〉二賦。」〔註41〕這兩篇作品都是蘇軾命蘇過作，因賦作表現不凡，極似乃父文風，因而被誤入蘇軾文集中，其賦作亦因此而得傳世。

蘇軾對於同時代辭賦家作品的批評，大部份是出自與同僚、師友間的題跋及書牘往來。瀏覽以上的評論文字，可見蘇軾對於同代作家的批評是褒多貶少，明顯地看出他獎掖後進的心意。在看蘇軾實際批評時，應注意到這一點，才不失客觀的立場。爲何蘇軾對於同僚師友間的批評多帶有鼓勵的性質？此乃東坡是當時文壇的領袖，爲了獎掖後進，提攜晚輩，這是可以同情瞭解的。在這些評論中，蘇軾對同時代的人有類於楚辭傳統的作品都給予極高的評價，

列傳第四十四，頁 829。

〔註39〕見清‧劉熙載，《藝概‧賦概》，台北：華正書局，1988 年，頁 96。

〔註40〕李調元節錄《古賦辯體》云：「蘇過，字叔黨。以文章馳名，時號「小東坡」。過嶺作〈颶風賦〉，尤爲人膾炙。」見詹杭倫、沈時蓉校證，《雨村賦話校證》，1992 年，頁 205。

〔註41〕見何沛雄編，《賦話六種》，香港：三聯書店，1982 年，頁 53。

如贊文與可之〈超然臺賦〉「意思蕭散」爲「〈遠游〉之流」；稱鮮于子駿楚詞〈九誦〉「追古屈原、宋玉」；贊毛滂之〈秋興賦〉有「奇思」足以「追配騷人」矣。對於史彥輔〈思子臺賦〉「反復哀切，有補於世」的賦作給予高度地肯定；對於晁載之所作騷辭有「求奇」之病，則委婉地提出針砭。這些都是其賦學理論落實於實際批評，正可兩相照映。從以上論列之文字，亦可以看出蘇軾喜愛辭賦作品及肯定辭賦之價值。蘇軾在密州築超然臺、在徐州建黃樓，建築之同時，即再三邀約文與可、子由、秦觀、李邦直等爲賦以記其事，由此不難窺見蘇軾對辭賦作品的喜愛；其中尤以臥聽兒子蘇過朗誦米芾〈寶月觀賦〉，躍然而起的描寫最爲生動傳神。另從〈跋邢敦夫南征賦〉中，提及邢雖死，而其賦留傳人間，不僅可以稍慰生者，亦足以藉手見古人矣；盛贊米芾之賦作，並預言「公不久當自有大名，不勞我輩說也」，十分高度地肯定辭賦作品之價值。蘇軾是深入研究辭賦的創作，在對後學弟子所爲辭賦之嘉許中，反映東坡自己於賦學下過苦心，否則是難以成爲其它辭賦作者的知音，甚且是推許其作品的伯樂！就是因爲蘇軾有深厚的賦學根柢，因此他的辭賦作品及辭賦評論，才眞值吾人去深究探討。

綜上所述，蘇軾不僅在辭賦創作實踐上成就卓著，而且在批評理論上有著很多重要的建樹。蘇軾雖無一本理論專著，但其批評觀點散見於詩文、序跋、書信等作品之中，數量可觀。本文完成蘇軾相關賦觀見解的蒐集整理，將散在其詩文、書牘、題跋的賦觀，作一系統、條理的分析。蘇軾是一位大文學家，他的賦學理論承先啓後，他主張「以詩賦取士」，繼承了詩騷的諷諭精神，強調辭賦要有爲而作，重視內容的實用性，然而又不局限於傳統的儒道。他的辭賦創作除了原有的儒家「美刺」精神的作品外，更多的是自己的心情思想的呈現。他除了重視辭賦的實用性之外，更強調辭賦創作應有的藝術創造和藝術風格。他崇尚自然，強調一種天才洋溢、自得天成的創作個性，而反對雕琢摹擬、刻鏤組繡，以及迂怪艱僻的文

風。對語言文辭的創作要求，蘇軾主張平易、通達中顯出豐富、多樣，而反對尚奇獵險、艱深詭澀的文字。在風格上力主多樣化，反對拘守成法、摹擬學步，特別強調清新、創造，主張風格的多樣性、隨物賦形、姿態橫生的文風。對於古今辭賦作家的評論，蘇軾稱心而言，認爲好的就肯定，認爲壞的就批評，有自己的見地，精闢的分析，不屈從他人的成說，因此我們能夠看到他的很多創見，都是比較客觀、公允的立論，而非拘泥、偏激、或雷同的陋說。蘇軾的這些理論與批評的意見，對於當時的種種文弊，無不具有針砭作用，對後世也都產生很大的啓發作用。從以上論述中可以看出，蘇軾的辭賦理論材料豐富，具有很高的價值，的確實是亟待整理和研究的寶貴文學資產。

第五章　蘇軾辭賦分期析論

　　劉熙載《藝概・賦概》：「古人一生之志，往往於賦寓之。《史記》、《漢書》之例，賦可以載入列傳，所以使讀其賦者即知其人也。」〔註1〕通過賦，我們可以看到賦家的文才學識，也可以看出他的心理情感。蘇軾深得古人「會須作賦，始成大才士」〔註2〕之思致，治賦精思竭慮，一生學力，盡見於此。然而，在以往的蘇軾研究工作中，蘇軾的辭賦創作一直沒有引起我們足夠的注意。就現存的賦二十九篇作品來看，從數量上看，雖然辭賦在蘇軾全部創作中比重不大，但是對于研究蘇軾一生坎坷不平的歷程和與這一歷程相始終的思想發展變化，它們所涉及的創作時間之長和思想範圍之廣，都足以表明，它們是研究蘇軾思想非常重要的第一手資料。

　　本章將依其創作時間及政治背景，分仁宗嘉祐中舉初仕時期（1059～1063）、神宗熙寧外任知州時期（1075～1078）、神宗元豐貶謫黃州時期（1082～1083）、哲宗元祐在京侍君時期（1086～1089）、哲宗元祐出入京師時期（1091～1093）、哲宗元符流放海南時期（1098～1099）六個小節，來析論蘇軾各個時期辭賦作品中的情感思想。對於蘇軾辭賦作中內容、情感、思想的探討，之前的研究者多採逐篇分

〔註1〕見清・劉熙載，《藝概・賦概》，頁96。
〔註2〕見唐・李延壽撰，《北史・魏收傳》，列傳第四十四，頁829。

析討論，如陳韻竹《歐陽修蘇軾辭賦之比較研究》、朴孝錫《蘇軾辭賦研究》，本文將在此研究基礎之上，用比較廣角的視野、作主題式的綜合討論，與前賢採用不同的研究方法，無非是希望在前人的基礎上，進一步地去統整、綜合，以呈現蘇軾的辭賦創作在各個不同時期、不同政治身分所呈現出多元複雜的情感思想。

第一節　仁宗嘉祐中舉初仕時期（1059～1063）

一、辭賦作品

　　蘇軾辭賦現存最早的作品是作於宋仁宗嘉祐四年（1059）的〈灩澦堆賦〉，時年二十四。蘇軾創作辭賦，自不應自二十四歲才開始。他在〈答任師中、家漢公〉云：「我時年尚幼，作賦慕相如」，早在他幼年時期就已習作辭賦，並在弱冠之年藉賦作通過禮部考試及皇帝御試而取得進士資格，其中嘉祐二年（1057）御試的試題之一〈民監賦〉猶可考，然蘇軾當年應試之作已佚，並未收入集中，殊為可惜。

　　仁宗嘉祐年間，自蘇軾服完母喪返京至初任鳳翔期間，蘇軾的辭賦作品有〈灩澦堆賦〉、〈屈原廟賦〉、〈昆陽城賦〉、〈上清詞〉四篇，前三篇作於自蜀返京的水陸途中，最後一篇作於鳳翔任上，列表如下：

紀　　　年	蘇軾生平出處	蘇軾辭賦作品
仁宗 嘉祐元年丙申 （1056）	二十一歲，三月，隨父赴京。八月，考舉人於京師，牓出，公第二。	
嘉祐二年丁酉 （1057）	二十二歲，赴試禮部，奏名居第二。御試中乙科。四月，奔蜀國夫人程氏喪還蜀。	〈民監賦〉（已佚）
嘉祐三年戊戌 （1058）	二十三歲，先生居憂。	

嘉祐四年己亥 （1059）	二十四歲，秋七月，免喪。九月，侍宮師自蜀還朝，舟行適楚，凡六十日，過郡十一，縣二十有六。十二月八日抵江陵驛，留荊度歲。長子邁生。	〈灩澦堆賦〉 〈屈原廟賦〉
嘉祐五年庚子 （1060）	二十五歲，正月，自荊門出陸，經宜城、襄、鄧、唐、許諸州。三月抵京師。授河南府福昌主簿，不赴。五月，王安石召入爲三司度支判官。上萬言書，言治財之道，此其變法之始也。	〈昆陽城賦〉
嘉祐六年辛丑 （1061）	二十六歲。七月，秘閣試六論合格。八月，赴崇政殿對制策，入第三等。授大理評事，簽書鳳翔府簽判。冬，赴鳳翔任。	
嘉祐七年壬寅 （1062）	二十七歲，先生在鳳翔，督運南山木筏，赴轄屬各縣決囚。	
嘉祐八年癸卯 （1063）	二十八歲，先生在鳳翔。三月二十九日英宗皇帝即位。	〈上清詞〉
英宗 治平元年甲辰 （1064）	二十九歲，先生在鳳翔。十二月，磨勘轉殿中丞。冬，任滿還京。	

二、背景簡述

　　嘉祐元年（1056）三月，蘇軾告別了母親與妻子，與弟弟蘇轍跟隨父親，經閬中出褒斜谷，入鳳翔驛，過長安，五月到達京城汴梁，準備參加進士考試。八月，二蘇順利通過初步的舉人考試。嘉祐二年（1057）二蘇接連通過了正月的禮部考試及三月的仁宗御試，兄弟同科進士及第。五月，正當三蘇父子名動京師之時，忽然噩耗傳來，程夫人已於四月病故於家鄉，變出不意，他們倉促離京，日夜兼程趕回家中。

　　時光荏苒，嘉祐四年（1059）十月，蘇軾兄弟守喪期滿，蘇洵亦連續接獲朝廷詔命，三蘇父子於是舉家遷往京城。他們乘船從眉州出發，先至嘉州，入嘉陵江，過犍爲縣、敘州、宜賓縣、瀘州、重慶府、

涪州、忠州、武寧縣、萬州、夔州、巫山縣、歸州、巴東縣、峽州、夷陵縣，於十二月八日抵達荊州。這一路上，他們飽覽了岷江和長江沿岸的山水風光和賢人遺跡，三蘇父子在舟中各有吟詠，後來他們將途中所作詩文匯集爲《南行前集》。此集中蘇軾的辭賦作品有〈灩澦堆賦〉、〈屈原廟賦〉，一作於泊舟瞿塘峽口，一作於歸州屈原廟。蘇洵父子在荊州度歲，正月五日，他們由荊州陸行經宜城、南陽、襄陽、鄧州、唐州、葉縣、許州、洧川縣、尉氏縣，經過一個多月的陸行，在嘉祐五年（1060）二月中旬抵達汴京。後來他們把荊州至京師途中所作詩文匯爲《南行後集》。〈昆陽城賦〉便是蘇軾陸路經過葉縣古戰場有感而作。

此次回京的路程，主要有水路、陸路前後兩線，沿途的山光水色、悠久豐富的人文掌故，爲蘇軾的辭賦創作提供了創作素材。蘇軾〈南行前集敘〉云：

> 己亥之歲，侍行適楚，舟中無事，博弈飲酒，非所以爲閨門之歡。山川之秀美，風俗之朴陋，賢人君子之遺跡，與凡耳目之所接者，雜然有觸於中，而發於詠歎。蓋家君之作，與弟轍之文皆在，凡一百篇，謂之《南行集》。將以識一時之事，爲他日之所尋繹，且以爲得於談笑之間，而非勉強所爲之文也。時十二月八日，江陵驛書。

這些作品皆是行旅中，有感而發，非勉強爲之的作品，這與他的辭賦理論是相符的。其中，〈灩澦堆賦〉摹寫了經歷瞿塘峽口的山水景觀，蘇軾泊舟於此，目擊江流與灩澦堆相碰，白浪滔天的景象，驚駭而作此賦。他以生動的形象，淋漓酣暢的筆墨，寫出了灩澦堆壯觀澎湃之勢，同時抒發了他「用危而求安」福禍相依的思想。而〈屈原廟賦〉、〈昆陽城賦〉便記敘了與經歷之地有關的人文掌故。蘇軾「因地及史」，對古人古事進行直接的議論和評價，從而鮮明地表現思想傾向，具有濃厚的抒情色彩。〈屈原廟賦〉由瞻故里而憶生平，充分表現了對屈原的理解、懷念和仰慕之情；〈昆陽城賦〉簡煉而生動地描繪了

昆陽之戰，歌頌了劉秀的智勇，鞭笞了王莽集團的腐朽無能，並對嚴尤的長才暗投，表示惋惜。

　　抵達汴京之後，蘇軾被任爲河南府福昌主簿，然未赴任。嘉祐六年（1061）經歐陽修的推薦參加了才識兼茂的制科考試，得仁宗的賞識，評爲第三等（一、二等爲虛設）。不久，朝廷告下，任蘇軾爲將仕郎大理評事、簽書鳳翔府節度判官廳公事，正式展開他的政治生涯。蘇軾懷著「致君堯舜」（〈沁園春・赴密州，早行，馬上寄子由。〉）的理想踏上征途，他在鳳翔期間曾多次出訪各縣減決囚犯，並著手修訂衙規，使「衙前之害減半」；由於鳳翔頻年大旱，蘇軾屢次前往太白山上清宮祈雨，他總是極其虔誠地履行求雨的職責，這期間他寫出了一篇篇情詞懇切與祈雨有關的文章，如〈鳳翔太白山祁雨祝文〉、〈乞封太白山神狀〉、〈告封太白山明應公祝文〉、〈太白山神記〉、〈太白詞〉〔註3〕。〈上清詞〉也是這一系列政治活動作品之一。蘇軾〈書上清詞後〉云：「嘉祐八年冬，軾佐鳳翔幕，以事○（缺字疑爲「至」字）上清太平宮，屢謁眞君，敬撰此詞。」此文先寫「得道神君」憑虛御風，遨遊宇宙，造境杳邈，構思靈幻；繼寫人間妖精肆虐，神君銜命除患，運筆神奇，寄意飄逸；再以「忽窅寐以有得兮，敢沐浴而獻辭。是耶非耶，臣不可得而知也。」一語點綴，文氣驟轉，理趣邐現。要之，這些辭賦作品，內容豐富，敘述行程、反映現實，並抒發情感，結合議論，景、情、理奇妙結合，蘇軾少作之功力可見一斑。

三、主題思想

（一）積極進取的仕進精神

　　蘇軾回京途中所作的三篇賦作，和初仕簽判鳳翔所作的〈上清

〔註3〕〈太白詞〉五首，乃蘇軾代太守宋選作也。此詞乃迎送神辭，表答祀者感恩之心，一篇五章，分別從神將駕、神在塗、神既至、神欲還、神之去五章描寫，文章奔馳想像，彷彿若見神之來去，頗有《楚辭・九歌》之餘韻。

詞〉，充滿了青年蘇軾豪情萬丈的理想和初入仕途積極進取的精神。
嘉祐二年（1057），蘇軾高中進士，名滿京師，正欲大展宏圖之時，
卻因母親程氏病逝而歸蜀服喪。嘉祐四年（1059）十月蘇軾守制期滿，
以新科進士的身分，躊躇滿志地隨父偕弟取長江水道北上回京注官。
此時的蘇軾對政治前程懷抱著無比的熱忱與信心，嶄新寬廣的仕宦生
涯即將在眼前展開，燦爛輝煌的前景等待他去建立。就這樣他懷著樂
觀、興奮的心情，在回京路途上，沿途盤桓，欣賞名山大川，了解風
土民情，瞻仰先賢遺蹟，有觸於中，而發為詠歎。

　　船行至瞿塘峽口，蘇軾目睹「天下之至險」的灩澦堆，俯視「喧
豗震掉，盡力以與石鬥，勃乎若萬騎之西來」的江水，心潮澎湃，因
而寫下〈灩澦堆賦〉。灩澦堆是江峽航運的一大障礙，船到這裡，稍
一不慎則觸礁沉沒。歷來描寫灩澦堆的作品，大多驚歎於山陡浪險，
令人喪魂。李白〈長干行〉云：「十六君遠行，瞿塘灩澦堆，五月不
可觸，猿聲天上哀。」說明了灩澦之險阻。而年輕的蘇軾卻以獨有的
豪氣和奔放的熱情觀察「嶮悍可畏」江水的來龍去脈，發出異人之語：
「以余觀之，蓋有功於斯人者」。他以為灩澦堆「孤城當道」般的阻
滯，浩汗瀰漫的江水才「矢盡劍折兮，迤邐循城而東去。於是滔滔汨
汨，相與入峽，安行而不敢怒。」在這裡，蘇軾對灩澦堆的贊頌，言
外之意是對中流砥柱的贊頌，表現了他對力排眾說，獨立不移精神的
仰慕。蘇軾生活在北宋仁宗、英宗、神宗、哲宗、徽宗五朝，正是政
局多變，黨爭不斷的時代。他一生既不能見容於元豐，也不得志於元
祐，夾在王安石派和司馬光派之間，一生道路坎坷不平。在政治的險
惡風浪裡，蘇軾的內心一直保有昂揚向上的精神。灩澦堆所表現的孤
城不摧的精神氣勢，不正是蘇軾這一中流砥柱的另一投射。此外，他
從江水經流灩澦這種化險為夷的自然現象，體察到人生物理中一個重
要哲理，即安與危的關係：「物固有以安而生變兮，亦有以用危而求
安」，像灩澦堆這樣在激烈的戰鬥中得到保存，在險惡的環境中得以
自立，也是自然界存在的一種形態。如果能夠把這個道理廣而推之，

世間一切事物難道不是這樣嗎？「禍兮福所倚，福兮禍所伏」，福與禍相互倚伏，安與危也是相反相成的。這充分顯示了青年蘇軾那種敢於迎接挑戰，敢於搏擊風雲，在艱難險阻中創造人生輝煌的氣魄。蘇軾一生長履至危之地而不懼，在徐州時率民抗洪，立朝時經常犯顏直諫，都和這種精神有關。

　　船過三峽，經過歸州屈原廟，蘇軾又寫了〈屈原廟賦〉。這篇賦作是蘇子與屈原靈魂的對話，表現出蘇軾對屈原深切的同情和尊敬，然而，作品後部在對屈原表示歉惋之時，也對屈原的人生態度和結局表示了不完全贊同之意，對生命價值有著深沉的反思。可以說，蘇軾對屈原其人的淑世精神，以死明志的風操，在青少年時代就有了深刻的認識和理解。在賦中，蘇軾對屈原在政治上的不幸遭遇，寄與滿腔的同情：「伊昔放逐兮，渡江濤而南遷。去家千里兮，生無所歸而死無以為墳。悲夫！人固有一死兮，處死之為難。徘徊江上欲去而未決兮，俯千仞之驚湍。賦〈懷沙〉以自傷兮，嗟子獨何以為心。」寥寥數筆，把屈原臨終前行吟澤畔的孤寂苦悶，以及對故國魂縈魄繞而又不得不死以殉國的悲壯情景，刻畫得形神兼備、真摯動人。接著，他對屈原的高風亮節給予了熱烈地贊頌：「自子之逝今千載兮，世愈狹而難存。賢者畏譏而改度兮，隨俗變化斷方以為圓。黽勉於亂世而不能去兮，又或為之臣佐。變丹青於玉瑩兮，彼乃謂子為非智。惟高節之不可以企及兮，宜夫人之不吾與。違國去俗死而不顧兮，豈不足以免於後世。」所謂「非智」，是說屈原的投江自沉不太明智；「彼」似乎是指漢代揚雄、班固等人，他們對屈原的死都有所非議。既然如此，屈原之死的價值何在？蘇軾因此陷入苦苦思索之中。揚雄曾寫有〈反離騷〉、〈廣騷〉等賦，一方面肯定屈子高尚品質，對其不幸遭遇深表同情，對黑暗勢力表示強烈憤慨；但另一方面卻又批評屈原不能隱德，未能全身遠害，對屈原投江自沉很不理解。蘇軾寫〈屈原廟賦〉批評揚雄的觀點，重申屈原志向，他認為屈原既可以「高舉而遠遊」，也能「退默而深居」，而屈原卻不如此，是因為屈原為了國家的生存，

選擇了以死相諫的方式，對屈原自沉作了高度評價。宋・朱熹不贊成宋代散文大師的「以文爲賦」，而肯定蘇軾的〈屈原廟賦〉能闡發屈原的心志〔註4〕。蘇軾正是在人品上把屈原當作不可企及的楷模，爲屈原的精神所激勵，所以，無論在順境中或在逆境中，都能堅持操守。清・王文誥云：「公（蘇軾）正道而行，竭智盡忠，讒人間之，困慮折辱，而其詩上溯唐虞，下逮齊魯，明道德之廣崇，嫻治亂之條貫，參窮達之理，與靈均信一致矣。」〔註5〕正如屈原當年忠而遭讒，見嫉奸佞，憂思絕望而死一樣，蘇軾在此後的仕途生涯和人生浮沉中所經歷的一切，恰恰是乖忤世俗，不容於群小，受盡囹圄和流放之苦。正如後世有目共睹的，蘇軾一生立身行事，光明磊落，氣節凜然，不與群小同流合污，不愧爲千載之下的屈原知音，不枉他在步入人生的急風驟雨之際，面對屈原遺宮，對這位先賢的深切悲憫和崇高敬意〔註6〕。蘇軾在〈屈原廟賦〉中，並沒有停留於景仰和贊頌，而是反觀現實吐露了惋惜和困惑：「自子之逝今千載兮，世愈狹而難存。賢者畏讒而改度兮，隨俗變化斲方以爲圓。」顯然，屈原悲壯的死並沒有喚醒世道人心。社會上趨炎附勢、隨波逐流、投機取巧的醜惡現象依然盛行，這是令人悲哀的。在蘇軾看來，「君子之道，豈必全兮。全身遠害，亦或然兮。嗟子區區，獨爲其難兮。雖不適中，要以爲賢兮。夫我何悲，子所安兮。」這裡，蘇軾肯定了屈原的自沉汨羅不失爲「賢」，即高尚、剛烈之舉，並飽含深情地祝福屈原靈魂安息。但是，蘇軾又感到屈原的作法未免「區區」和「不適中」，即過於執著、激烈，不夠灑脫、豁達，在景仰中又有所保留。這種態度一方面反映了

〔註4〕宋・朱熹《楚辭集注・楚辭後語・服胡麻賦》：「國朝文明之盛，前世莫及。自歐陽文忠公、南豐曾公鞏、與公三人，相繼迭起，各以其文擅名當世。然皆傑然自爲一代之文，于楚人之賦有未數數然者。獨公自蜀而東，道出屈原祠下，嘗爲之賦，以詆揚雄而申原志。」
〔註5〕見清・王文誥，《蘇文忠公詩編註集成・自序》，冊一。
〔註6〕參楊勝寬，〈筆勢彷彿《離騷》經——東坡賦考論〉，《中國古代・近代文學研究》，1994年六期，頁243。

當時的蘇軾涉世未深、血氣方剛，對世道的險惡、官場的黑暗以及志士君子處「亂世」的艱難尚缺乏痛切的體驗；另一方面也反映了蘇軾獨有的氣度、識見和與眾不同的生命價值取向——珍惜生命、直面災難、隨遇而安，與社會黑暗勢力靈活周旋，追求「全身遠害」的人生境界〔註7〕。蘇軾徘徊於屈原廟前，思索著生命的價值和人生的意義，蘇軾之所以為曠達樂觀、吟嘯徐行的蘇軾，不同於屈原形容憔悴、悲吟澤畔的人格型態，早在二十四歲青年的作品中，展現出來。所以，蘇軾早年這篇篇幅不長的〈屈原廟賦〉，似乎已經向我們透示了他一生行事的信息、他生命的選擇和軌跡，對於我們全面認識蘇軾的思想和創作是大有裨益的。

　　昆陽城是西漢末年，劉秀以少勝多，戰敗王莽的古戰場。蘇軾這次離川返京，途經這裡，便為賦抒懷。這是一篇憑弔懷古之作，宋‧吳子良《荊溪林下偶語》稱讚此賦云：「詞人即事睹景，懷古思舊，感慨悲吟，情不能已。今舉其最工者，如……東坡〈昆陽城賦〉：『橫門豁以四達，故道宛其未改。彼野人之何知，方傴僂而畦菜。』……蓋人已逝而迹猶存，迹雖存而景隨變。〈古今詞〉云，語言百出，究其意趣，大概不越諸此。而近世傚倣尤多，遂成塵腐，亦不足貴矣。」〔註8〕此賦字面上雖然稱頌劉秀的歷史功績：「嗟夫，昆陽之戰，屠百萬於斯須，曠千古而一快。」對劉秀孤軍奮戰、以少勝多的壯烈場面也作了生動描寫：「忽千騎之獨出，犯初鋒於未艾。始憑軾而大笑，旋棄鼓而投械。紛紛籍籍死於溝壑者，不知其何人。」但創作本意卻是思考昆陽之戰成敗的深層原因，王莽為什麼會遭到這樣的慘敗呢？就是王莽軍的用人不當：「豈豪傑之能得，盡市井之無賴。貢符獻瑞一朝而成群兮，紛就死之何怪。」王莽糾集一批市井無賴之徒為其黨羽，義軍一起，便一觸即潰，紛紛就死。

〔註7〕參王許林，〈與屈原的靈魂對話：景仰與沉思——讀蘇軾的〈屈原廟賦〉〉，《名作欣賞》，頁30～33。

〔註8〕見宋‧吳子良，《荊溪林下偶語》，台北：新興書局，1988年，頁1519。

文章最後，蘇軾特別提到王莽軍中精通兵法的將軍嚴尤：「獨悲傷於嚴生，懷長才而自浼」，對嚴尤的長才暗投寄以無限感慨，如此人才竟錯誤地爲王莽助力，落得身敗名裂的下場。這實際上也是告誡自己，在人生的道路上既要「懷長才」，又要「投明主」，方能建功立業，名垂青史。所以，蘇軾在賦的結尾說：「過故城而一弔，增志士之永慨。」這裡的「志士」就是蘇軾自己，他憑弔古老的戰場，追慕漢光武的功業，聯想自己剛剛入仕，壯志待酬，不禁發出渴望建功立業的長嘆〔註9〕。

　　〈上清詞〉則是蘇軾踏入仕途後的第一首辭賦作品。蘇軾懷著火熱理想踏上征途，他一到鳳翔便有所建樹，他修改衙規，從此衙前之害減少一半。蘇軾在鳳翔期間，曾幾度遇到嚴重的旱情，每當旱季來臨，憂心如焚的蘇軾，總是極其虔誠地履行求雨的職責。〈上清詞〉是以宮命名的一篇辭作。上清宮位在太白山，蘇軾多次前往太白山祈雨，每到太白山就一定參訪上清宮，於是寫下這篇〈上清詞〉。此文運筆神奇，構思靈幻，發揮極度想像，表面看似寫「得道神君」來去之瘑寐之詞；其中蘇軾著意敘寫人間妖精肆虐，造成民間流血滂沛、瘑癘之疾、蟘蟲之害、淫雨旱災……等各種災害，然後寫「帝側之神君」見民間疾苦，將災情上報「閔人世兮迫隘，陳下土兮帝所哀」，然後「銜帝命以下討」，爲民間除患，「澤充塞於四海兮」。此篇寄意飄遠，詞中所描寫的神君，不正是蘇軾現實生活的寫照，他一上任，便發現一項亟待改革的弊政——衙前，他實際到地方訪查衙前之害，並上書反映此一差役制度「破蕩民業」（〈鳳翔到任謝執政啓〉），貽害無窮，希望引起中央高度重視。在稟明上司後，他著手修改衙規，收效顯著，眞救生民於水火。清·王文誥《蘇詩總案》便詳載此舉：「關中自元昊叛命，人貧役重。岐下歲以南山木枋自渭入河，經砥柱之險，衙前以破產者相繼也。公遍問老校曰：『木枋之害，本不至此，若河

〔註9〕參李博，〈蘇賦簡論〉，《東坡研究論叢》，蘇軾研究學會編，成都：四川文藝出版社，1986年，頁135。

渭未漲，操枘者以時進止，可無重費也。患其乘河渭之暴，多方害之耳。』公即修衙規，使衙前得自擇水工，枘行無虞，乃言於宋選，使的係籍於府。自是衙前之害減半矣。」此後他在任職期間到各屬縣減決囚禁、率吏卒救火、至太白山祈雨、多次上書為鳳翔百姓爭取權益⋯⋯等，亦可謂救生靈於塗炭，活百姓於水火，其所作所為不正是效法「神君」之作為。蘇軾為百姓造福的愛民仁政思想，積極任事的仕進精神，於焉可見。

　　要以言之，這四首辭賦作品，作者當時的身分是年輕的新科進士以及初次踏上政途的新秀，從作品中均透露出蘇軾早期在政治上的勃勃雄心和樂觀、自信、豪邁奔放的氣質精神，儒家仁政愛民、積極入世的思想，是這一時期蘇軾情感思想的主流。

（二）不與人同的獨立思考

　　蘇軾一生政治遭遇，大起大落，幾起幾落，最主要的原因就是他不隨流俗，堅持自我，他不師隨新黨王安石、舊黨司馬光的政治見解，所以既不能見容於元豐，也不得志於元祐；在文學藝術方面，他亦反對與人雷同，而主「自成一家」，無論是詩、詞、文、賦、書法、繪畫，在他手中皆能開創新局。究其源本，乃是他在思想方面有著不與人同的獨立思考，而這一思想特色，在年輕蘇軾的辭賦作品就已充分展現出來。

　　〈灩澦堆賦〉開篇敘文便云：「世以瞿塘峽口灩澦堆為天下之至險，凡覆舟者，皆歸咎於此石。以余觀之，蓋有功於斯人者。」蘇軾用「世」、「凡」、「皆」全稱肯定的敘述，說明凡人舉世對險悍灩澦堆江水的看法，然而蘇軾卻一反其意，肯定了灩澦堆「有功於斯人者」的作用，使人耳目一新。蘇軾言論與世人不同，是由於他看問題與世人的角度不同。他自信自己的看法是有道理的，是經得起推敲的，所以他為灩澦堆作賦，「以待好事者，試觀而思之」。這篇賦不惟構思新異，更表現了蘇軾不盲從他人，敢於獨標新見的精神，這種精神在他青年時就具備了，這是可貴的。

　　對屈原的推崇及對楚辭崇高的評價，自司馬遷之後，蘇軾是引人注目的一家。屈原的歷史地位，《史記‧屈原列傳》給予極高評價；然而好景不長，先是揚雄譏之以身殉國爲不智，班固則責之以「露才揚己」。自揚、班之後，變本加厲，隋唐儒道及古文體之提倡者，更有指斥屈原及其創作爲離經叛道之禍首。針對前人對屈原的批評，蘇軾〈屈原廟賦〉，憑弔屈原之沉江，承繼了歷來文人對屈原表達同情、景仰之情，但如果僅僅停留在對屈原的同情、景仰或贊頌之上，則似乎並未跳出一般文人的創作窠臼。蘇軾的出奇制勝之處，在於他以特有的評說歷史的氣度和悲天憫人的情懷，與屈原的靈魂展開對話，對他的投江自沉及其引發的生命價值和意義問題，作了進一步反思和深層次的探索。卒章云：「嗟子區區，獨爲其難兮。雖不適中，要以爲賢兮。」蘇軾這一獨到新見，晁補之評〈屈原廟賦〉，以爲「漢以來原之論定於此矣」。祝堯《古賦辯體》卷八評曰：「雖不規則於楚辭之步驟，中間描寫原心，如親見之；末意更高，眞能發前人所未發。」李調元引祝堯之意評此賦：「如危峰特立，有嶄然之勢」。〔註10〕

　　〈昆陽城賦〉按題名來看是一篇都邑賦。漢大賦中的都城宮殿賦，都以詳盡地描寫宮殿的宏麗特徵。蘇軾此賦不是從局部到總體對昆陽城作詳盡的描繪，他對都城的建築不作任何描繪，而是另闢蹊徑，即事睹景，懷古思舊，從而引出後半篇的抒情和議論，由於他不循舊章，新意獨造，而被評爲「最工」。

　　此時的蘇軾，尚是一個初出茅廬的新科進士，對生命的意義和人生的道路還在探索之中，然而從這些作品中，可以看出他能獨立思考，並勇於獨標新見的精神，此外，他更有超人的氣度與千載的歷史偉人對話，胸襟不凡，更能發人所未發，敢於評論歷史人物，其新見因而成爲定評。除了辭賦創作的思想內容，善察物理，新意迭出之外，

〔註10〕清‧李調元《賦話》云：「兩蘇皆有〈屈原廟賦〉，宋祝堯夫謂大蘇賦如危峰特立，有嶄然之勢；小蘇賦如深溪不測，有淵然之光。」

這時期的辭賦體制亦有所新創，〈灩澦堆賦〉是蘇軾辭賦作品中現存最早的一篇作品，而這第一篇便是新的體裁──文賦，這篇賦散文化、平易化的情形已十分鮮明，這是難能可貴的。因為在此之前蘇軾的作品應該都是為參加科舉考試所習作的律賦，這些作品很可惜都沒有保存下來。很顯然，律賦程式化、格律化的諸多限制，不為蘇軾所樂用，而改以靈動、自由的散文手法來寫賦，為僵化老朽的賦體注入新基因，使賦體又獲一新生的機會。又如「問對」是辭賦貫用的手法，〈屈原賦〉中蘇子與屈原靈魂之對話，栩栩如生，躍然紙上，這樣的問對，遠勝於傳統子虛、烏有僵硬的體式，亦足見蘇軾之匠心獨具。關於蘇軾對賦體的改造，將在下一章有詳細的析論，容待後述。今稍稍提及，是為說明其不與人同的獨立思考精神，在改造賦體的工程裡，亦發揮顯著的效用。

第二節　神宗熙寧外任知州時期（1075～1078）

一、辭賦作品

宋神宗熙寧年間，自蘇軾服完父喪返京至貶謫黃州之前，蘇軾的辭賦作品有〈後杞菊賦〉、〈服胡麻賦〉、〈快哉此風賦〉三篇，前兩篇作於密州知州任上，後一篇作於徐州知州任上，列表如下：

紀　　　年	蘇 軾 生 平 出 處	蘇 軾 辭 賦 作 品
神宗 熙寧元年戊申 （1068）	三十三歲，居喪。七月，除宮師喪。十月，娶王閏之為繼室，閏之為亡妻之堂妹。	
熙寧二年己酉 （1069）	三十四歲，春，至京師。二月，以王安石參知政事，開始變法。安石素惡東坡議論異己，東坡以殿中丞直史館抑置官告院。	
熙寧三年庚戌 （1070）	三十五歲，在京師，判官告院。	

熙寧四年辛亥 （1071）	三十六歲，判官告院，兼判尚書祠部。全面批評新法。王安石大怒，先生乞外任避之，除通判杭州。十一月，到杭州。	
熙寧五年壬子 （1072）	三十七歲，在杭州通判任。是時四方行青苗法等，東坡常因法以便民。	
熙寧六年癸丑 （1073）	三十八歲，在杭州通判任。協助知州陳述古修復錢塘六井。冬，赴常、潤等地賑災。	
熙寧七年甲寅 （1074）	三十九歲，在杭州通判任。四月，王安石罷相。九月，先生知密州。十一月，到任。	
熙寧八年乙卯 （1075）	四十歲，在密州任。二月，王安石復相。十一月，葺園北舊臺，登眺其上，蘇轍名其臺曰超然，作〈超然臺賦〉。	〈後杞菊賦〉
熙寧九年丙辰 （1076）	四十一歲，在密州任。十月，王安石再次罷相，從此閒居金陵。十二月，以祠部員外郎直史館，移知河中府。	〈服胡麻賦〉
熙寧十年丁巳 （1077）	四十二歲，二月，抵陳橋驛，告下，改知徐州，不得入國門。是年徐州水患大作，先生率軍民防洪，治水有功，朝廷降詔獎諭。	
元豐元年戊午 （1078）	四十三歲，在徐州任。九月九日，先生大合樂於黃樓，以蘇轍黃樓賦刻石，先生書其後。	〈快哉此風賦〉

二、背景簡述

宋英宗治平元年（1064）冬，蘇軾鳳翔任滿還京，旋奉詔命，差判登聞鼓院。英宗在藩邸，久聞蘇軾文名，便欲循唐朝的先例，特命召入翰林知制誥，宰相韓琦以為蘇軾年少資淺，未經試用，不可驟與侍從之職，最後決定依照一般通例，召試學士院。試二論，入三等，除直史館。蘇軾返京不久，不幸之事接踵而至，先是妻子病逝，不久父親蘇洵亦與世長辭，蘇軾依禮又再次返鄉守制。

　　宋神宗熙寧元年（1068），父喪期滿，蘇軾第三次前往京師。熙寧二年（1069）二月，回到京城註官，差判官告院。這時朝廷政局已經發生了很大的變化，時「王安石已專政，呂惠卿、曾布疊為謀主，盡變宋成法，以亂天下。正儇少競進之日，群小得志之秋也」〔註11〕。神宗即位後，頗想有所作為，認為天下之弊事不可不革，理財為當今急務。熙寧二年，以王安石為參知政事，開始變法。王安石因為討厭蘇軾的政治主張歷來與己不同，故任以殿中丞、直史館、判官告院。這是一個閒差，無事可做。熙寧四年（1071），王安石準備變科舉、興學校。神宗對此有些懷疑，徵詢意見，蘇軾就寫了〈議學校貢舉狀〉，表示反對。王安石主張廢除詩賦明經考試，改以經義、策論取士。蘇軾認為根本問題不在於考試制度，而在於朝廷的用人是否得當。神宗對蘇軾的意見很重視，安石之黨皆不悅，遂命蘇軾權開封府推官，將以多事困之。然蘇軾決斷精明，聲聞益遠。正好這年的元宵節，神宗下令減價收買浙燈四千盞。蘇軾又寫了〈諫買浙燈狀〉，反對神宗「以耳目不急之玩，而奪其口體必用之資」，神宗立即採納了蘇軾的意見，停止減價買燈。蘇軾為神宗的「改過不吝，從善如流」所鼓舞，同年二、三月又分別寫了〈上神宗皇帝書〉和〈再上皇帝書〉，對王安石的變法作了全面的批評。他要求盡快廢除新政，他說：「今日之政，小用則小敗，大用則大敗，若力行而不已，則大亂隨之。」蘇軾如此全面地非難新法，當時又剛好詔舉諫官，翰林學士兼侍讀范鎮舉蘇軾應詔，安石驚恐，因此促使變法派非趕他走不可。安石遂派姻親御史雜事謝景溫誣奏蘇軾，說他在蘇洵去世時，扶喪返川時，曾沿途販賣私鹽、蘇木與瓷器，然實無其事，窮治無所得。蘇軾深感人心險惡，亦不自辯，他再也不願待在這是非之地，於是上書請求外任。熙寧四年（1071）六月，以太常博士直史館通判杭州。七月，蘇軾出京，先赴陳州，與蘇轍

〔註11〕見清・王文誥，《蘇文忠公詩編註集成・總案》，冊一，卷六，頁601～602。

相聚七十餘日。十一月底，到杭州任。熙寧七年（1074）九月，三年將任滿時，以蘇轍在濟南，求爲東州守，他在九月底離杭，十一月至知密州任。

密州位於山東半島，地處偏僻荒涼，蝗旱之災持續不斷地困擾著這貧瘠的土地，人民在無衣無食的苦難中，孱弱者拋兒棄女，強悍者挺而走險，身爲地方父母官，蘇軾經常「灑淚巡城拾棄孩，磨刀入谷追窮寇」（〈次韻劉貢父李公擇見寄二首〉）。方到任二月，他便接連上書，爲民請命。先有〈上韓丞相論災傷手實書〉，然後又有〈論河北京東盜賊狀〉，如實反映密州旱蝗的嚴重情況，憂民之心歷歷可見。蘇軾因攻新法被出，他早就知道新法不可行，到地方任官後偏要他在第一線親自推行新法，這是何等荒謬的命運。此時，目睹窮苦百姓在天災與虐政的夾擊下無以爲生的慘狀，心情十分悲憤。一方面，對於新法中他認爲有害無益的，便拒不執行，認爲尚可接受的，便參量短長，「因法以便民」〔註12〕；另一方面，對於人民的苦難，他無法視而不見，隱忍不言，和在杭州一樣，他情不自禁地拿起了筆，寫了不少感歎時事難任、諷刺新法的詩文。正如蘇轍〈亡兄子瞻端明墓誌銘〉云：「公既被外，見事有不便于民者，不敢言，亦不敢默視也。緣詩人之義，托事以諷，庶幾有補於國。」〈後杞菊賦〉便是在這樣的背景下完成的，文章辛辣地表達了蘇軾對新法害民的憤慨，這篇作品日後亦成爲政敵置他於死地的把柄。蘇軾補外期間思想亦發生了變化，這時的東坡不再像簽判鳳翔時對未來充滿樂觀和自信，如今，眼看理想之光已暗淡，他的心中充滿了與時不諧、壯志難酬的鬱悶。這段期間他的思想明顯地從儒家慢慢轉向道家，《莊子》的順應自然，樂天安命以及齊物思想，讓他從情緒的低谷走了出來，〈超然臺記〉、〈蓋公堂記〉都明顯有道家思想的印記，其中〈服胡麻賦〉便是道家養生思想的體現。

〔註12〕見宋・蘇轍撰，陳宏天、高秀芳校點，《蘇轍集・欒城後集・亡兄子瞻端明墓誌銘》，冊三，頁1120。

　　熙寧九年（1076）十一月，蘇軾以祠部員外郎直史館移知河中府，遂罷密州任。熙寧十年（1077）二月，二蘇復會於澶濮之間，他們相約赴河中，於是先同至京師，但剛抵陳橋驛，告下，蘇軾以尚書祠部員外郎直史館徙知徐州軍州事，不得入國門。本來蘇軾是想藉著易置輔相的機會，回京任職，不料卻遭小人橫阻，至陳橋門爲使者所阻，不但沒能回京任官，連國門都不得入。蘇軾到徐州任不久，徐州就因黃河決堤，遭遇一次重大的水災。蘇軾因爲修城捍水有功，朝廷特降敕獎諭，贊揚他：「親率官吏，驅督兵夫，救護城壁，一城生齒並倉庫廬舍，得免漂沒之害。」（〈獎諭敕記〉）並賜錢發粟，批准他修建外堤木岸的計畫。在徐州外城堤岸功成之後，爲紀念徐州防洪勝利，蘇軾在徐州城東門建了一座高樓，這樓閣全用黃土刷牆，取五行中土能剋水之意，所以取名爲「黃樓」。

　　元豐二年（1079）三月，告下，蘇軾以祠部員外郎直史館知湖州軍州事。蘇軾曾救活一州生齒，父老們感念他的功蹟：「前年無使君，魚鱉化兒童」（〈罷徐州，往南京，馬上走筆寄子由五首〉其二），在他要離開的時候，夾道扳援，歌管淒咽，有的人「洗盞拜馬前，請壽使君公」，蘇軾則安慰他們說，人生如寄，別離隨處都有，不應爲我淚流滿面，更何況我又無恩於你們，詩云：「水來非吾過，去亦非吾功」，蘇軾這種灑脫率眞的性格及功成不居的精神，眞是令人激賞！

三、主題思想

（一）外任生活的真實呈現

　　〈後杞菊賦〉、〈服胡麻賦〉、〈快哉此風賦〉這三篇作品側面地記載了蘇軾在密州、徐州擔任知州的生活實況，〈後杞菊賦〉是蘇軾任密州太守時作的，密州地處膠西，僻野簡陋，環境雖然不好，可是爲了與蘇轍相近，蘇軾卻無怨無悔，「自錢塘移守膠西，釋舟楫之安而服車馬之勞，去雕牆之美而庇采椽之居，背湖山之觀而適桑麻之野」（〈超然臺記〉），毅然請調密州，蘇軾對蘇轍的情義由此可知。蘇軾

一到密州，地方連年蝗旱，「天上無雨，地上無麥」（〈論河北京東盜賊狀〉），百姓苦於饑病之中，「東南至於江海，西北被於河漢，饑饉疾疫，靡有遺矣」（〈密州祭常山文〉），連知州和通判也只能吃枸杞和菊花飽腹，他在〈後杞菊賦〉敘云：「余仕宦十有九年，家日益貧，衣食之奉，殆不如昔者。及移守膠西，意且一飽，而齋廚索然，不堪其憂。日與通守劉君廷式，循古城廢圃，求杞菊食之，捫腹而笑。」賦敘說明了他在密州任上過著食杞菊的清貧生活。賦文則採用假設問答的方式構篇，道出自己生活的褊迫，他「朝衙達午，夕坐過酉」，十分勤於政事，自己的飲食菲薄，「齋廚索然」，「曾杯酒之不設，攬草木以誑口」，食杞菊以充饑，儼然是一幅貧官坐堂圖。

〈服胡麻賦〉則是此段期間，蘇軾與其弟蘇轍議論藥食的生活實錄。賦敘云：「始余嘗服伏苓，久之良有益也。夢道士謂余：『伏苓燥，當雜胡麻食之。』夢中問道士：『何者為胡麻？』道士言：『脂麻是也。』既而讀《本草》，云：『胡麻，一名狗蝨，一名方莖，黑者為巨勝。其油正可作食。』則胡麻之為脂麻，信矣。又云：『性與伏苓相宜。』於是始異斯夢，方將以其說食之。而子由賦伏苓以示余。乃作〈服胡麻賦〉以答之。」二蘇昆仲，文學相近，互相提攜促進，兄唱則弟和，弟作則兄酬，詩文唱和終其一生，文學史上亦鮮有其例。兄弟情誼如雨露般滋潤著他們的文學創作，二蘇自束髮受教於雙親，便常時賡續唱和；稍早有舟行適楚，集途中所作唱和詩、文、賦為《南行集》；蘇軾任鳳翔簽判，蘇轍在京侍父，兄弟唱和不斷，於是有《岐梁唱和詩集》；此後歷經顯達與顛沛仍唱和不輟。此時，蘇轍先倡之以〈服伏苓賦〉，蘇軾繼之和以〈服胡麻賦〉，側面地反映了他們行之一生詩文唱和的生活片段。

〈快哉此風賦〉則是作於徐州任上，時蘇軾為徐州守，他喜與文士交遊，一日登樓燕集，與僚屬吳琯（彥律）、舒煥（堯文）、鄭僅（彥能）分韻賦「快哉此風」，其中舒堯文為徐州教授、吳彥律監徐州酒稅、鄭彥能徐州人，這篇賦凸顯出辭賦的社交作用，見出蘇軾與僚屬

燕集唱和酬答的活動。本篇顯然是應酬遊戲之作的律賦，律賦例有八韻，四人合作，蘇軾分得兩韻，蓋得第一韻及第五韻，是以此賦蘇軾僅有四分之一的著作權。蘇軾在他的分韻中充分展現了他的才學，在臨場應酬的創作中，大量採用了「風」的典故，有宋玉〈風賦〉、《春秋》六鶂退飛過宋都、劉邦〈大風歌〉、莊子〈齊物論〉等，典故聯駢出現，左旋右抽，運用自如，讀完不能不令人贊嘆作者的知識之廣博，文才之敏捷。

（二）託事以諷的寫實精神

蘇軾在密州眼見盡是天災人禍、饑寒疾苦，他到任二十餘日便上書論蝗害，並乞減秋稅，以資救濟，並極論手實法之酷、方田均稅法之患、京東河北鹽權之害。他積極地請求救援，面對這樣的困境，他不禁提起手中的筆，寫下了帶有譏諷性質的〈後杞菊賦〉。以嚴肅的態度對社會的黑暗現象進行揶揄諷刺，是我國古典文學的優良傳統。賦從產生之日起就與諷諭的目的相連，這篇〈後杞菊賦〉便是以自嘲自解的方式，在嬉笑怒罵中予以嘲諷，間接揭露了百姓在新法下的悲慘處境。程章燦云：「中國文學家有自我解嘲的習慣，因為自嘲可以排除心理危機，重建心理平衡，在傳統士大夫的情感建構中，有顯著的作用。在詩賦作品中，這種自嘲往往與幽默滑稽的風格糅合在一起。東方朔的〈答客難〉開創了對問賦作中的自嘲傳統，對後來影響甚大。後來，在西漢哀帝時代，揚雄就徑自以〈解嘲〉來命名他模擬〈答客難〉的那篇作品，再往後，從班固〈答賓戲〉，……直到唐代韓愈〈進學解〉，歷代對問體作品幾乎都沿襲了這個最初的自嘲的路數，而風格也幾乎都是表面輕鬆詼諧、實則犀利深刻這一路。」〔註13〕蘇軾此賦正是順著這一傳統而作，在自嘲、自解的路徑下，表面出之以輕鬆詼諧、實則犀利深刻地非諷了新法讓官員、人民生活陷於困厄之境。表面上看此賦，似乎是蘇軾埋怨官越做越窮，只得吃枸杞

〔註13〕見程章燦，《漢賦攬勝》，上海：上海古籍出版社，1995 年，頁 77～78。

和菊花誆肚的牢騷之作。但細讀蘇賦，研究一下有關資料，就會發現它是一篇諷刺時政的作品〔註14〕。它清新活潑，風趣地向逼著人吃草木的「新法」進攻。牢騷看似發自個人，觸及的卻是治國裕民的大道理。蘇軾在此不是抒一己嚙食草木的苦情，而是一吐萬民嗷嗷瀕死的憤懣。嚙食草木梗葉的社會，當然是一個痛苦的社會，太守通判尚且如此，何論平民！在賦中他自嘲自諷，自寬自解，調之以超逸，飾之以大笑。然而嬉笑的面具下，蘇軾憂民的神情，昭然若揭。

　　蘇軾論文主張「言必中當世之過」、「有補於國」，他的創作中始終堅持自己的主張，總要把自己認為的「當世之過」頑強地揭露出來，蘇轍說他：「初公既補外，見有事不便民者，不敢言亦不敢莫視也，緣詩人之意，托事以諷，庶幾有補於國。言者從而媒孽之。」這篇作品題材雖小，但作者卻是有所寄托的，而並非信筆遊戲，不是為詠物而詠物，而是把自己的體會添加進作品裡，深深地同情民生疾苦，辛辣地揭諷新法的不當，在思想內容方面具有強烈的現實性，也因此成為政敵在「烏臺詩案」中羅織入獄的「罪證」。

（三）曠達性格的表露展現

　　蘇軾在這近千年的歷史洪流裡，始終為人所欣賞，除了他全能的文藝創作外，最關鍵的是他樂觀曠達的精神性格。而這一精神性格的形成顯然與他的學思涵養以及人生政治道路密切相關。蘇軾少時在道觀受學，幼年讀《莊子》便有「深得我心」之嘆，但畢竟未歷世事，沒有切身的體會。然而這年少的思想根基，在後來現實政治的詭譎詐變中，轉化成透徹的智慧。本來以新科進士初入仕途的蘇軾充滿著積極進取的雄心壯志，「當時共客長安，似二陸初來俱少年。有筆頭千字，胸中萬卷，致君堯舜，此事何難！」（〈沁園春‧赴密州，早行，馬上寄子由。〉）在遭誣陷自請外任後，他的心境便有所轉變，「世路

〔註14〕《詩案‧與王詵往來詩賦》：「〈杞菊賦〉一首并引，不合云『及移守膠西，意且一飽，而始至之日，齋廚索然，不堪其憂。』，以譏諷朝廷新法減削公使錢太甚，廚傳事皆索然無備也。」

無窮，勞生有限，似此區區常鮮歡」。此次踏上密州征途的心情是淒涼寂寞、鬱鬱寡歡的，由於與新法派政見不合而受排斥，他只好遠離京城，原本他的理想是「致君堯舜」，如今卻發現此事真難，如今只能「閑處看」，這對於「奮厲有當世之志」的蘇軾來說，是痛苦不堪的。於是他的思想便有了微妙的轉變，儒家的奮厲思想不得遂，一度讓他苦於現實的政治困境中。在密州蘇軾滿懷著現實的苦惱重溫道家富有啓示性的哲學道理，他深切地體會出唯有在心靈上、在精神上不依賴於任何外在的條件，純任自然，才能打開一條精神上的出路，從而超越生死、貴賤、貧富、得失。就這樣蘇軾很快便從情緒的低谷走了出來，他志於人世，卻又超然物外，所以他能自嘲也能解嘲。〈後杞菊賦〉用極富幽默感的問對口吻，來表現作者安貧樂道的思想，蘇軾在自嘲後，自我解嘲道：「先生聽然而笑曰：『人生一世，如屈伸肘。何者爲貧？何者爲富？何者爲美？何者爲陋？』……」這笑，這回答，如清風明月一樣坦然寧靜，人生的一切不過如肘臂的一屈一伸那麼平常，又有什麼值得計較的。緊接著連續使用兩對意義相反的典故：「或糠覈而瓠肥，或粱肉而墨瘦。何侯方丈，庾郎三九。較豐約於夢寐，卒同歸於一朽。」寫晉人王萬食糠而肥愈甚；曹植吃粱肉而黑瘦。晉人何曾日食萬錢，猶無下箸處；齊人庾杲之清貧，食惟三韭。各自形成對照，對仗極工，使全賦進入寫意的高潮，指出最後都是一朽的命運。莊子的齊物論給蘇軾智慧和力量，使他不以莊語，笑傲人生。他在密州並不以食杞菊爲苦，這段期間他也學起了道家的服食養生，然而蘇軾並不盲從世間人「搜掘異物」、「以致神仙」，從〈服胡麻賦〉中亦可以看出他取道家思想的精華，道出世人常犯「道在近而求諸遠」的繆誤，蘇軾以爲「是身如雲」，要排除無窮的物慾，才能超然物外，擺脫一切得失的桎梏。能夠體認此一道理，就不用遠求「山苗野草」以致「槁死空山」；只要心靈自由、不物於物，則天地間的精氣孕育的草木，即便是近在身邊的「胡麻」，一樣能「補填骨髓，流髮膚兮」，取用來滋補生命。正是這燕處超然的東坡，在齋廚索然，日食枸杞、

菊花、伏苓與胡麻的密州時日裡，才「處之期年，而貌加豐，髮之白者，日以反黑」（〈超然臺記〉）。他整修重建了超然臺，在「雨雪之朝，風月之夕」，放意肆志，縱情山水，正如他自己所說：「吾安往而不樂？」蘇軾之所以能如此，究其源本，不正是有一顆樂觀曠達的主體心。

要之，這一時期的賦作流露出他深受莊子思想的影響。人生旅途上層出不窮的苦難和不順，在他沮喪抑鬱的時候，他漸漸地學會自我排解，他不怨天尤人，亦不消極自沉，而是坦然地面對命運中的挑戰，談笑自若。綜觀他的一生，此次補外時期，只能算是生命的小小不如意而已，而此一不如意時期，他心靈、精神上的自我調適，正好成了即將面臨像烏臺詩案九死一生般的重大挫折的心理準備。因此，可以說這一時期正是他超然物外、曠達自適思想性格形成的萌芽階段。

第三節　神宗元豐貶謫黃州時期（1082～1083）

一、辭賦作品

　　宋神宗元豐年間，謫黃州期間，蘇軾的辭賦作品先後有〈黃泥坂詞〉、〈赤壁賦〉、〈後赤壁賦〉、〈酒隱賦〉四篇，列表如下：

紀　　年	蘇軾生平出處	蘇軾辭賦作品
神宗 元豐二年己未 （1079）	四十四歲，在徐州任。二月，先生罷徐州，改知湖州。四月二十日，到湖州任。十二月二十八日，責授檢校尚書員外郎，充黃州團練副使，本州安置，不得簽書公事。	
元豐三年庚申 （1080）	四十五歲。二月一日到黃州貶所，寓居定惠院，閉門卻掃。五月二十九日，遷居臨皋亭。	
元豐四年辛酉 （1081）	四十六歲，在黃州。二月，故人馬正卿，憐先生貧困，為請城東故營地數十畝，躬耕其中。	

元豐五年壬戌 （1082）	四十七歲，在黃州。寓居臨皋亭，就東坡築雪堂，自號東坡居士。	〈黃泥坂詞〉 〈赤壁賦〉 〈後赤壁賦〉
元豐六年癸亥 （1083）	四十八歲，在黃州。六月，南堂成。十月十二日，夜過承天寺訪張夢得，相與步月。	〈酒隱賦〉
元豐七年甲子 （1084）	四十九歲，在黃州。正月移汝州團練副使，本州安置。四月，自黃移汝。九月，買田宜興，上乞常州居住表。十二月抵泗州，在泗州渡歲。	

二、背景簡述

　　熙寧九年（1076），王安石罷相以後，變法與反變法的嚴肅政治鬥爭，逐步演變成統治集團互相傾軋報復的混亂局面，朝廷的政治鬥爭日愈激烈。元豐二年（1079）三月，告下，蘇軾以祠部員外郎直史館知湖州軍州事。新黨為了鞏固王安石去位後力量已顯薄弱的政權，他們便開始打擊保守派的潛在勢力，徹底摧毀他們重登政壇的機會，才大名大的蘇軾便因此成了他們攻擊的目標，從此成為黨、政鬥爭下的首號犧牲品。神宗熙寧、元豐年間，因實行新法，天下紛擾，人民未蒙其利，先受其害。蘇軾忠君愛民，在朝極言直諫，指陳時弊，絲毫不畏懼新黨的權勢氣燄；及至不容於朝，外放守郡，更是關心民瘼，興除利害，因法以便民，且「復作為詩文，寓物托諷，庶幾流傳上達，感悟聖意」（〈乞郡箚子〉）〔註15〕。蘇軾在四月二十日到湖州任，以李定為首的臺諫官們，便祖述沈括，有計畫地、集體地、密集地攻擊陷害蘇軾，他們搜集了蘇軾諷刺新法的詩句，以謗訕君上、愚弄朝廷、譏切時事，加以彈劾，欲置蘇軾於死地。最初神宗不願追究，但在御史眾口一詞、連章彈劾的圍攻之下，神宗只好命令御史臺派人把蘇軾

〔註15〕見劉師昭明，〈東坡在黃州〉，《國文天地》，1988 年 9 月，四卷，
　　　　四期，頁 52。

逮捕入京審問。蘇軾在七月二十八日被捕，八月十八日入獄，這就是有名的「烏臺詩案」。案情久而不決，由於多方的營救，再加上神宗亦無深罪之意，最後才於同年十二月二十九日定案。詩案最後以蘇軾責授檢校尚書水部員外郎，充黃州團練副使，本州安置，不得簽書公事。雖然「烏臺詩案」牽連很廣，但新黨小人欲誅蘇軾和盡陷賢良於法的狠毒用心終未實現。

　　蘇軾歷經了九死一生的詩案來到黃州貶所，此時他的身份、生活和思想情感都起了極大的變化。首先，是他的身份和之前判若雲泥，蘇軾當年以榜眼登進士第，又以最高等通過制舉考試，自此以後，名動京師，文名遠播。他先後赴鳳翔簽判及杭州通判，又歷任密州、徐州、湖州三郡太守。王安石罷相後，蘇軾可望重新起用，不料竟遭冤獄，幾近於死。出獄後，被貶為黃州團練副使，本州安置，不得簽書公事。在黃州的蘇軾是一位貶謫官，毫無實權，又不能擅離貶所。此乃蘇軾仕途轉入逆境之開始，也是他人生最失意苦悶的一個時期。他的生活也因此改變，到黃州他先是寓居在定惠院裡，過著閉門卻掃的閉塞生活，他在〈與王定國書〉道出這樣的生活實境：「某寓一僧舍，隨僧蔬食，甚自幸也。感恩念咎之外，不曾看謁人。所云出入，蓋往村寺沐浴，及尋溪傍谷釣魚採藥，聊以自娛耳。」稍稍適應了黃州的生活後，他常自放於山水之間，以尋求解脫：「得罪以來，深自閉塞，扁舟草履，放浪山水間，與漁樵雜處，往往為醉人所推罵，輒自喜漸不為人識。」（〈答李端叔書〉）或日以把盞為樂，藉酒來為苦悶的靈魂找到永恆的依歸。大自然和酒，是蘇軾驚魂甫定的療傷劑；也是他文學創作的催化劑。蘇軾才情豐贍，文采流風，素有雄視百代之譽，而其中最富盛名者，莫過於前、後〈赤壁賦〉，從此時的文學作品，可以明顯地看出他的思想情感上的重大轉變。原本具有崇高政治理想，抱持「致君堯舜，此事何難」（〈沁園春·赴密州，早行，馬上寄子由。〉）胸懷大志的蘇軾，如今被貶謫到黃州，「君門深九重」（〈寒食雨〉二首其二）進不能為朝廷服務；「墳墓在萬里」退也無法返鄉

安守廬墓，內心有一番難言的鬱悶與寂寞。此時他的內心是複雜的、矛盾的，消極退隱與積極進取、憤世嫉俗消遙山水的兩種情緒同時存在，在與世無爭的思想後面，卻流露了對世道的滿腔憤懣，不甘妥協的積極精神和鄙棄富貴、傲然獨立的曠達情懷。

三、主題思想

（一）被酒行歌，縱情山水

　　蘇軾時常沉浸在自然山水中，壺觴自娛，以尋求慰藉。大自然和酒是蘇軾在黃州的精神療傷劑，更是他文學創作的催化劑，這樣的特色明顯地表現在他這個時期的辭賦作品中。

　　元豐二年二月一日，蘇軾初到黃州貶所，寓居定惠院中，隨僧蔬食，這段期間他經常扁舟草履，與漁樵雜處於山水間。每於酒後，則獨自一人，出入阡陌，放浪在山風水月之中。後來，由於他的家眷到了黃州，所以遷居到江邊的臨皋亭，住屋雖然狹小，但是門外的風景卻是非常美。蘇軾〈與范子豐書〉：「臨皋亭下不數十步，便是大江，其半是岷峨雪水，吾飲食沐浴皆取焉，何必歸鄉哉！江山風月本無常主，閒者便是主人。」蘇軾是一個貶謫官，無事可管，卻是這一片江山風月的常主，他經常策杖江邊，獨自一人眺望渺渺的流雲和起伏不定的波濤。元豐四年（1081）二月，蘇軾生計困難，在好友馬正卿的幫助下，向州郡請得東門外故營地數十畝，名之曰：「東坡」，開墾耕種，以補食用之不足。同年冬季，又得一廢圃於東坡之脅，築而垣之，葺堂五間，堂成於大雪中，因繪雪於四壁，榜曰：「東坡雪堂」，始自號「東坡」。於是他日夜往來於臨皋亭和雪堂之間，〈後赤壁賦〉中便記錄蘇軾往返兩地的行跡：「步自雪堂，將歸于臨皋。二客從予，過黃泥之坂。」這段不遠的路程是黃泥石坂的山邊村路，沿路大江洶湧、草木層累，朝白雲、暮青烟，非常幽美動人。蘇軾日日盤桓徜徉其中，一日大醉，作〈黃泥坂詞〉，留下了如詩如畫的動人美境：

出臨皋而東騖兮，並叢祠而北轉。走雪堂之陂陀兮，歷黃
泥之長坂。大江洶以左繚兮，渺雲濤之舒卷。草木層累而
右附兮，蔚柯丘之蔥蒨。余旦往而夕還兮，步徙倚而盤
桓。……朝嬉黃泥之白雲兮，暮宿雪堂之青烟。喜魚鳥之
莫余驚兮，幸樵蘇之我嫚。初被酒以行歌兮，忽放杖而醉
偃。草爲茵而塊爲枕兮，穆華堂之清宴。紛墜露之濕衣兮，
升素月之團團。感父老之呼覺兮，恐牛羊之余踐。

這裡，蘇軾自身的形象栩栩如生，躍然紙上。他失意於仕途，於是放
浪於山水風月，在自然界中尋求慰藉。他與魚鳥相樂，與樵夫相戲，
醉則行歌，臥則放杖，以草爲褥，以土爲枕。這一丘一壑，一溪一水，
無不撫慰了蘇軾苦悶孤寂的心。

　　除了他朝出暮歸，日日行走的黃泥坂外，黃州少西山麓有一片壁
立的斷崖，驚濤裂岸，亂石崩雲，風景最是優勝。早在元豐二年八月，
蘇軾就曾與長子蘇邁，駕一葉扁舟，夜遊赤壁。元豐五年（1082）又
先後往遊，寫下了傳誦千古的前、後〈赤壁賦〉。〈赤壁賦〉首段，蘇
軾用詩的筆調，寫出了長江月夜的寥廓、寧靜：

壬戌之秋，七月既望，蘇子與客泛舟遊於赤壁之下。清風
徐來，水波不興。舉酒屬客，誦明月之詩，歌窈窕之章。
少焉，月出於東山之上，徘徊於斗牛之間。白露橫江，水
光接天。縱一葦之所如，凌萬頃之茫然。浩浩乎如憑虛御
風，而不知其所止，飄飄乎如遺世獨立，羽化而登仙。

作者描繪了一幅風月中江山的廣闊畫面，並給它塗上了一層朦朧而奇
幻的色彩。上面是一輪皓月，下面是萬頃碧水，月光如煙霧般籠罩水
面，清風徐徐吹拂，一葉扁舟如一片葦葉，輕浮水面，任其所之。小
舟順江飄流，此時江風、月色與他遺世獨立的精神交會成一種新的情
境，使他能夠體驗到人生的眞意，這是何等歡適之情感。〈後赤壁賦〉
全篇更是以寫景爲主，蘇軾前一次遊赤壁是初秋七月，這一次遊赤壁
是在同年初多十月，前後兩次相隔雖只有三個月，但卻已是一樣風
月，兩種境界，前賦字字秋色，本篇句句多景。賦文云：

霜露既降，木葉盡脱。人影在地，仰見明月。……江流有
聲，斷岸千尺。山高月小，水落石出。

對赤壁之冬景，有著簡潔精煉、形象動人的描繪。這些辭賦作品
生動地描山繪水，於是蘇軾在自然山水的觸發下，由景生情，由情入
理。將寫景、抒情、說理三者，巧妙結合，情景交融，蘊含哲理，充
分顯出從清風明月中去尋求解脫的曠達胸懷。

除了大自然外，酒也是蘇軾在黃州生活的寄託，亦是其文學作
品所描寫的題材，〈酒隱賦〉便是在此背景下完成的作品。蘇軾在黃
州作了兩篇〈飲酒說〉，其一云：「予雖飲酒不多，然而日欲把盞為
樂，殆不可一日無此君。」另一首云：「吾平生常服熱藥，飲酒雖不
多，然未嘗一日不把盞。」他初到黃州就結識了開酒坊的潘丙，兩
人幾乎無日不相從，相從無不攜酒。蘇軾在黃州期間還自己釀酒，〈蜜
酒歌〉便是記錄西蜀道士楊世昌來訪，善作蜜酒，味絕醇釅，蘇軾
得其釀法，所寫的釀酒詩。朋友知道蘇軾日日引壺觴自娛，於是紛
紛攜酒來見。他在〈記王晉卿墨〉云：「予在黃州，臨近四五郡皆送
酒，予合置一器中，謂之『雪堂義樽』。」酒是他文學作品的催生劑，
在黃州的許多詩、詞、辭賦名篇，幾乎都與酒脫離不了關係，如「料
峭春風吹酒醒」之〈定風波〉詞；夜過酒家飲酒醉，作「我欲醉眠
芳草」之〈西江月〉詞；雪堂夜飲，醉歸臨皋，作「夜飲東坡醒復
醉」之〈臨江仙〉詞……等。這一時期的辭賦創作亦全部與酒有關，
〈黃泥坂詞〉是大醉後作；〈赤壁賦〉與客先是「飲酒樂甚」，後又
「洗盞更酌」；〈後赤壁賦〉則是因往遊無酒，歸而謀諸婦，所幸家
人有備不時之需，於是又「攜酒」，復遊於赤壁之下。〈酒隱賦〉更
是以酒題名之辭賦作品，此賦雖是傳寫「鳳山之陽，有逸人焉，以
酒自晦」之「酒隱君」，實則作者之懷抱、性情，亦顯現於字裡行間。
蘇軾飲酒並非狂飲，所以飲酒不多；他飲酒重自娛，故日欲把盞為
樂。蘇軾異於一般酒後瘋言亂語、變態百出之酒徒，他飲酒是因為
他入世不能，出世不行，無法忘懷塵世的羈絆，所以希望借酒後進

入一種精神眞淳的狀態，來忘卻世事的紛擾，以消解現實的苦悶。〈酒隱賦〉開篇云：「世事悠悠，浮雲聚漚。昔爲潴壑，今爲崇丘。渺萬事於一瞬，孰能兼忘而獨遊？爰有達人，泛觀天地。不擇山林，而能避世。引壺觴以自娛，期隱身於一醉。」他在酒中尋求解脫，期許自己能作一個「引壺觴以自娛」的「達人」。他追求嚮往的是「酣羲皇之眞味，反太初之至樂」，即是酒後忘懷得失，返樸歸眞的境界。蘇軾並非藉酒澆愁之酒鬼，亦非藉酒裝瘋之酒狂，〈酒隱賦〉中嚴屬地批判這些酒鬼、酒狂：「若乃池邊倒載，甕下高眠。背後差錘，杖頭掛錢。遇故人而腐腸，逢麴車而流涎。暫託物以排意，豈胸中而洞然。使其推虛破夢，則擾擾萬緒起矣，烏足以名世而稱賢者耶？」他以爲上述諸人都是暫時借酒以排遣某種心緒，并不是眞正洞然看透一切，不配以此名世而被稱爲賢者。此篇可以說是蘇軾借寫「酒隱君」來說明自己飲酒乃識眞趣，洞達一切，而非借酒澆愁、佯狂之意緒。誠如孫民所云：「貶於黃州的蘇軾寫下這篇小賦，不僅是爲了贈人，更是爲了勵己。在逆境之中根絕一切欲念，使內心恢復平衡，度過眼前的困難。從這個意義上說，本文具有一定的積極意義。」
〔註16〕

（二）曠達中含苦悶，苦悶中尋解脫

　　貌似曠達而內心痛苦是這一時期作品中常常可以觸及的感情波濤，蘇軾的歡樂常常伴隨著痛苦，曠達之下暗伏著愁悶，然而在苦悶之中又得到超越解脫。此一時期的辭賦作品典型地反映了這種心靈特徵。

　　〈黃泥坂詞〉中，在他被酒行歌，放杖醉偃的曠達形像背後，內心仍不掩抑鬱和憤激，詞云：「雖信美而不可居兮，苟娛余于一晒。余幼好此奇服兮，襲前人之詭幻。老更變而自哂兮，悟驚俗之來幻。釋寶璐而被繪絮兮，雜市人而無辨，路悠悠其莫往來兮，守一席而窮

〔註16〕見孫民，《東坡賦譯注》，頁 28。

年。時游步而遠覽兮，路窮盡而旋反。」這「不可居」、「窮年」、「路窮盡」還是道出了他內心的苦悶，也難怪他在詞末歌曰：「明月兮星稀，迎余往兮餞余歸。歲既宴兮草木腓，歸來歸來兮，黃泥不可以久嬉。」這其中還是有山水無法消解的哀愁。

〈赤壁賦〉中，蘇軾通過赤壁泛舟夜游，寫清風秋水明月，寫歌聲優美動人，引出主客問答，反映了作者貶官後思想感情上存在的矛盾糾葛和曠達樂觀的精神，同時也曲折含蓄地表達了作者內心的不平和苦悶。賦中所設的主客問答，其實表現的都是作者的思想，可以說是自己與心靈深處的自我的對話，呈現出作者用曠達樂觀的思想來擺脫現實人生苦悶這一心靈交戰的過程。先是蘇子歌曰：「渺渺兮予懷，望美人兮天一方」，然後借客人寫出「哀吾生之須臾，羨長江之無窮」的悵惘，抒發了作者政治上遭逢貶謫的失意和苦悶〔註17〕；蘇子再借水月為喻說出人生、宇宙變與不變的玄理，提出所謂「物與我皆無窮」，應與「造物者」、「共適」的觀點，表達了排解悲觀厭世的苦悶，從自然山水美景中尋求解脫的曠達精神。蘇軾這一篇賦的問對手法，很像〈漁父〉一文的問對手法，都是自己與自己裡的自己的對話〔註18〕。可以這樣說，〈赤壁賦〉的客與〈漁父〉中的漁父，都是蘇軾、屈原的另一個化身。「蘇子」與「客」，並非是辯難的雙方，而是代表了東坡思想矛盾的不同側面。「客」的議論表現是作者的深刻思想矛盾和對人生悲劇的感喟；「蘇子」的話，則是一種哲理化的解脫。從這一問對中，可看出蘇軾複雜、矛盾的心理

〔註17〕蘇軾寫給友人駙馬都尉王詵的手跡：「軾去歲作此賦，未嘗輕出示人，見者蓋一、二人而已。欽之有使至，求近文，遂親書以寄。多難畏事，欽之愛我，必深藏之不出也。」（〈赤壁賦〉跋）左成文云：「這種謹慎的態度，也說明了這篇賦中，展示了他的內心世界，揭露了傲岸不羈的真實情愫，確有礙於某些人眼目之處。」見〈讀東坡〈赤壁賦〉漫記〉，《錦州師範學院學報》，1981年，第一期，頁75。

〔註18〕鈴木大拙：「仔細觀察時，你將發現，在自己裡還有一個自己。」細細品味咀嚼〈赤壁賦〉，也不難發現，賦中的問對，其實可以說是蘇軾自己與自己裡的自己的對話。

活動。

〈後赤壁賦〉中的蘇子，因為「仰見明月，顧而樂之」，萌發了夜遊赤壁的念頭，可轉瞬之間，面對「月白風清」的良夜，竟然覺得「悄然而悲」，甚至感到「凜乎其不可久留」的內心深處的寒冷。可見，連他自己都沒有查覺到，在他的心中竟然還埋有那麼多沉重的負荷！他的內心平衡竟是那樣脆弱而經不起任何一點誘發因素的撩撥。〈酒隱賦〉中，一開篇便歎道：「世事悠悠，浮雲聚漚。昔為濬壑，今為崇丘」，亦道出了他在黃州的政治遭遇，這些都為我們展示了蘇軾貶黃期間痛苦莫名的心靈。

然而如果僅僅是一味愁苦而不可自抑，那決不是蘇軾。蘇軾的人格及作品，受到中外的熱愛至今千載未歇，其中最關鍵的就是他曠達樂觀的處世態度。誠如喻世華云：「赤壁三詠之所以閃耀著永恒的藝術魅力，成為人類精神領域的高峰，關鍵在於作者曠達而又執著的探索精神。在險惡而凄苦的環境面前，在進取與退隱、出世與入世、宇宙與人生的多重矛盾中，在看不見任何出路、尋找對話卻無人對話的尷尬處境中，作者尋找遠逝的古人與無言的山水進行心靈的自我探視和傾訴，認真探索自我與社會、人生與自然、主體與客體、永恒與短暫的多重關係，為自己尋找解脫與超越之路。」〔註19〕蘇軾是一位隨緣自適，善於解脫的達士，〈黃泥坂詞〉中，雖然在曠達之下深藏著苦悶，然而他的苦悶總是在曠達樂觀的精神態度中得到超越、消解。

第四節　哲宗元祐在京侍君時期（1086～1089）

一、辭賦作品

哲宗皇帝即位後，由宣仁太后垂簾聽政，蘇軾的政治遭遇起了相

〔註19〕見喻世華，〈解脫與超越──論赤壁三詠的深層意蘊〉，《華東船舶工業學院學報》（社會科學版），2001 年，第一卷，第二期，頁74～78。

當大的轉變，在哲宗即位前期，即元豐八年三月至元祐四年出知杭州
為止，這期間的辭賦作品有〈清溪詞〉、〈復改科賦〉、〈通其變使民不
倦〉、〈明君可與為忠言賦〉、〈三法求民情賦〉、〈六事廉為本賦〉、〈延
和殿奏新樂賦〉七篇，表列如下：

紀　　　年	蘇　軾　生　平　出　處	蘇　軾　辭　賦　作　品
神宗 元豐八年乙丑 （1085）	五十歲，正月離泗，再上乞常州居住表。及到南京，有放歸陽羨之命，遂居常州。三月，哲宗皇帝即位，宣仁皇后高氏垂簾聽政。以司馬光為門下侍郎。六月，內復朝奉郎，知登州。十月十五日，到郡五日，以禮部郎中召還。十二月，至京，到省半月，除起居舍人。	〈清溪詞〉
哲宗 元祐元年丙寅 （1086）	五十一歲，先生在京師。三月，遷中書舍人。七月，先生奏乞罷青苗。八月，遷翰林學士知制誥。蘇軾基本支持司馬光廢新法，遂新黨，但反對盡廢新法，特別是免役法，主張兼用其長。	〈復改科賦〉 〈通其變使民不倦賦〉
元祐二年丁卯 （1087）	五十二歲，在京，為翰林學士。正月，朱光庭、王巖叟、傅堯俞等先後上疏爭論。公上辨箚，並請外。七月，兼侍讀。	〈明君可與為忠言賦〉 〈三法求民情賦〉 〈六事廉為本賦〉
元祐三年戊辰 （1088）	五十三歲，在京任翰林學士。九月，先生因侍上讀祖宗寶訓，遂及時事，力言今賞罰不明，當軸者恨之。先生知不見容，再引疾乞外，特降詔不允。十月，復以疾乞郡，臥病逾月，請郡不允。	〈延和殿奏新樂賦〉
元祐四年己巳 （1089）	五十四歲，在京師。正月，累章乞郡。三月，除龍圖閣學士，出知杭州。七月，到杭州任。	〈龍團稱屈賦〉（已佚）

二、背景簡述

　　元豐七年（1084）四月，蘇軾自黃移汝，特到高安與蘇轍相別，往汝州赴任途中，所至求田問舍，並連上二表乞常州居住。元豐八年（1085）正月，告下蘇軾仍以檢校尚書水部員外郎，汝州團練副使，不得簽書公事，得以在常州居住。三月五日，神宗崩，哲宗即位，宣仁太后垂廉聽政。五月二十二日，蘇軾至常州貶所。六月，告下復朝奉郎，起知登州軍州事。軾於六月間自常啓程赴任，一路上遊山玩水、探訪朋友，直至十月十五日方抵達登州，這一不太遠的路程，足足走了三個月。他在〈書遺蔡允元〉便曾說：「僕閒居六年，復出從仕。自六月被命，今始至淮上，大風三日不得渡。故人蔡允元來船中相別。允元眷眷不忍歸，而僕遲回不發，意甚願來日復風。坐客皆云東坡赴官之意，殆似小兒遷延避學。愛其語切類，故書之，以遺允元，爲他日歸休一笑。」在赴登途中，曾在眞州見張公翊，張嘗以清溪之景命良筆圖之，名爲〈清溪圖〉，欲攜往京師，蘇軾在眞州便首爲賦詞，於是寫下一首特殊的題畫辭賦作品——〈清溪詞〉。此文詠畫傳達畫境，描繪出栩栩如生的清溪風景圖，讓讀者見詞如見畫，心生嚮往之情。蘇軾至登州任，到郡才五日，又以禮部郎中召還。十二月，到京，到省半月，又除起居舍人。元祐元年（1086）三月，蘇軾遷中書舍人。八月，遷翰林學士知制誥。九月，司馬光薨。程伊川主喪，東坡與之結怨。十二月，朱光庭摭蘇軾策問語，誣以人臣不忠，傅堯俞、王巖叟繼之，自是朋黨之禍起。元祐二年（1078）正月，蘇軾四上箚請求外調。七月，兼侍讀。十二月，楊康國、趙挺之，祖述謗訕之說，摭蘇軾策問語論奏，不報。元祐三年（1079）正月，與吏部侍郎孫覺，中書舍人孔文仲，同權知禮部貢舉。三月，以群小攻擊不已，連上箚以乞郡，及召見，宣仁論曰：「兄弟孤立，自來進用，皆朝廷主張，但令安心，勿恤人言，不用更入文字求去。」蘇軾退，上乞罷學士除閒慢差遣箚。九月底，以群小交攻訕謗日至，復引疾乞外，特降召不允，遣使存問。十月

十七日，再上陳情乞郡劄，臥病逾月，請郡不許。元祐四年（1080）
三月，積以論事，爲當軸者所恨，連上章補外，告下，除龍圖閣學
士，充浙西兵馬鈐轄，知杭州軍州事。《宋史・蘇軾本傳》云：「軾
自爲舉子，至出入侍從，必以愛君爲本，忠規讜論，挺挺大節，群
臣無出其右，但爲小人忌惡擠排，不使安於朝廷之上。」所言甚是。

　　元祐元年正月，蘇軾任起居舍人，入侍延和殿，自是開始與皇帝
有密切之關係，三月，遷中書舍人，八月，再遷翰林學士知制誥，元
祐二年八月，又兼侍讀。關於學士院，龔延明《宋代官制辭典・宋代
官制總論》「學士院」條下云：「宋代學士院爲皇帝秘書處。翰林學士
有『天子私人』之稱。……學士院學士除掌內制及起草宮內各種活動
文書外，還有一項侍從皇帝以備顧問、獻納之任，皇帝『或問經史，
或談時事，或訪人才，或及宰執所奏，凡所蘊蓄，靡不傾盡』。在強
化宋代以皇權爲核心的中央集權過程中，翰林學士作爲皇帝的智囊、
參謀，運用其嫻熟於胸中的歷代典章制度與帝王學的知識，出謀畫
策，起了重要的作用。」〔註 20〕至於「侍讀」，該書「經筵制度」條
下云：「宋代皇帝文化素養普遍較高……重視延請飽學之士至宮中，
爲皇帝上課，經筵制度較爲健全，無一朝不設。……宋代爲皇帝講課
的官，總稱經筵官，包括翰林侍讀學士、翰林侍讀、侍讀、翰林侍講
學士、侍講學士、侍講（以上由侍從官以上文臣充），及崇政殿說書
（資淺者，即庶官充）。定期定內容，講解經、史、詩、寶訓、時政
記等。」這段期間，蘇軾先是日侍帷幄，後又備位講讀，與皇帝非常
親近，同時是皇帝的秘書和老師〔註21〕。因爲這樣的特殊身份，他接
連寫了幾篇諫政、議政之賦：〈復改科賦〉、〈通其變使民不倦賦〉、〈明
君可與爲忠言賦〉、〈三法求民情賦〉、〈六事廉爲本賦〉、〈延和殿奏新

〔註20〕見龔延明，《宋代官制辭典・宋代官制總論》，北京：中華書局，1997
　　　　年，序言，頁 13〜14。
〔註21〕蘇軾〈上朝辭赴定州論事狀〉云：「臣備位講讀，日侍帷幄，前後五
　　　　年，可謂親近。」這段期間即是指「前後五年」的前幾年。

樂賦〉等。這幾篇賦或直斥時弊，議論時政；或直言敢諫，或關切民生；或頌揚聖德，潤色鴻業，可謂高度繼承了辭賦反映時代歷史、頌得諷失的傳統。

　　蘇軾立朝為官，性不喜希合上位，往往直言讜論，謀道不計身，所以這段期間對於新法科舉廢考詩賦之弊，提出了自己的見解，因而寫下〈復改科賦〉；對於司馬光「專欲變熙寧之法，不復較量利害，參用所長」之做法也是反對的，他主張通其變、去其弊，因而寫下〈通其變使民不倦賦〉。蘇軾主張通變，強調利民。既不同於王安石的激進革新，一意孤行；又不同於司馬光的唯舊是宗，保守固執。而也正是他這種不師不隨的高尚品格和獨立思考，讓他與皇帝關係如此密切之時，仍飽受群小攻擊，終生都在荊棘叢中行路。

三、主題思想

　　馬積高評蘇軾的賦云：「像蘇軾的多數詩文一樣，他的賦從內容上看，缺乏揭示重大的社會問題、反映精湛的政治見解之作；但在不少賦中對某種人情物理有比較深刻的描寫和分析，閃爍著他智慧的火花。」〔註22〕後一看法實為的論，然則前一說法，則有待商榷。事實上，蘇軾的辭賦作品中，還是有不少觸及社會問題、反映蘇軾政治見解的作品。上述幾節的內容主題已有部份涉及這樣的主題；而這一時期的辭賦作品，除了〈清溪詞〉是題畫詞與政治無關外，其餘均是蘇軾在朝侍君所寫下的作品，而這些辭賦作品不但揭示了當時重大的政治問題，內容有強烈的現實針對性，此外還可以看出蘇軾在事君和為政的實際工作中，堅持貫徹落實的政治見解。所謂「抒下情以通諷諭」、「宣上德而盡忠孝」，反映一個時代的歷史事件，是辭賦的優良傳統。曹明綱云：「賦的頌揚聖德與規諷帝失，在政治上是相輔相成、殊途同歸的。……一方面，帝王們大力獎掖鼓勵頌揚，以此來美化自己和整個封建統治；另一方面，他們又在一

〔註22〕見馬積高，《賦史》，頁426。

定程度上允許和提倡規諷，目的在於以此導瀉言路，了解下情。……
不過從整個發展歷史來看，賦的這種以帝王爲中心所發揮的政治作
用，長期來主要偏重於頌揚。」〔註23〕蘇軾的辭賦正是循著漢代辭
賦頌得諷失的傳統而下，然而又異於漢代大賦的作者，漢大賦幾乎
千篇一律地表現對帝國君王的頌揚、勸多諷少，作者的個性情感不
容易看到；蘇軾進御的賦作，不僅表現出頌少諫多，從中還可體認
他的政治思想、愛國情操、還有不吐不快的性格。以下茲分諷、頌
兩題，析論此時辭賦的主題思想。

（一）指斥時弊，直言讜論

　　北宋時期，社會積貧積弱，宋代士大夫對國計民生關切的熱情，
超過了以往任何時代的士大夫。議政、論史、說策等爲內容的議論
文，是蘇軾散文中的重要部分。蘇軾入仕之初便向仁宗上〈進策〉
二十五篇，系統地論述了宋朝國內外形勢，抨擊政治弊端，提出整
套奮發圖治、富國強兵、制法改革的政見。元祐初蘇軾在京侍君時
期，以律賦爲策論，也寫下論辯滔滔，汪洋宏肆的議政、諫政的辭
賦作品。

　　〈復改科賦〉是一篇議論時政之作，「憫科場之積弊，復詩賦以
求賢」，賦文指斥王安石新法廢考詩賦的時弊，在新天子哲宗即位、
老相國司馬光上任之初，提出更張改制恢復原來以詩賦取士的制度。
此賦蘇軾先是極力闡揚以賦取士的長處優點，說明賦不可廢；續云新
法太學三舍法的弊病，說明新法當廢；最後則寫當時改革的呼聲，並
希望哲宗皇帝能採納忠言，恢復辭賦取士。本論文第四章蘇軾的辭賦
理論與批評之第一節試賦論中已詳細析論此賦，請參考。

　　〈通其變使民不倦賦〉、〈明君可與爲忠言賦〉、〈三法求民情
賦〉、〈六事廉爲本賦〉這四篇律賦，明顯是同一系列的作品，這四
篇律賦其八韻所用的韻腳分別是：「通物之變民用無倦」、「明則知遠

〔註23〕見曹明綱，《賦學概論》，頁282。

能受忠告」、「王用三法斷民得中」、「先聖之貴廉也如此」，這些賦的篇名和韻腳，都有相同的針對性，就是力圖闡明爲君得民、長有天下之道，應該是當時蘇軾對哲宗「反復開導，覬有所啓悟」（〈宋史・蘇軾傳〉）的部分教授內容，而這些賦作無非是要讓哲宗明白治亂興衰、邪正得失之理的。

〈通其變使民不倦賦〉開門見山，緊扣題旨：「物不可久，勢將自窮。欲民生而無倦，在世變以能通。」然後談古論今，闡明了「欲民生而無倦，在世變以能通」的道理。這篇賦也是意有所指，乃是針對執政司馬光「專欲變熙寧之法，不復較量利害，參用所長」（〈辯試官職策問荀子〉）的作法，提出針砭之作。或有以爲蘇軾反對安石新法，便視蘇軾爲守舊者，事實並非如此，這篇賦充份表現了蘇軾對於爲何變革及如何變革的看法。首先蘇軾是肯定通變改革的，他並非是泥古的俗儒，他認爲變革的出發點應是以百姓人民的福祉爲優先的，「作法何常，視民所便」，變革的過程不該是激進躁動，而該是漸漸推移，「神而化之，使民宜之」，即所謂「事有漸而民不驚」的漸變。蘇軾主張漸變，強調以民爲先，既不同於王安石的躁進革新，以國爲先，又不同於司馬光的唯舊是宗，全面反對新法〔註24〕。基於此一原則，蘇軾在元祐初年對於當時變革的看法，他以爲「苟新令之可復，雖舊章而必擅」，他並不全面反對新法，而是參校所長以定去取，便民者存，不便民者廢。因爲這樣的原則，讓蘇軾不見容於司馬光的陣營，當時臺諫官多司馬光之人，皆希合以求進，惡蘇軾以直形己，所以爭相找尋蘇軾的麻煩，以致蘇軾不安於朝，不斷上章請調外任。

〈明君可與爲忠言賦〉闡明「臣不難諫，君先自明」的道理，反覆勸戒哲宗虛心納諫，作個明君。元祐更化，廢安石之新法，欲

〔註24〕蘇軾〈與楊元素書〉云：「昔之君子，惟荊是師；今之君子，惟溫是隨。所隨不同，其爲隨一也。老弟與溫公相知至深，始終無間，然多不隨耳。」

盡變舊法，國家重大議題如科舉、役法、刑法，正是議論洶洶，「人方異詞」之時，蘇軾之議論不合於當道。元祐二年正月，蘇軾遭洛、朔黨等群小訕謗，連上四箚請求外任，正是「諛臣乘隙以彙進，智士知微而出走」之時，蘇軾有鑑於當時的政治環境，所以語重心長地教誨勸諫哲宗，一腔忠君愛國的赤誠溢於字裡行間。蘇軾認為做到「上之人聞危言而不忌，下之士推赤心而無損」關鍵在於君明，國君要「虛己以求，覽群心於止水」、「智既審乎情偽」；臣子才會「昌言而告，恃至信於平衡」、「言可竭其忠誠」。只要君明，「大賢固擇所從」，自然歸之朝廷；只要君明，「大功可成，眾患自遠」。否則，君主不明，就會「視白為黑」、「以薄為厚」，臣子亦有所顧忌「投人以言，有按劍之莫測」。這篇賦文從君與臣兩個方面，反覆論述君明臣忠的道理，可謂是一篇策論的律賦。《雨村賦話》云：「宋蘇軾〈明君可與為忠言賦〉云：『非開懷用善，若轉丸之易從；則投人以言，有按劍之莫測。』又『有漢宣之賢，充國得盡破羌之計；有魏明之察，許允獲伸選吏之公。』橫說豎說，透快絕倫，抵一篇史論讀，所謂偶語而有單行之勢者，律賦之創調也。」〔註25〕其說是也。

　　〈三法求民情賦〉旨在闡述「刑德濟而陰陽合，生殺當而天地參」的道理，主張刑獄必須嚴肅、公正、清明、寬厚的精神，充分展現出蘇軾的愛民思想。元豐敕令多成於刻薄者之手，刑律煩瑣，難以檢用，元祐初年變法，詔刪修元豐敕令，於是用劉摯、孫覺之言刪修。大約同於此時，蘇軾獻此賦勸諫哲宗寬減刑法、廢除酷刑、杜絕冤獄，體現愛民之心。所謂的「三法」，即古代的「三刺」（三次訊決）、「三宥」（三次寬大）、「三赦」（三種赦免）之法，賦中蘇軾反對酷暴之律法，充份流露出蘇軾體恤下民，寬厚仁愛之心。

　　〈六事廉為本賦〉則揭示「功廢於貪，行成於廉」的古今成敗興亡的規律。本文勸諫宋哲宗任能取才，當首重德行清廉「念厥德之至

〔註25〕見詹杭倫、沈時蓉校證，《雨村賦話校證》，台北：新文豐出版社，1992年，頁78。

貴，故他功之莫如」。賦首云：「事有六者，本歸一焉。各以廉而爲首，蓋尙德以求全。」所謂六事，是指廉善、廉能、廉敬、廉正、廉法、廉辨，是官吏應具的六項素質和應有的六項能力表現，各自以廉字爲首，是因爲首先要崇尙品德節操，然後才要求其他的辦事能力。關於士大夫的節操和能力，蘇軾在此賦中反覆說明，他以爲「廉」——節操是本、是綱、是經、是大的考核標準；「六事」——能力是末、是目、是緯、是小的考核標準。所以他主張「吏功旌別，皆以清愼居先」、「舉其要兮，廉一貫之」、「功廢於貪，行成於廉」、「先綱而後目」、「先經而後緯」。蘇軾猶如一良師，諄諄告誡學生；又如一位飽經滄桑的長者，語重心長地教誨著晚輩。在貪賄腐敗成風的官場裡，這些鏗鏘有力言論，實在是震聾發瞶！

蘇軾「不爲空言」，不僅他的詩文「有爲而作」、「精悍確苦，言必中當世之過」，辭賦作品亦然，這幾篇律賦以論說國家大政方略的內容爲主體，視野宏闊，博通古今，引譬連類，雄辭豪辯，有政論之雄風。賦文皆敢於直言極諫，以求匡正時弊，從考試、治國、法制、官制等方面，爲朝廷獻策納計，提出精勵圖治的政治主張。他據理直諫，往往擊中社會癥結，在漢代大賦中，諷諫僅是「曲終奏雅」，不關痛癢，擺一點姿態而已，至於闢專章以諍諫之賦，是未有所聞的，更不用說寫上同一系列諍諫的律賦作品了。參照第四章辭賦理論的有爲而作、諷諫精神，其辭賦創作可謂其辭賦理論的具體實踐。

（二）頌揚聖德，潤色鴻業

頌揚是自司馬相如始即形成的賦頌傳統。在漢賦中，歌功頌德之辭比比皆是，賦作對宮殿、都邑、典禮、臨幸、蒐狩著意的描寫、鋪敘，極力展示當時文物典禮之盛，充滿昂揚熱烈的讚頌之情。

蘇軾在京時期，也寫下一篇頌揚皇上正雅樂的律賦。元祐三年十二月二十八日，上御延和殿，奏端明殿學士范鎮所進新樂，自太中大

夫以上皆侍，當時蘇軾在京師以翰林學士之身份同觀新樂，會後寫下
〈延和殿奏新樂賦〉。這篇律賦以「成德之老來奏新樂」為韻，記載
了當時老臣范鎮來獻的新聲雅樂，「皇帝踐祚之三載也，治道旁達，
王功告成。御延和之高拱，奏元祐之新聲」，為哲宗即位三年的政績
潤色鴻業一翻，熱情洋溢地謳歌頌讚聖德皇恩。此外，從辭賦具有積
累文化科技成果的傳世作用角度來看待這篇律賦，則蘇軾〈延和殿奏
新樂賦〉，以真實的筆墨傳寫了古代各種樂舞的演出情景，使這些璀
璨的藝術瑰寶得以傳之後代，歷久而不朽。再則，從他這時期的作品
來看，直言極諫者多，頌揚聖德者少，非所謂「勸百諷一」者。所以
這篇律賦，還是有其存在的價值的。

　　要而言之，蘇軾的作品其歌功頌德不為諂，直言諍諫不為謗，不
管是頌揚和諍諫，從根本上來說，都反應了蘇軾對宋代王朝的信心、
希望和關切。他以理智的態度，冷靜地思考去面對現實，審視君主，
對治國為君的一系列問題提出深刻的見解，努力諍諫，非馬積高所
謂：「缺乏揭示重大的社會問題、反映精湛的政治見解之作。」從這
些賦作中，蘇軾的膽略、深識及可貴的理性精神，昭然可見。

第五節　哲宗元祐出入京師時期（1091～1093）

一、辭賦作品

　　元祐年間的後半期，即元祐六年至元祐八年期間，蘇軾的辭賦作
品先後有〈黠鼠賦〉、〈秋陽賦〉、〈洞庭春色賦〉、〈中山松醪賦〉，列
表如下：

紀　　　年	蘇　軾　生　平　出　處	蘇　軾　辭　賦　作　品
哲宗 元祐五年庚午 （1090）	五十五歲，在杭州。浚西湖，築長堤，修六井。	

元祐六年辛未（1091）	五十六歲，在杭州。正月，除吏部尚書。二月，改翰林學士承旨。三月，離杭，沿途具辭免狀，至闕復上疏自辨乞去。六月，兼侍讀。七月，累疏乞外。八月，除龍圖閣學士知潁州。	〈黠鼠賦〉〈秋陽賦〉〈洞庭春色賦〉
元祐七年壬申（1092）	五十七歲，在潁州。二月，移知揚州，三月到任。七月，除兵部尚書充南郊鹵簿使。八月，兼侍讀。先生上章求補外，不許。九月，至闕。十一月，乞越州，不允，告下，遷端明殿學士兼翰林侍讀學士守禮部尚書。	
元祐八年癸酉（1093）（九月三日宣仁皇后崩）	五十八歲，在京師。六月，乞越州，不允。八月，告下，蘇軾以兩學士充河北西路安撫使，兼馬步軍都總管，出知定州軍州事。九月三日，太皇太后高氏崩。十月，到定州任。	〈中山松醪賦〉

二、背景簡述

　　元祐四年（1089）二月，蘇軾積以論事，爲當軸者所恨，恐不見容，乃連上乞越狀。三月十六日，告下，除龍圖閣學士，充浙西路兵馬鈐轄，知杭州軍州事。七月三日，到杭州任。元祐六年（1091）正月以吏部尚書召還，因蘇轍已任執政，改除翰林學士承旨。蘇軾上三狀辭免翰林學士承旨，並乞戍邊狀，惟不願在禁近也。六月一日，再入學士院，四日，詔兼侍讀。七月六日，蘇軾上朋黨之患，再上乞郡箚。至此，蘇軾召還已九章請郡矣！八月，賈易、趙君錫等摭詩語彈奏蘇軾、蘇轍。四日，蘇軾上辯賈易、趙君錫彈奏箚。五日，仍以求避親嫌乞出於潁。八日，上辯題詩箚。告下，除龍圖閣學士知潁州軍州事。二十日，到潁州任。元祐七年（1092）二月，又以龍圖閣學士充淮南東路兵馬鈐轄移知揚州軍州事。三月十六日到揚州任。六月，蘇轍拜門下侍郎。八月，蘇軾詔以兵部尚書召還、兼差充南郊鹵簿使。十一月，軾上乞越州箚。二十六日，告下，遷端明殿學士，兼翰林侍

讀學士，守禮部尚書任。元祐八年（1093）五月，黃慶基、董敦逸彈
奏蘇軾、蘇轍，止之不聽。十九日，公上箚自辯。八月，告下，蘇軾
以兩學士充河北西路安撫使，兼馬步軍都總管，出知定州軍州事。九
月三日，宣仁崩。哲宗親政，人懷顧望，中外洶洶，國是將變。九月，
軾出帥中山，詔促行不得入見。十月二十三日，到定州任。元祐九年
四月，詔改爲紹聖元年（1094）。三月，蘇轍獨諫止紹述邪說，爲群
小李清臣、鄧潤甫所攻，哲宗震怒，謫汝州。時局大亂，虞策、來之
邵摭蘇軾兩制語論奏，閏四月三日，告下，蘇軾坐前掌制命，語涉譏
訕，落端明殿學士兼翰林侍讀學士，依前左朝奉郎責知英州軍州事，
遂罷定州任。

　　諸葛憶兵《宋代文史考論》云：「元祐初，新黨各據要津，舊黨團
結一致，共同對敵。及至蘇軾與司馬光爭論役法，蘇軾與朔黨之間短
暫的蜜月期即告結束。從此，蘇軾便成爲朔黨政治上的障礙。蘇軾有
三點最令朔黨諸公坐立不安。第一，以人品、文章名世，在廣泛階層
有很高的聲譽；第二，深得太皇太后信任，屢攻不去；第三，爲官正
直，無官場相容苟且之習。所以朔黨諸位最怕用蘇軾爲相。」又云：「蘇
軾爲人光明磊落，政敵除以文字誣陷外，只有緊緊抓住黨爭這根稻
草。……朔黨力求保持言路對蘇軾不斷圍攻趨勢，使蘇軾疲於奔命，
無暇他顧，甚至使蘇軾對朝廷產生懼怕厭倦心理，自動求去。他們的
目的達到了。元祐四年以後，蘇軾大都在外輾轉度過，只要一回朝廷，
新的誹謗攻擊便洶湧而來。……翻手爲雲，覆手爲雨，是朔黨諸公的
拿手好戲。他們深諳官場諸種勾心鬥角之術，工於心計。」〔註26〕

　　政治日益黑暗，黨爭空前激烈，世風每況愈下，醜惡現象泛起，
蘇軾置於這樣的環境下，性格耿介，自不可能無動於衷，因此寫下諷
刺的詠物賦〈黠鼠賦〉來抒發胸中的不平，借以渲染政敵的陰險、狡
詐，充分表達了作者對那些黨同伐異，朋比爲奸的醜類的憎惡之情。

─────────────────

〔註26〕見諸葛憶兵，《宋代文史考論》，北京：中華書局，2002年，頁281、
　　　283。

〈中山松醪賦〉也是在這樣險惡的環境中，表露內心深處「大材小用」幽微隱約的情感。蘇軾知潁州時期，趙令時為簽書通判，和蘇軾情同師生，〈秋陽賦〉、〈洞庭春色賦〉便是與趙交遊所留下的作品。〈秋陽賦〉藉公子（趙令時）和居士（蘇軾）的問對展開全文，賦中揭露了人民群眾的悲慘處境，對水旱災害給農民帶來的疾苦亦給予極大的關注。〈洞庭春色賦〉乃因趙令時贈酒而作，敘云：「安定郡王以黃柑釀酒，名之日洞庭春色。其猶子德麟得之以餉予，戲作賦日。」這篇賦詠柑酒，盡其想像，雜以諧戲，恣情發揮，浪漫詭奇。

三、主題思想

（一）影射點佞，關注民生

〈黠鼠賦〉的寫作時間，向來有很大的紛岐，部份學者以為此篇乃蘇軾十一、二歲時的作品，筆者在第三章繫年考論，繫此賦於元祐六年作，請參考。這是一篇寓言賦，表面題旨當是通過黠鼠利用人的疏忽而脫逃的日常小事，來說明人們必須集中精神，發揮智力，方能役萬物，才不會「見使於一鼠」的道理。賦文前半部分描寫老鼠裝死逃脫的狡詐，寫人的漫不經心，乍喜乍驚，受騙上當，情節曲折生動，筆墨簡練幽默。後半部分則抒發感慨，闡明道理，寓莊於諧，發人深思。若聯繫蘇軾的遭遇來看，可以發現這篇具有寓言色彩的文賦具有更深刻的現實內容，並非只在說明一般道理。此賦並非單純狀寫黠鼠，而是以黠鼠影射那些邪佞群小的狡猾、奸惡。這樣的寫法與屈原以惡花臭草以比黨人小人的精神是一脈相承的，曹明綱云：「歷代文人用賦這種形式來嘲諷、譏刺、抨擊社會上的無恥之徒和頹敗之風，則是大量的。這類作品的最大特點是借物指人，刻畫逼肖，譏諷辛辣。曹植〈蝙蝠賦〉在這方面是較早的代表。這篇作品利用賦體擅長體物的特長，對蝙蝠這種『明伏暗動』的陰類作了形象的刻畫，並以此諷刺那些『形殊性詭，每變常式』的奸詐之徒。阮籍的〈獼猴賦〉也是如此，它以『體多似而匪類，形乖殊而不純。外察慧而無度兮，故人

面而獸心。性褊淺而干進兮，……似巧言而僞眞』，活畫出世上唯利是圖、心懷叵測的嘴臉。……到了唐、宋，賦的這種作用更加突出。李商隱的〈蝨賦〉影射專吸窮人之血而不敢碰權勢者，〈蝎賦〉則寓寫那些專搞暗害的陰謀家。」〔註27〕蘇軾的〈黠鼠賦〉繼承了歷代文人用賦這種形式來嘲諷、譏刺、抨擊社會上的無恥之徒的寫作手法。據葉夢得《避暑錄話》：「蘇子瞻揚州題詩之謗，作〈黠鼠賦〉。」元豐八年三月五日，神宗崩，哲宗即位。時蘇軾已獲准常州居住，行經揚州，見農收大好，於是欣喜吟詩道：「此身已覺都無事，今歲仍逢大有年。山寺歸來聞好語，野花啼鳥亦欣然。」並將此詩題於揚州竹西寺壁上。元祐六年二月，蘇軾自杭召還，任翰林學士承旨兼侍讀，八月，先前題壁之詩，竟遭群小指責爲見先帝駕崩，幸災樂禍，而嚴加彈劾。於是蘇軾作〈黠鼠賦〉來諷刺群小鼠輩，以黠鼠來影射那些專門乘人不備，構陷他人的奸邪小人，發舒胸中鬱氣。蘇軾一生經歷了新舊兩黨的交替執政，那些狡黠的政客在失勢的情況下，或隨聲附和，或自清隱退，以便等待時機，卷土重來。蘇軾連番遭到新舊兩黨的夾擊，一次又一次陷入小人的網羅，他看穿了他們以屈求伸，以求一逞的鬼魊伎倆，通過〈黠鼠賦〉惟妙惟肖地寫出了他們「不死而死，以形求脫」的狡黠形象，對他們進行了幽默而辛辣的嘲弄〔註28〕。這篇賦作借體物來寫志，把黠鼠的狡黠、機靈，寫得神氣活現，躍然紙上。並意有所指地渲染了作者政敵的陰險、狡詐，表達了對那些黨同伐異，朋比爲奸的醜類的憎惡之情。

　　宋哲宗元祐元年，司馬光舊黨上台，蘇軾被召回京，但不久又因政見不同，遭到排擠，出任杭州、穎州、揚州、定州等地知州。他的政治遭遇是極爲不幸的，但是，他卻有更多機會接近人民，了解民間疾苦。蘇軾有愛民理想，因而能在自己的任上，爲民眾作出一些有益

〔註27〕見曹明綱，《賦學概論》，頁 292～293。
〔註28〕參李博，〈蘇賦簡論〉，《東坡研究論叢》，蘇軾研究學會編，成都：四川文藝出版社，1986 年，頁 139。

的事，身體力行地去周濟、撫慰窮苦百姓。在杭州期間，「水旱之後，疾疫並作，乃裒羨緡、發私橐，置病坊於眾安橋，分坊治病」〔註29〕，又爲之連上四狀相度賑濟七州災民；在潁州任，一日因大雪，蘇軾掛念著久雪人饑，因而夜不能寐，急召趙令時議之。於是開義倉發放積穀賑濟災民；赴揚州任途中，嘗親入村落，訪民疾苦，皆爲積欠所壓，又沿路流民，亦舉債積欠，不敢歸鄉，於是有「苛政猛於虎」之歎。因此，這一時期的辭賦作品裡，也有憂國憂民思想的反映，蘇軾以清醒的現實主義的眼光看到社會的黑暗，看到百姓的苦難，從而爲民生疾苦發出不平之鳴。〈秋陽賦〉通過對秋陽的贊美，對夏日霖雨之災的描寫，流露出蘇軾對民間疾苦的留意和關心。此賦寫出了兩個截然不同的世界，揭示出當時社會黎民貧窮，達官顯貴，二者生活環境條件雲壤之別，作者對黎民的處境有著深深的同情。賦以議論開頭，認爲「生於華屋之下，而長遊於朝廷之上，出擁大蓋，入侍幃幄」的貴公子並不知道秋日太陽的可貴，只有像他這種親入村落、訪民疾苦的人才知道。接著他從夏日的霖雨談起，具體而眞實地寫出霖雨給人民帶來的災難：「方夏潦之淫也，雲烝雨泄，雷電發越，江湖爲一，后土冒沒，舟行城郭，魚龍入室。菌衣生於用器，蛙蚓行於几席。夜違濕而五遷，晝燎衣而三易。」起居的艱難且不說了，而更現實的卻是吃飯問題：「禾已實而生耳，稻方秀而泥蟠。溝塍交通，牆壁頹穿。面垢落塈之塗，目泣濕薪之煙。釜甑其空，四鄰悄然。鸛鶴鳴於戶庭，婦宵興而永歎。」寫出農村一片凋敗情景和人民的困苦生活。這些生活細節，沒有認眞的體察是寫不出來的，從這裡也可以看出蘇軾對民間疾苦的留意和關心。賦在漢代專以鋪陳宮苑城市爲能事，以後也多側重於描寫貴族的生活和墨客騷人的愁怨，眞正反映生活、反映民間疾苦的很少，從這一點來看，蘇軾倒是難能可貴的〔註30〕。

〔註29〕見清・王文誥，《蘇文忠公詩編註集成・總案》，冊二，卷三十二，頁1090。

〔註30〕參馬德富，〈論蘇軾的賦〉，《東坡文論叢》，蘇軾研究學會，成都：

（二）大材小用，寄情於酒

北宋元祐末期，是蘇軾一生政治上頂峰期，曾官至端明殿學士兼翰林侍讀學士守禮部尚書任，然而他並未能實現自己的抱負，這幾年他身受姦小排議夾擊，歲月流逝於往返京師和杭州、潁州、揚州的路途中。元祐八年（1093），黨爭空前激烈，蘇軾感到山雨欲來，故主動請求外守。八月旨下，出知定州，罷禮部尚書任。九月，蘇軾在政治上最後的依靠高太皇太后崩，哲宗親政，國是將變，詔促行不得入見，蘇軾以「方當戍邊，不得一見而行」（〈朝辭赴定州論事狀〉）為憾，抑鬱赴定州任。在往定州途中，車隊夜渡衡漳，隨從們燃燒松木以照明，蘇軾感到在這瑟瑟寒風中的松香，似乎在訴說自己不幸的命運：「鬱風中之香霧，若訴予以不遭」。蘇軾對松木之大材小用，寄與無限感慨，因此寫下〈中山松醪賦〉。蘇軾以自身的遭遇，寄寓於松木的遭遇；松香的傾訴，替代了蘇軾的傾訴。松以「千歲之妙質，而死斤斧於鴻毛」；蘇軾兩學士守禮部尚書，卻遭夾擊以至出知定州。松木之「效區區之寸明，曾何異於束蒿」；蘇軾以一文官，卻至邊境擔任武官守邊的職責。他應當是在朝廷的棟樑之材，如今卻做蓬蒿之用外放守邊，這篇賦充分表達了蘇軾對這種政治際遇的心情和態度。太后已死，蘇軾此次一出，再回朝廷任職的機會渺茫，所以，用「賦〈遠遊〉而續〈離騷〉」結束全篇，透露出對政治前途的疾痛慘憚。

因為仕途的不得意，蘇軾又再度舉起了他的酒杯。他在〈洞庭春色〉詩中提及酒：「應呼釣詩鉤，亦號掃愁帚」。和在黃州時期一樣，酒，是蘇軾精神療傷劑，蘇軾特別名為「掃愁帚」；酒，也是他文學創作的催化劑，又稱為「釣詩鉤」。趙令時送來洞庭春色酒一壺，不僅釣起了蘇軾一首〈洞庭春色〉詩，還釣起了一篇〈洞庭春色賦〉。蘇軾飲酒，意不在酒，而在於酒後可以忘卻世事纏綿。同一時期的

四川文藝出版社，1986 年，頁 108。

作品〈和陶飲酒詩〉二十首，其一云：「我不如陶生，世事纏綿之。云何得一適，亦有如生時。寸田無荊棘，佳處正在茲。縱心與事往，所遇無復疑。偶得酒中趣，空杯亦常持。」這首詩慨歎自己官場的諸多不如意，而只有在喝酒時，才忘卻世事，因而他要極力從酒中忘卻煩憂，獲得樂趣。〈洞庭春色賦〉末刻畫醉後之虛幻飄渺：「醉夢紛紜，始如髣髴。鼓包山之桂楫，扣林屋之瓊關。臥松風之瑟縮，揭春溜之淙潺。追范蠡於渺茫，吊夫差之慓鯨。屬此觴於西子，洗亡國之愁顏。驚羅襪之塵飛，失舞袖之弓彎。」逸想聯翩，光怪陸離，酒後的醉夢跨越了時間「古今」、「四時」及空間「吳越」、「山水」的限制。雖然此篇是遊戲酬答之作，亦可見蘇軾仕途不得志之時，心中想要突破時空的局限，超然人生的精神。〈中山松醪賦〉亦以誇張的筆法讚美松酒，說飲之可以遁入太空，與「竹林七賢」、「酒中八仙」談詩論酒。賦云：「曾日飲之幾何，覺天刑之可逃。投拄杖而起行，罷兒童之抑搔。望西山之咫尺，欲褰裳以遊遨。跨超峰之奔鹿，接挂壁之飛猱。遂從此而入海，渺飜天之雲濤。使夫嵇、阮之倫，與八仙之羣豪。或騎麟而翳鳳，爭榼挈而瓢操。顛倒白綸巾，淋漓宮錦袍。」酒後的精神陶醉，讓人飄飄欲仙，忘卻「天刑」的煩憂，精神與古代的狂士、酒豪為伍。賦末云：「歸餔歠其醨糟。漱松風於齒牙，猶足以賦〈遠遊〉而續〈離騷〉也。」飲酒是蘇軾超然憂患人世的法門，也是他寫作的催化劑，喝松酒，吃酒糟，讓他進入陶然的境界，文思泉湧，寫出來的作品，可以媲美屈原千古流傳的作品——〈遠遊〉、〈離騷〉，再次印證了，酒是「釣詩鉤」、「掃愁帚」。

第六節　哲宗元符流放海南時期（1098～1099）

一、辭賦作品

宋哲宗紹聖年間，蘇軾遠貶惠州，期間沒有留下辭賦作品，誠為

可惜。元符年間，蘇軾再貶海南，留下的辭賦作品先後有〈沉香山子賦〉、〈和陶歸去來兮辭〉、〈酒子賦〉、〈濁醪有妙理賦〉、〈天慶觀乳泉賦〉、〈荔羹賦〉、〈老饕賦〉等七篇，列表如下：

紀　　　年	蘇軾生平出處	蘇軾辭賦作品
哲宗 紹聖元年甲戌 （1094）	五十九歲，在定州。四月，詔落二學士，責知英州。六月，再責授寧遠軍節度副使惠州安置。先生獨與幼子過及侍妾朝雲同行。十月，到惠州，寓居合江樓。俄遷於嘉祐寺。	
紹聖二年乙亥 （1095）	六十歲，在惠州。三月，表兄程正輔來訪，因程之故，遷居合江樓。	
紹聖三年丙子 （1096）	六十一歲，在惠州。四月，始營白鶴新居，作長住打算。助修惠州東西二橋。又遷居嘉祐寺。七月，侍妾朝雲卒。	
紹聖四年丁丑 （1097）	六十二歲，在惠州。二月，白鶴新居成，始自嘉祐寺遷入。四月，聞責授瓊州別駕，昌化軍安置，挈幼子過起程。六月十一日，軾轍兄弟訣別于海濱。七月二日，到昌化軍貶所，僦官屋數椽以居。	
紹聖五年（六月一日改元） 元符元年戊寅 （1098）	六十三歲，在儋州。二月，蘇轍六十生日，以沉香山子寄之作賦。四月，提舉湖南董必察訪廣西，至雷州，遣人過海，逐出官舍，遂買地城南，爲屋五間，土人奮土運甓以助之。五月屋成，名曰桄榔庵。	〈沉香山子賦〉 〈和陶歸去來兮辭〉 〈酒子賦〉 〈濁醪有妙理賦〉 〈天慶觀乳泉賦〉 〈荔羹賦〉
元符二年己卯 （1099）	六十四歲，在儋州。二月，轍生日，以黃子木柱杖爲寄並作詩。	〈老饕賦〉

元符三年庚辰 （1100）	六十五歲，在儋州。正月十二日哲宗崩，徽宗即位，欽聖皇后向氏垂簾，大赦天下。五月，告下，仍以瓊州別駕，徙廉州安置。六月二十日夜渡海。七月，皇太后還政，徽宗親政。八月，遷舒州團練副使，永州居住。十一月，至英州得旨，復朝奉郎提舉成都玉局觀，在外軍州任便居住。	
徽宗 建中靖國元年辛巳 （1101）	六十六歲，度嶺北歸。五月，次當塗、金陵、眞州。初，先生決計與子由同居潁昌，俄聞時論已變，自度不可居近地，遂居常州。六月，至常，病甚，遂上表請老，以本官致仕。七月二十八日，公薨於常州，年六十六歲。	

二、背景簡述

元祐八年（1093）九月，支持元祐更化的太皇太后崩逝，哲宗親攬庶政，朝局將變。此時新黨已煽惑哲宗，力言紹述，欲復熙寧、元豐法度，於是在元祐九年四月詔改爲紹聖元年。新黨既得勢，隨即展開對元祐舊黨的排擠壓迫，盡廢舊人，二蘇兄弟首當其害。三月，蘇轍因獨諫止紹述邪說，被群小李清臣等所攻，謫知汝州。四月，時局大亂，御史虞策、來之邵言蘇軾之前所作誥詞，多涉譏訕，詔落端明殿學士兼翰林侍讀學士，依前左朝奉郎責知英州軍州事；又降充左承議郎，仍知英州；告又下，合敍復日不得與敍，仍知英州。十餘日內，三改謫命，當時群小交攻，朝局之亂，可以想見。閏四月下旬，蘇軾視蘇轍於汝州，蘇轍以兄遠徙，分俸與姪邁，使移家就食宜興。蘇軾告別蘇轍後，遂展開南遷的行程。然而新黨對二蘇的迫害，並未結束，奸險的小人不斷構造飛語，二蘇的謫命也就一改再改。六月，蘇軾抵當塗縣，告下，落左承議郎，責授建昌軍司馬，惠州安置，不得簽書公事。蘇軾遣家累歸宜興，獨與幼子過及侍妾朝雲南遷。八月，章惇、蔡卞、張商英等，以貶竄未足，再肆攻擊，告下，落建昌軍司馬，貶

寧遠軍節度副使，仍惠州安置。紹聖元年（1094）十月，到惠州任。
紹聖四年，朝廷再次加重對元祐黨人的懲處，二蘇兄弟當然又在其
列。先是蘇轍被追貶為化州別駕，雷州安置。蘇軾也於同年四月，責
授瓊州別駕，昌化軍安置，不得簽書公事。他們被命即行，互不相知。
五月，兄弟相遇於藤州，遂同行至雷，自是臥起於水程山驛間者，兩
旬有餘。六月十一日，蘇軾渡海，兄弟二人別於海濱，遂成訣別。元
符三年（1100）正月，年僅二十五歲的哲宗去世。自紹聖元年（1094）
哲宗親政後，二蘇貶謫南荒已有七年之久。徽宗即位，大赦天下，貶
謫嶺南的大臣逐漸內遷，蘇軾兄弟也在其列。元符三年五月，蘇軾量
移廉州，六月渡海，七月至廉州貶所。八月，遷舒州團練副使，永州
居住。十一月，復朝奉郎，提舉成都玉局觀，在外軍州任便居住。宋
徽宗建中靖國元年（1101），蘇軾渡嶺北歸，六月，至常，病甚，遂
上表請老，以本官致仕。七月二十八日，卒於常州，年六十六。

　　蘇軾在海南的作品有七首之多，且集中在元符元年（1098）至元
符二年（1099）之間。這一期間蘇軾貶謫儋州，蘇轍貶謫雷州，這兩
州僅隔一個瓊州海峽，如蘇軾詩云：「莫嫌瓊雷隔雲海，聖恩尚許遙
相望。」（〈吾謫海南，子由雷州。被命即行，了不相知，至梧，乃聞
其尚在藤也。旦夕當追及，作此詩示之〉），這期間他們有不少的詩文
唱和作品，其中〈沈香山子賦〉、〈和陶歸去來分辭〉便是此一時空背
景的產物。蘇軾在海南，初僦官屋以居，葺茅竹而居之，後章惇、蔡
京遣使赴儋逐出之，蘇軾無地可居，偃息城南南污池之側，桄榔林下，
就地築室。過著日啗藷芋，經旬無肉的生活，這個時期的辭賦作品充
份反映了他的日常生活。他居臨天慶觀，城南百井皆鹹，獨觀中甘涼
湧發，作〈天慶觀乳泉賦〉；又「此間食無肉，病無藥，居無室，出
無友，冬無炭，夏無寒泉，然亦未易悉數，大率皆無耳。」（〈答程秀
才書〉）方食芋飲水，自謂視蘇武為麾麗，作〈菜羹賦〉；許玨、王介
石以其酒之膏液餉公，作〈酒子賦〉；久旱米貴，將有絕糧之憂，與
子由共行龜息法，作〈老饕賦〉。這些題材都是酒食飲水家居生活的

小事，但是蘇軾的表現就是不與人同，這些作品均呈現出他善自逆境解脫，不畏眼前橫逆的生命智慧與灑脫心懷。

三、主題思想

（一）兄弟友于之情

蘇軾尚未過海前就感歎他們兄弟被貶南荒的境遇，〈和陶止酒〉引云：「丁丑歲，予謫海南，子由亦貶雷州」，詩云：「時來與物逝，路窮非我止。與子各意行，同落百蠻裏」。到昌化不久後又淒然感傷地說：「此外一子由，出處同徧僊。晚景最可惜，分飛海南天。糾纏不吾欺，寧此憂患先」（〈和陶連雨獨飲〉二首其一）。然而蘇軾兄弟並不因此就被艱辛坎坷的境遇打倒，他們善於自寬，又經常互相慰勉，充滿寬廣的胸懷與頑強的意志，使他們能夠戰勝險惡的政治環境和艱難的生活環境。他們或以理化情，或以逆處順，或以柔克剛，故再險惡的環境也不能窮困他們的心志。

元符元年（1089）二月，蘇轍六十生日，蘇軾大有深意地選沉香山子寄之，並作〈沉香山子賦〉為蘇轍祝壽。沉香，又名沉水香，為海南之異產。山子：是可置於案頭的小型假山。蘇軾此篇賦作，構思奇妙妙在筆筆不離沉香，可是卻處處在頌揚一種卓然不群的品格：超然不群、金堅玉潤、鶴骨龍筋、膏液內足、香不濃但久不衰，這種種物性豈不都與人內在的節操與品行相似嗎？不難看出，蘇軾在給逆境中的弟弟輸送一種精神力量〔註31〕。他要子由放在案頭，時時薰陶這氤氳香氣，勉勵他要像沉香山子一樣「超然而不群」。賦末云：「蓋非獨以飲東坡之壽，亦所以食黎人之芹也。」借助沉香山子綿綿的清芬，蘇轍吸入的不僅是蘇軾對他壽誕的祝福，還吸入海南黎人濃濃的情意。蘇轍收到禮物和賦作，亦作〈和子瞻沉香山子賦〉，賦引云：「仲春中休，子由於是始生，東坡老人居於海南，以沉水香山遺之，示之

〔註31〕參孫民，《東坡賦譯注》，頁127。

以賦，曰：以爲子壽，乃和而復之。」讀這些作品，二蘇忠貞之性，友于之情，令人心嚮往之。

《陶淵明集》是蘇軾南遷二友之一，他在〈與程全父書〉云：「流轉海外，如逃空谷，既無與晤語者，又書籍舉無有。惟陶淵明一集、柳子厚詩文數冊常置左右，目爲二友」，蘇軾在海南不但《陶淵明集》常置左右，更大和陶詩，他到貶所不到半年就作了四十二首和陶詩〔註32〕。而蘇轍因經常和哥哥唱和，也作了不少和陶詩，共有十九首〔註33〕。紹聖四年（1097）十二月，蘇軾貶謫海南已近半年，他檢點從揚州〈和陶飲酒二十首〉起，連同惠州及儋州和作，共得一百零九首，編集全稿，寄與在雷州的蘇轍，要他作一篇集引，附書云：「吾於詩人無所甚好，獨好淵明之詩。淵明作詩不多，然其詩質而實綺，臞而實腴，自曹、劉、鮑、謝、李、杜諸人，皆莫及也。吾前後和其詩作凡一百有九篇，至其得意，自謂不甚愧淵明。今將集而並錄之，以遺後之君子，其爲我志之。然吾於淵明，豈獨好其詩哉？如其爲人實有感焉。」蘇軾不僅欣賞陶淵明平淡高遠的詩風，也愛慕其人之情懷節操。

元符元年（1098）二、三月間，蘇軾幼子蘇過於海舶得其長兄蘇邁寄書酒，作詩，蘇轍之子蘇遠亦作詩和之，詩作皆粲然可觀。蘇轍亦有詩相慶，蘇軾因和寄諸子姪。因爲此時謫居海外，以無何有之鄉爲家，所以蘇軾作〈和陶歸去來兮辭〉寄子由，並邀子由同作。蘇軾是抱著老死海外的心情來到海南，「某垂老投荒，無復生還之望，昨與長子邁訣，已處置後事矣」（〈與王敏仲書〉），方至海南便歎道：「此生當安歸，四顧眞途窮」（〈行瓊、儋間，肩輿坐睡。夢中得句云：千

〔註32〕計有〈和陶還舊居〉、〈和陶連夜獨飲二首〉、〈和陶示周祖謝二首〉、〈和陶勸農六首〉、〈和陶赴假江陵夜行〉、〈和陶九日閒居〉、〈和陶擬古九首〉、〈和陶東方有一士〉、〈和陶停雲四首〉、〈和陶怨詩示龐鄧〉、〈和陶雜詩十一首〉、〈和陶田舍始春懷古二首〉、〈和陶贈羊長史〉等。

〔註33〕計有〈和子瞻次韻陶淵明勸農詩〉、〈次韻子瞻和淵明擬古九首〉、〈和子瞻次韻陶淵明停雲詩〉等。

山動鱗甲，萬谷酣笙鐘。覺而遇清風急雨，戲作此數句〉）。蘇轍被貶雷州，亦無日不思歸：「有問何時歸，茲焉若將終」（〈次韻子瞻過海〉），「從今百不欠，只欠歸田叟」（〈午窗坐睡〉）。蘇軾見蘇轍同有此憂，於是作〈和陶歸去來兮辭〉，以無何有之鄉爲家來自寬，且藉以安慰蘇轍。蘇軾此辭首揭此乃一夢：「歸去來兮，吾方南遷安得歸。……懷西南之歸路，夢良是而覺非」，夢裏確是歸鄉，醒來卻空無其事。他所夢的歸鄉，不寫舟車之勞：「我歸甚易，匪馳匪奔。俛仰還家，下車闔門」，這個倦於塵勞世患的老人，只能在夢中滿足他的歸鄉欲望，也只有夢還，則不論海南、漢北，距離多麼遙遠，往來都很方便。續曰：「歸去來兮，請終老於斯遊。我先人之敝廬，復舍此而焉求？均海南與漢北，挈往來而無憂。……望故家而休息，曷道中之三休。已矣乎，吾生有命歸有時，我初無待亦無留」，蘇軾垂老投荒，遠謫海南儋州，面對困厄命運，他要：「師淵明之雅放，和百篇之新詩」，學習淵明的曠達悠然、隨遇而安的態度，以超曠心態來消解思鄉情結，在夢想中回歸自己的精神家園。蘇軾此文寫成之後，寄與弟轍，要他同作。這時候，蘇轍方從雷州再遷循州，一時無暇及此，就將它擱下來了。直到蘇軾已故之後，蘇轍整理家中舊書，才又撿出這篇遺稿，乃泣而和之。蘇轍〈和子瞻歸去來辭〉并引：「昔予謫居海康，子瞻自海南以和淵明歸去來之篇，要予同作，時予方再遷龍川，未暇也。辛巳歲，予既還潁川，子瞻渡海浮江，至淮南而病，遂沒於晉陵。是歲十月，理家中舊書，復得此篇，乃泣而和之。」

　　要以言之，蘇軾在海南與雷州的弟弟子由，雖隔海相望，詩文辭賦的往來不斷，可見兄弟友于之情。這兩篇辭賦，或借體物來抒寫胸懷；或描寫貶謫的悲哀，蘊藏著深沉的傷感；或寫懷鄉之情，內心充滿不得歸的無奈，但終能以和平之筆，或以理化情、或以逆處順來消解自己被貶謫的哀愁、安慰彼此受創的心靈。從他們往來的辭賦作品中，不僅可見兄弟情誼之深厚，更見其人格之偉大，眞是一對頂天立地、手足情深的兄弟，同在文學史上留下不朽之美名與典範！

（二）海南生活實錄

　　蘇軾在海南的辭賦創作多不專意揄揚諷諫，亦不熱衷描繪訴諸感官的外在美，而是側重日常生活，於極廣泛而又極細微的題材中，闡發心靈。這一時期的辭賦題材不僅能在前人基礎上加以擴大，且專就日常生活所見各種具體名物及身邊瑣事，加以描述、立議興慨，故能反映其藝文趣味與生活安排。以此時期的後五篇創作而言，〈酒子賦〉、〈濁醪有妙理賦〉、〈天慶觀乳泉賦〉、〈菜羹賦〉、〈老饕賦〉，乃描寫平日餐飲服食之事，反映了蘇軾遠貶海南的生活。雖日常瑣碎之生活小行，信手拈來，一經點染，無不妙筆生花，意趣橫生也。

　　〈酒子賦〉記錄了在海南的友人贈酒的情意，賦引云：「南方釀酒，未大熟，取其膏液，謂之酒子，率得十一。既熟，則反之醅中。而潮人王介石，泉人許玨，乃以是餉予。寧其醅之漓，以蘄予一醉。此意豈可忘哉，乃爲賦之。」在賦中蘇軾描繪了他飲少輒醉，醉睡醒來則歌的生活細節，酒向來是蘇軾的「釣詩鉤」，爲了感謝王、許二友的盛意，於是他寫下這篇〈酒子賦〉來回贈。蘇軾視自己的辭賦爲精金美玉，他自信的認爲二子持其賦回家後，一來可以向妻子炫耀，二來高聲諷頌可以廢寢忘食：「顧無以酢二子之勤兮，出妙語爲瓊瑰。歸懷璧且握珠兮，挾所有以傲厥妻。遂諷誦以忘食兮，殷空腸之轉雷」。這篇賦側面地反映了蘇軾在海南的交遊，其中許玨爲蘇軾船舶往來書信，王介石則曾爲東坡築屋。所以賦引中敘述，潮人王介石，泉人許玨，自中土渡海帶來「南方釀酒」，以是餉東坡，東坡爲答其美意，於是作此賦以謝之。此外，蘇軾貶謫海南飲酒醉睡，醒而寫作的生活亦得到充分的反映。

　　〈濁醪有妙理賦〉亦是有關日常飲酒生活的記錄，賦云：「吾方耕於渺莽之野，而汲於清泠之淵，以釀五醪，然後舉窪樽而屬予口」，他在海南貶所過著躬耕汲水、釀酒暢飲的生活。蘇軾自云他「不可一日而無」飲酒，賦中描繪了他享受「坐中客滿，惟憂百榼之空」的朋友會飲之樂；亦摹寫他迷狂癡醉之狀，信筆拈來，隨意揮灑。

〈天慶觀乳泉賦〉，則是敘寫天慶觀乳泉之甘美，及中夜汲飲之幽趣。賦云：「吾謫居儋耳，卜築城南，鄰於司命之宮，百井皆鹹，而醪醴湩乳，獨發於宮中，給吾飲食酒茗之用，蓋沛然而無窮」。蘇軾初至海南住在敝陋的官舍中，因為奸小的跨海迫害，而被逐出官屋，蘇軾無地可居，僑寄於城南桄榔林下，鄰於天慶觀。觀有乳泉，供給其飲食酒茗之用。蘇軾經常在無人之月夜，獨自汲水：「吾嘗中夜而起，挈缾而東。有落月之相隨，無一人而我同」，空靈出塵，情趣盎然。蘇軾寫的雖然是家居生活月夜汲水的小事，但是蘇軾的表現就是與人不同。

〈菜羹賦〉敘云：「東坡先生卜居南山之下，服食器用，稱家之有無。水陸之味，貧不能致，煮蔓菁、蘆菔、苦薺而食之。其法不用醯醬，而有自然之味。蓋易具而可常享。乃為之賦」。〈菜羹賦〉作於貶所儋耳連歲不熟，飲食百物艱難之時。賦的主要部分就在敘述煮菜羹的方法，敘述得津津有味，不厭其煩，將煮菜羹之緣由以及怎樣洗菜、怎樣熬煮、需注意的問題、火侯的掌握等都寫得具體而微，賦文雖多在鋪陳菜羹之種種，但也是蘇軾窮困生活之寫照。在海南一切無有的困窘情況下，蘇軾的飲食也產生很大改變，蘇軾素以喜食「東坡肉」著名於世，在海南不僅無肉可吃，連蔬菜都要鄰居分送：「無銍豢以適口，荷鄰蔬之見分」，雖然如此，樂觀的他還是甘之如飴。

在〈老饕賦〉中，蘇軾以老饕自命，用幽默輕俏之筆，寫出了饑餓中的幻想。賦文先寫蘇軾欲請最好的廚師操刀掌廚，要嘗最鮮美的山珍海味、飲最香醇的蒲萄美酒，還要欣賞動聽悅耳的歌舞。賦文最後則以「美人告去已而雲散，先生方兀然而禪逃」，一笑而起，渺海闊而天高作結。很顯然，在海南的客觀條件不允許他物質享受，那麼他就幽默地為自己來一頓豐美的精神會餐，蘇軾巧妙地運用戲謔的賦筆，來反襯生活的一無所有、困窘之狀。

要之，蘇軾在海南的創作，題材上很少羈牽於漢賦之宮殿、京都、

游獵、山川等描繪範圍，以及魏晉以後出現的登覽、憑弔、悼亡、傷別等創作模態，而是拈出沉香山子、酒子、濁醪、天慶觀乳泉、菜羹、老饕等身邊微物細事，表現了他在海南的生活細節。

（三）超然恬淡之懷

這時期的賦作題材雖然都是家居生活的小事，特別是酒食飲水諸如吃喝之類瑣事的辭賦，乍看起來格調好像不高，因此而有文字遊戲之譏﹝註34﹞。然而聯繫他的遭遇細細思索，我們不能不嘆服詩人內心世界的充實，這些辭賦作品充滿了放逸恬淡的生活情趣，也呈現出他善自逆境解脫，不畏眼前橫逆的生命智慧與灑脫心懷。胡立新云：「難能可貴的是，蘇賦中大量選用細碎的俗化題材，卻能以小識大，見微知著，變俗為雅，具有化腐朽為神奇的魅力。……最有價值的是蘇賦能在瑣碎的題材內容中發掘出哲理意蘊或體悟出生命真諦。……〈菜羹賦〉、〈後杞菊賦〉是從食野菜的小事中，表現出作者從瑣事中體悟生命意趣，面對困頓生活境況卻能安貧守道、不為物累的達觀境界。」﹝註35﹞王許林亦云：「其實，這些賦大多是蘇軾飽受黨爭之禍、一再遭貶、內心極度悲憤而又化悲憤於沖淡的產物，或者說他無法改變現實的命運，不得不接受壓迫和打擊時，與其怨天尤人，不如選擇改變自己——將歡樂根植於自己內在逸趣盎然的生活，用多餘的精力和閒暇創造生活的愉快和激情。所以，他們不但不是「文字游戲」，相反的是對抗世俗、戰勝痛苦的一種精

﹝註34﹞馬積高《賦史》一書評此類賦作云：「至於〈中山松醪〉、〈濁醪有妙理〉、〈洞庭春色〉、〈老饕〉、〈服胡麻〉、〈服胡苓〉（筆者案：此賦乃蘇轍作，且是伏苓非胡苓）等，大旨亦歸於曠達。然斤斤於酒食藥物之間，單與單純刻鏤物象、詳敘物性者不同，然都近於文字遊戲了。」見《賦史》，頁430。李調元《賦話》卷五《新話》五亦云：「古人作賦，未有一韻到底，創之自坡公始，《老饕賦》題涉于游戲，而篇幅不長，偶然弄筆成趣耳。」一韻到底非始自東坡，顯然李調元認知有誤；至於是否涉及游戲，下文將有詳論。

﹝註35﹞見胡立新，〈簡論蘇軾「變賦」的審美特徵〉，《黃岡師專學報》，1999年，第十九卷，第二期，頁46～51。

神寄托，從另一個側面展現獨特的情感節操。」〔註36〕

蘇軾作〈和陶歸去來兮辭〉，正值身老困病、流徙南荒窮壤之際，然作者並不心困意頹，面對困厄命運反而採取隨遇而安的態度，頗具陶淵明的曠達悠然，他以「以無何有之鄉爲家」，用「均海南與漢北，契往來而無憂」的超曠心態來消解思鄉情結，表現出豁達自適、隨遇而安的胸臆。至於〈濁醪有妙理賦〉則化用杜甫「濁醪有妙理，庶用慰浮沉」詩意，寫飲酒之妙用，以表現灑脫之情、曠達之性。蘇軾飲酒並非內心充滿苦悶，或藉酒澆愁、佯瘋、避禍的消極情懷，而是「內全其天，外寓於酒」、「常因既醉之適，方識此心之正」，他是藉酒進入一種坐忘得道、了知常知的狀態。可見異於一般不解酒中真趣的歷史人物，蘇軾是能真正領略飲酒的妙理的。李調元評蘇軾〈濁醪有妙理賦〉云：「『得時行道，我則師齊相之飲醇；遠害全身，我則學徐公之中聖。』窮達皆宜，纔是妙理。通篇豪爽，而有雋致，真率而能細入，前無古人，後無來者。」〔註37〕並非過譽。〈荼蘼賦〉則寫他雖然居處飲食非常粗劣，但他仍不改其志，隨遇而安的超曠襟抱。蘇軾在儋州的物質生活確實是「大率皆無耳」；但就精神生活來說，蘇軾畢竟胸襟高曠，他仍超然自得，不改其度。〈荼蘼賦〉說出自己「心平而氣和」、「忘口腹之爲累」、「無患於長貧」的生活態度，表現了蘇軾處於逆境而窮且益堅、樂天知命的情懷。

許結指出蘇軾所作辭賦多「微細題義」，他說：「（蘇軾）諸作，既無『體國經野』之目，亦鮮『義尙光大』之心。然其價值，正在以此觀身之微細，妙達人生至大至闊之境界。……〈老饕賦〉調侃自現，其兀然禪逃，淡然素處，卻內涵若多海闊天空之壯意；視若「游戲」

〔註36〕見王許林，〈論蘇軾的辭賦創作〉，《中國第十三屆蘇軾學術研討會論文集》，中國蘇軾研究學會編，眉山：南方印務有限公司，2002年，頁424～425。

〔註37〕見詹杭倫、沈時蓉校證，《雨村賦話校證》，頁46。校證本作「窮達皆宜，纔是妙理道篇，豪爽而有雋致」文意不通，據《蘇文彙評》所引改正。

差豈毫厘。」〔註38〕其說甚是。上述的辭賦作品，雖是飲食之小題小事，然絕非所謂「文字遊戲」，用點心去聯繫他的遭遇，便不難看出蘇軾企圖藉體物來寫志，藉著生活細微事件的描寫，來表現他面對困窘境況卻能超然恬淡、不為物累的達觀胸懷。

　　以上介紹了蘇軾各時期的辭賦作品，對其蘊含的主題思想作了深入的探討。從蘇軾辭賦創作的時間來看，他的辭賦創作貫串其一生，與其政治生涯相終始，現存的最早的作品，始於二十四歲即將入仕所作，最後的作品則作於遠貶海南的最後一年，也是臨終的前一年。從創作的動機來看，蘇軾的辭賦作品可說是實踐了他的辭賦理論，他的賦不論寫景、詠物、記事或言志、說理都不是為文造情、賣弄才華，而是「不為空言」、「有為而作」，他始終堅持著自己的創作原則，不勉強為文，所以他的辭賦創作都是「有觸於中」，而發於言。就蘇軾辭賦創作的題材來看，蘇賦在題材內容上一反漢人執著於游獵、京都、宮室、山川的鋪張揚厲地描述，亦不同於六朝賦家借登臨、憑弔、悼亡、傷別而抒寫一己之情，他喜歡描寫親身經歷之境和所見所聞的趣事，又愛好捻出身邊的細事微物，闡發物理，題材傾向於日常生活、人倫事理的觀察與描述。再從蘇軾的創作主題思想來看，現存的辭賦作品反映了這幾個時期政治鬥爭的風雲變幻，以及蘇軾情感思想起伏跌宕的某些側面。可以說，蘇軾辭賦作品，是其一生的具體真實的寫照，從中我們可以親切地瞻望到蘇軾豐富飽滿的自我形象，與高尚的精神人格。這些作品中有蘇軾初入仕途的徬徨、也有流放江畔的低迴吟唱、還有他諄諄教誨太子的老臣風骨、以及海南島天容海色般的曠達胸懷，還有他友于情篤的兄弟之情、師友酬答的深厚情誼，故讀其賦，如與蘇軾面語共遊，其平生心事，宛然相見。如果要精要深入地呈現東坡一生的思想情感，這二十九篇辭賦，就像是一張張的幻燈片，形象地、傳神地、生動地代表了蘇軾精彩的一生。顧易生更以蘇

〔註38〕見許結，〈論宋賦的歷史承變與文化品格〉，《社會科學戰線》，1995年，第三期，頁177～178。

軾畫論來論及蘇賦，他以爲蘇賦傳神地、精要地代表其一生文學創作，云：「蘇集浩瀚，據不精確統計，文四千二百餘篇，詩二千七百首，詞三百餘闋，而以賦名篇者僅二十七，殆如所謂『太山一毫芒』者。然正如東坡〈傳神記〉所云：『傳神之難在目』『僧惟眞畫曾魯公』像，『於眉後加三紋』，『遂大似』。東坡創作中之雄視百代而最能傳其風神者，當首推〈赤壁〉二賦，蓋其炯炯雙眸也。其餘諸作，如〈灩澦堆賦〉、〈屈原廟賦〉、〈黠鼠賦〉、〈秋陽賦〉、〈洞庭春色賦〉、〈中山松醪賦〉等均相當於『眉後三紋』。」〔註39〕這些作品的內容所包羅的生活面是相當廣闊的，他一生經歷的地方山川風土，名勝古跡，所交接的人物及涉及的事物，以及通過一切事物所展現的精神狀態，都有眞實而具體的反映。

〔註39〕見顧易生，〈蘇東坡與賦〉，《新亞學術集刊》賦學專輯，1994年，第十三期，423。